ESPELHOS QUEBRADOS

EDNA UIP

ESPELHOS QUEBRADOS

Sá
editora

© BY EDNA UIP, 2009

CAPA:
JOÃO JOSÉ (JOAOJOSE@INBOOK.COM.BR)
COM DETALHES DAS OBRAS *NATUREZA MORTA COM LARANJAS* DE MATISSE E
NATUREZA MORTA COM MAÇÃS E LARANJAS, DE CÉZANNE

PREPARAÇÃO DE TEXTO:
MARINA MARIZ

REVISÃO:
MILFOLHAS PRODUÇÃO EDITORIAL LTDA.

PROJETO GRÁFICO (MIOLO):
EVELINE ALBUQUERQUE

IMPRESSÃO:
BARTIRA GRÁFICA E EDITORA S/A

Catalogação na fonte

Uip, Edna
    Espelhos quebrados / Edna Uip. – São Paulo :
Sá Editora, 2009.

    ISBN 978-85-88193-51-9

    1. Literatura brasileira 2. Romance I. Título

CDU – 869.0(81)

(elaborada por Silvia Maria Azevedo de Oliveira – CRB/8-4503)

Todos os direitos reservados.
Direitos mundiais em língua portuguesa
para o Brasil cedidos à
SÁ EDITORA
TEL./FAX: (11) 5051-9085 / 5052-9112
E-mail: atendimento@saeditora.com.br
www.saeditora.com.br

Para minhas amadas filhas,
Fefs e Rers, meus presentinhos de Deus.

A frase atribuída a Kandinsky,
"todos os procedimentos são válidos quando
interiormente necessários",
tem me acompanhado pelos últimos vinte anos.
Agradeço a todos do meu Grupo por me
fazerem entender seu real significado.

Organograma dos principais personagens

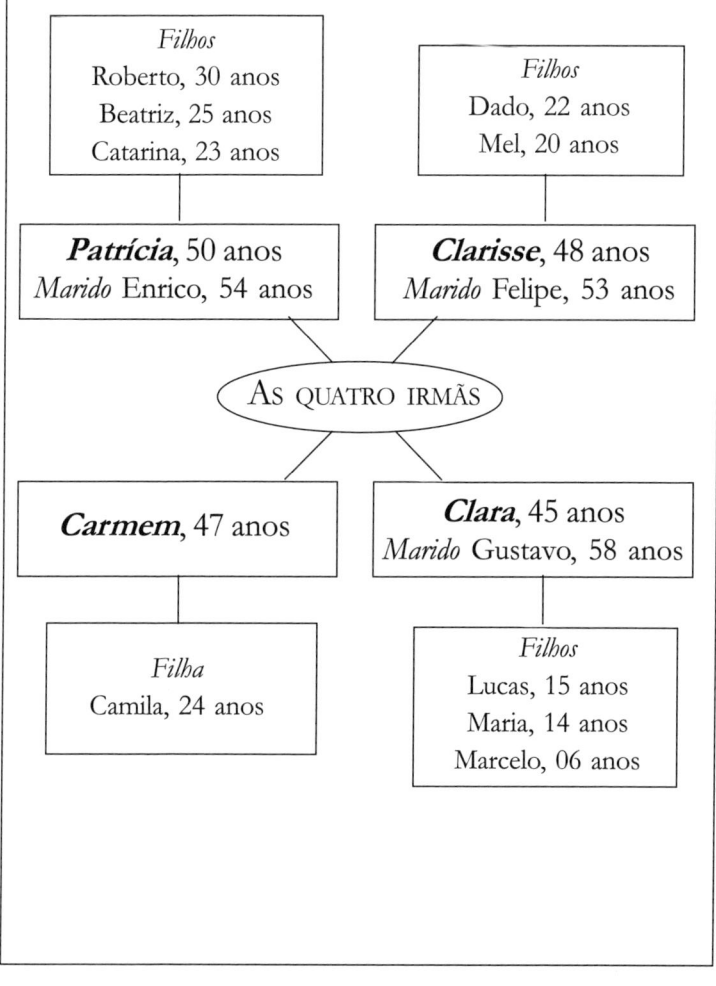

Domingo

Patrícia

Patrícia reclinou-se no sofá de sua sala de estar com a satisfação típica de quem cumpriu uma doce missão. Tudo estava perfeitamente arranjado em sua vida: aos cinquenta anos podia orgulhar-se de ter construído uma bela família. Seu marido, aos cinquenta e quatro, estava aposentado e, graças à poupança minuciosamente planejada e às casas que herdaram de seus sogros e que estavam alugadas por bom preço, tinham uma vida satisfatória.

Era uma mulher ativa. Frequentava suas obras de caridade duas manhãs por semana, fazia hidroginástica em outra manhã, curso de pintura em tecido uma tarde por semana, tricô e crochê para montar enxovais para recém nascidos carentes, e cozinhava todas as noites para o marido.

Sua casa térrea não era grande nem pequena. Precisava de reformas estéticas, mas as paredes eram sólidas, o encanamento e a eletricidade, apesar de antigos, estavam em perfeito funcionamento.

Seu guarda-roupas estava lotado! Suas roupas confortáveis e coloridas espremiam-se se confundindo, o que lhe dava uma imensa sensação de conforto e familiaridade.

No momento em que se recostou, no entanto, sentiu intimamente o maior de todos os seus orgulhos: seu filho Roberto, agora com trinta anos, acabara de sair após a tradicional visita domingueira. Desta vez viera sozinho, sem a insuportável da sua esposa e, apesar de reticente quanto aos motivos da ausência da mulher, deu a entender, pelo menos foi assim que Patrícia sentiu, que preferira deixá-la para estar um pouquinho a sós com a mãe.

Que espetáculo de filho ela tivera e moldara! Apesar das dificuldades ocasionais, sua vida transcorrera como uma máquina oleada, sem sobressaltos ou intercorrências. Tudo o que Patrícia planejara aconteceu. E o filho, que sempre demonstrou uma sintonia de outras vidas com a mãe, jamais se opôs ou dificultou as coisas. Mesmo na adolescência preferia passar as noites em casa assistindo TV ou estudandosempre ao lado de Patrícia.

Quando Patrícia sugeriu que se preparasse para cursar a faculdade de direito, animou-se imediatamente. Largou aqueles desenhos a lápis cheios de armas que fazia por todos os cantos, concordou que ficar mais tempo na escola jogando bola com os amigos era uma grande perda de tempo e energia e voltou-se totalmente para os estudos. Dispensou aqueles amigos estranhos que Patrícia fazia questão de monitorar recebendo-os sempre em sua casa e que, aos dezesseis anos, ainda não tinham decidido a futura profissão. Meninos largados! Comiam demais, comiam de menos, bebiam refrigerantes várias vezes por semana – Patrícia desconfiava que alguma coisa viciava naqueles refrigerantes –, não tinham hora para dormir e às vezes até recuperação pegavam.

Patrícia sabia que descuidara de Roberto por um ou dois anos e ele perdera o rumo certeiro que tinha quando sua mãe achava-se totalmente disponível. Mas também aquela sua velha mãe hipocondríaca consumira todo o seu tempo! Passava os dias queixando-se de tantas dores que seria impossível ter corpo suficiente para abrigá-las. Não poupara. Na verdade, nem ganhara. Após a morte de seu marido contentou-se em viver da miserável pensão que passou a receber. Perdia os dias trancafiada em casa lavando, passando, costurando, limpando, com os joelhos e as mãos vermelhas de esfregar o piso.

Tinha uma clara preferência pela filha Clara, a mais nova, desprezando descaradamente Patrícia e suas outras irmãs, Carmem e Clarisse.

Clara não passava de uma falsa dissimulada. Pensava cair nas boas graças futuras da mãe oferecendo-se para dividir o trabalho de casa. Era melhor que não dividisse. Chegava tarde da noite da escola particular onde estudava – e vivia arranjando namoradinhos –, depois de enfrentar o balcão da loja de tecidos onde trabalhava, de olho no rapaz do gabardine, durante o dia todo. Fazia o serviço de casa por cima, sem cuidado. Sua mãe era caprichosa e meticulosa.

Quando a mãe ficou doente, Clara encontrava-se em uma das suas intermináveis viagens. Alegara que precisava acompanhar o marido, mas Patrícia tinha certeza que aquela sonsa impusera sua presença para gastar o dinheiro de Gustavo em algum canto qualquer do mundo. Gustavo, aquele magnífico homem que Clara fisgara, passou meses fora do Brasil administrando a área de exportação das empresas da sua abastada família e Clara enfiou-se na mala e foi junto. Quando retornou, já havia pouco a fazer pela mãe.

O homem era um engenheiro milionário e um pouco mais velho, herdeiro de uma imensa construtora e mais uma porção de enormes outros negócios, pertencente a uma sólida família de um bairro próximo muito sofisticado. Conhecia o mundo, possuía bons carros, suas roupas eram feitas dos melhores tecidos, viajava sempre para as fazendas de café e de açúcar da família. Patrícia passava dias acalentando seu ressentimento por ter sido convidada apenas uma vez para visitar uma das fazendas. Sabia que Clara não a queria por lá. Na realidade, saber não sabia. Deduzia.

Patrícia dera-se muito bem com a mãe de Gustavo, Glória. Tornaram-se muito amigas. Passaram horas e horas na cozinha, onde Patrícia demonstrou para Glória e para a cozinheira como aquela dependência poderia ser mais bem organizada. Percebeu o desperdício e procurou falar reservadamente com a proprietária que aquela cozinheira não era de confiança. Devia levar comida boa lá para o casebre onde vivia, não dava valor ao dinheiro dos patrões e se refestelava do bom e do melhor para nutrir aquela redonda couraça. Glória ouviu atentamente e disse que iria refletir sobre tudo aquilo.

Clara deve ter se consumido de ciúmes! Ah, ah! Bem feito! No olhar de Glória, Patrícia percebeu que ela era a mulher certa para o filho, uma mulher que daria a ele a solidez de uma retaguarda tocada com punho de ferro. Patrícia tinha certeza que Gustavo deixaria Clara mais dia menos dia para procurar uma mulher do nível dele.

Era estranho como quatro filhas dos mesmos pais podiam ser tão absolutamente diferentes. Suas irmãs eram perdidas, enquanto ela era uma mulher direita. Limpa e direita.

Essa coisa de mulher solta nunca cheirara bem para Patrícia. Clarisse era um bom exemplo. A irmã cursara a faculdade de medicina pensando, desde o início, em se tornar psiquiatra. Patrícia tinha certeza que Clarisse pretendia curar a si mesma daquele temperamento horrível que deixava bem à mostra desde pequena. Quase no final do curso conheceu Felipe, o Santo, como Patrícia costumava chamar. Ele era um bom rapaz. Meio molengo, mas bom rapaz. Clarisse assumiu as rédeas da relação desde o começo. O homem devia usar aquelas coisas que os cavalos usam na boca e nos olhos. Clarisse dizia "anda", ele andava; dizia "para", ele parava; dizia "cala a boca", ele calava.

Também Clarisse estava fora do país quando a mãe adoeceu. Desta vez estava na América, fazendo mestrado ou algo parecido. Teria que ficar por quatro meses. Isso parecia a Patrícia um exagero. Clarisse vinha dizendo que cursava o tal mestrado aqui no Brasil há quase dois anos. Para que teria de inventar isso de estudar fora do país? Devia estar passando férias! Não do trabalho, que era tudo o que mais gostava, mas dos pobres dos filhos, tão largados quanto os desregrados dos amigos do Roberto. Deixara aqueles dois flagelos com o marido, o santo Felipe. Aquele homem vai pro céu. E ainda aguenta aquela falsa até hoje. Sim, porque uma mulher de trinta e tantos anos que vai estudar fora do país por quatro meses totalmente largada, boa coisa não é. Por que então combinou com o "santo" de encontrá-la longe de onde estava morando? Só podia ser porque escondia um amante! Inventar que queria passear na neve com os filhos? E quem precisa da neve para viver? Patrícia já ouvira falar de muitas pessoas que ficaram com gangrena por causa da neve. Não sabia como, mas com certeza a neve devia ter alguma substância que dava infecção.

Mulher descarada. Quando era jovem aparecia cada hora com um homem diferente. Ela não assumia, mas Patrícia tinha certeza de que ela se entregava para todos. Como uma mulher podia se entregar a mais de um homem? Aquilo já era nojento com um... E com o próprio é obrigação da mulher. Os homens precisam dessas coisas.

E se ela não se der para o marido ele vai ter que procurar outras fora de casa. Aí a mulher não pode reclamar. Foi ela mesma quem causou. Aí ela tem que se conformar e esperar o marido precisar dela outra vez.

Por que Clarisse servia de latrina? Patrícia sempre soube que os homens só querem se aproveitar das mulheres. O primeiro se aproveita da ingenuidade – mesmo Patrícia tendo certeza de que não existem mulheres ingênuas. Existem apenas dois tipos de mulher: as que se entregam porque não sabem dizer não e as vagabundas que o fazem por luxúria.

Patrícia sabia que Clarisse era a vadia de muitos homens. Percebia como eles a olhavam, como deixavam claros seu encanto e suas intenções. Será que Felipe sabia que fora brutalmente enganado? Pobre homem! Patrícia quase o questionou se sabia que Clarisse não era virgem ao se casarem.

Carmem era a pior. Era a irmã drogada e largada. Sim, porque se não se enchesse de remédios para loucos teria que ir para um hospício. Clarisse devia ter feito pelo menos aquele bem para a humanidade. Mas a culpa de Carmem estar solta era dela mesma, Patrícia. Clarisse desistiu de trancafiar a irmã quando Patrícia exigiu que ela o fizesse. Até isso Clarisse era capaz de fazer para provocar Patrícia. O Alberto é que foi esperto. Livrou-se de Carmem a tempo. Quem iria querer ficar casado com aquele trapo humano gordo e gordurento que ficava com a barriga no fogão vinte e quatro horas por dia? E que ia dar aulas e se misturava com aquelas crianças feias e remelentas da escola no meio da favela onde trabalhava? Patrícia dedicava-se a suas obras de caridade, mas sem ter contato com aquele monte de pobres que tinham cheiro estranho, de sabão ruim. Mas o que mais odiava em Carmem eram os seus genes que estavam se espalhando. Como podiam criar filhos saudáveis se uma louca drogada fazia parte da família?

Camilla, a filha única de Carmem, devia ser quem influenciava mal os primos. Sempre com aqueles incensos soltando fumaças mal cheirosas. E Bia, sua própria filha, tão grudada em Camilla. Não poderia culpar Beatriz se fizesse algo terrível da sua vida. Melhor deixar sua caçula Catarina mais afastada de Bia. Especialmente agora que tudo ia tão bem com sua amada Cati. Quem sabe transferir uma das duas para o antigo quarto de Roberto? O imprestável do seu marido Enrico se trancafiava horas e horas naquele quarto, deixando tudo empoeirado e com cheiro de comida. Seria bom que ele passasse muito mais tempo na rua.

Mas tudo era tolerável. Roberto valia por tudo. Melhor deixar as filhas no quarto onde estavam. Roberto, talvez, quisesse voltar a morar com a mãe...

Clarisse

Clarisse recostou-se em sua cadeira na mesa da copa com lágrimas escorrendo de seus olhos de tanto rir. Aqueles jantares de domingo eram o ponto alto da semana.

Felipe, seu marido, Dado e Mel, seus filhos, e ela reuniam-se para contar tudo o que ocorrera durante a semana. Não havia obrigação, mas o desejo de estarem juntos era tão grande que há meses nenhum deixava de comparecer.

Clarisse considerava sua vida bastante adequada. Um bom casamento com um homem com quem podia fazer planos, compartilhar os detalhes da vida e ter a certeza de companhia na velhice, dois filhos bárbaros que cada dia mais assumiam suas próprias vidas (graças a Deus todas as fases chatas já se perdiam no passado), sua realização profissional na carreira que escolhera e que enfrentara e aquele maravilhoso garoto com quem compartilhava toda a fogosidade que lhe ia pelas entranhas.

Não traía o marido porque não via uma relação absolutamente corporal como uma forma de romper votos. Era apenas desejo, o desejo que sempre sentia. É claro que ele nem desconfiava que desde o casamento, ou melhor, desde a juventude, mantinha relacionamentos sexuais independentemente de outras relações mais estáveis que aconteciam simultaneamente.

Tudo o que mais abominava era imaginar-se sob qualquer poder, fosse intelectual, emocional ou físico. Também não era capaz de escravizar os filhos: foram criados com liberdade de escolhas, de pensamentos, religiões...

Da mesma forma, estimulava o marido a exercitar seu sagrado e constitucional direito de ir e vir. Ela não o entendia muito bem, mas era capaz de respeitar a conduta oposta de Felipe.

Este, tão logo encerrava seu trabalho diário disparava para casa. Na maioria das vezes esperava horas por Clarisse. A época de aborrecer-se com as ausências da mulher passara há anos. Descobrira prazer na própria companhia. Como os filhos raramente estavam em casa, podia sentir-se à vontade para assistir aos programas humorísticos da TV fechada que todos detestavam. Suas sonoras gargalhadas podiam ser ouvidas de qualquer aposento do grande apartamento.

Felipe não gostava de empregadas à noite em casa. Então Clarisse organizou a rotina doméstica de forma que quando Felipe chegasse, apertasse apenas botões e seu jantar já aparecesse pronto. O carrinho com a bandeja preta, já arrumada com uma linda toalhinha de bambuzinhos trançados sempre em tons de cinza e preto, guardanapo preto ou vermelho, taça de cristal e uma bela salada já montada, aguardavam o prato fumegante onde as mais primorosas receitas preparadas com alimentos orgânicos e funcionais estavam cuidadosamente dispostas.

O trabalho, portanto, consistia em apertar o botão do micro-ondas e empurrar o carrinho. Quando acabasse de comer, apenas levava o carrinho para fora da sala de TV para livrar-se do cheiro dos pratos. Na manhã seguinte uma das empregadas empurrava o carrinho de volta para a cozinha onde repousaria até a noite.

Ao mesmo tempo em que o marido jantava, Clarisse dava aulas na pós-graduação da melhor faculdade de psicologia do país onde, depois de imensos esforços, chegara à livre docência.

Durante cinco manhãs por semana atendia pacientes no hospital conveniado à faculdade onde estudara. Sua combatividade na carreira levara-a a um alto posto na hierarquia do hospital.

As tardes eram dedicadas ao seu consultório. Seis pacientes por dia, ao custo oitocentos reais a consulta e uma longa fila de espera. Nos intervalos entre as consultas cuidava, juntamente com a administradora, dos detalhes burocráticos do consultório que já beirava o status de uma empresa: cinco médicos, quatro psicólogos para adultos, três para crianças, nutricionistas, terapeutas corporais...

Levava a vida que queria levar. Suas várias metas estavam bem traçadas, o cronograma pronto. Sabia o que queria para curto, médio e longo prazos e o que teria de fazer para atingir cada alvo. Treinara – sabia que era uma grande maldade pensar assim – muito bem seu marido e seus filhos para não lhe causarem problemas.

Pena sua agenda não permitir mais do que um encontro com Douglas por semana. Já era um grande prejuízo perder as tardes de terça-feira em um motel. Mas também não seria um imenso prejuízo perder as tardes de terça no consultório?

Clara

Clara recostou-se em sua confortável poltrona em um canto da biblioteca. Pobre poltrona, há anos merecia uma troca de couro. O velho couro marrom encontrava-se craquelado desde a mudança para aquela casa há seis anos quando seu pequeno filho caçula nasceu. Apesar do belíssimo apartamento onde moravam, não julgavam o local adequado para criar três filhos, dois deles meninos. Os garotos iriam precisar de muito espaço para poder gastar toda a energia vigorosa de sua testosterona latente. Clara não aceitaria jamais concordar com suas amigas que julgavam os próprios filhos hiperativos e insuportáveis sem antes lhes dar a oportunidade de expandir seus ímpetos. E a menina precisaria de espaço para receber os amigos que formariam seu rol de relacionamentos futuros.

Gustavo contratou diversos corretores que vaguearam meses por toda a cidade procurando o local e a casa ideal. Escolheram a casa que sua irmã Patrícia e sua sogra aprovaram. Clara preferira uma casa menos pretensiosa. Quando a mostrou para a família causou revolta. Por que tão simplesinha? Por que daquele jeito rústico? Ah, Clara não sabia dar valor ao maravilhoso marido que fisgara! Com tanto dinheiro, por que não procurar um condomínio classe A, ao invés daquele enredado de casas de classe média?

Olhou para o livro pousado em suas pernas. Devia encontrar uma fórmula para contar aquela história para as crianças. Isso exigiria um grande esforço, tão grande quanto quando teatralizou formigas em um formigueiro para representar como seria a vida de gente germinando da terra para morrer muito antes de florescer.

    Gustavo e ela não abriam mão de fornecer uma educação humanista para os filhos, mas ela mesma ressentia-se das várias lacunas na sua própria formação. Por exemplo, não conseguia entender o que um Mondrian tinha de tão bom para ser um Mondrian. Preferia as formas simples de um Constamble. Era fácil reconhecer as formas em qualquer passeio que fizesse. Tão bucólico! Tão suave! Tão romântico! Não agredia, era adaptável, não exigia que se gostasse sem gostar. Mas, apesar de preferir um Constamble, queria gostar e até preferia o Mondrian. Ou pior, um Kandinsky.

    Sorrindo para si mesma, interrogou-se para que se preocupar se a vida era feita de muitas outras coisas bem mais importantes do que esta ou aquela forma de ver a própria vida?

Carmem

Angústia.
Aquela necessidade de ar, aquela necessidade absurda de ar, aquela vontade desesperada por ar.
Precisar respirar e o ar não entrar.
E se respira mais fundo, e mais fundo, e mais fundo e o ar não entra.
Um nó, uma gravata, um laço, um braço apertando o pescoço.
Uma bigorna esmagando o peito.
Os pulmões comprimidos, os pulmões tão estreitos como uma folha de papel.
Tão estreitos...
O ar não entra. Não há ar que entre.
Desespero. Desespero.
E se respira mais fundo, e mais fundo e o ar não entra.
A visão fica embaçada.
A sensação de vertigem.
As coisas sem cor.
O olhar que não vê.
A sensação de estar fora da realidade, totalmente fora da realidade, pairando.
Aquela sensação inexprimível de ar, de falta de ar, precisar de ar, desesperadamente de ar.
E se respira fundo, e fundo e o ar não chega aos pulmões.
A folha de papel, na qual se transformaram os pulmões, faz com que o ar jamais chegue a eles.
O ar não passa, não passa.
O ar não consegue ultrapassar a garganta.

Respirar pelo nariz é totalmente impensável porque o ar que passa pelas narinas é muito pouco.
Muito pouco.
É preciso respirar pela boca.
Fazer muita força, muita força.
Nada entra, nada.
O cérebro carece de oxigenação.
O raciocínio desaparece.
As funções do corpo ficam mais lentas, às vezes mais rápidas, às vezes alucinadas, às vezes desconectadas, às vezes agitadas.
Angústia... Angústia...
Estado eterno...
Angústia... Angústia...
Presto mais atenção a ela.

Começa na garganta, com um pequeno formigamento. Quando as formigas aparecem é sinal que a coisa vai.
Em seguida, vem uma sensação que alguns dizem ser de aperto na garganta. Não sei. Mesmo após tantos anos ainda não a conheço bem.
Aos poucos esse aperto vai descendo, chegando à parte superior dos pulmões.
Aí, começa o problema da respiração.
Vai ficando difícil.
Os pulmões passam a parecer espremidos, depois apertados, em seguida achatados.
A sensação é devolvida para a garganta, onde o aperto já é bem maior.
Forma-se uma massa compacta de toda a região superior do tronco.
Os ombros se contraem. Tudo fica rígido.
A respiração pela boca tem, então, início.

Alguns tremores agitam o corpo.
Os pensamentos se embolam, a visão fica focada, turva e distante.
Vai embora a noção de tempo e de espaço.
Aprofunda-se a respiração pela boca.
Desespero. Desespero. Desespero.
Vai aumentando cada vez mais.
Desespero. Desespero. Desespero.
Jamais tive coragem para esperar o final da história: corro sempre para meu remédio.
Durante o dia é apenas meio.
Às vezes, várias vezes.
Li na bula que depois de vinte minutos está completo o efeito do meu mais leal companheiro.
Há tantos anos ele está em minhas veias, que acho que o efeito agora é apenas psicológico. Meu organismo deve estar muito acostumado com ele. Mas a sensação horripilante desaparece.
O que aconteceria se eu não interrompesse o processo?
Hoje não tomei meu remédio.
Chorei.
Muitas vezes, quando tomo tudo passa, vem uma grande calma e, em seguida, vontade de viver.

Carmem deitou-se em sua cama implorando a Deus que a livrasse daquela sensação. Todos os finais de tarde vinham acompanhados do imenso sofrimento. Mas as tardes e noites de domingo eram as piores. Na manhã seguinte tudo recomeçaria e, apesar de os fins de semana serem solitários, sua convivência consigo mesma era um pouco mais saudável do que sua relação com o mundo.

Por mais que puxasse pela memória não conseguia lembrar algum período de felicidade na sua vida. Momentos, talvez. Mas, como acreditava firmemente que a felicidade é o resultado de um processo interno, sabia que ela jamais estivera ao seu alcance.

Espremida entre duas irmãs mais velhas e uma mais nova, passara despercebida de seus pais. Não tão bonita quanto Clara, não tão inteligente quanto Clarisse, não tão geniosa quanto Patrícia, restava-lhe apenas ser uma garota desajeitada e inconveniente. Ao menos era assim que todos pensavam. E que ela também pensava.

Bem, era hora de começar a preparar-se para o dia seguinte. Seu cabelo estava lastimável. O corte pretensamente Chanel, armava à exaustão. Para completar, sua cabeleireira insistira em cortar uma franja, que acabava uns dois centímetros acima da linha da sobrancelha formando ridículos caracóis para os dois lados. O ressecamento dos fios era visível. Se não fosse o tom cerejeira, poderia facilmente ser confundido com uma vassoura de piaçava. Tentaria acertar a mão com a escova redonda e seu secador meio frio e soluçante.

Mas antes, seria necessário recorrer à sua cota da tarde de uma metade de ansiolítico. A outra metade ficaria bem à mão caso a sensação não recuasse. A melhor estratégia era tomar a metade em jejum e ir para baixo do chuveiro com música bem alta. O tempo de efeito do remédio era de aproximadamente vinte minutos. Seu banho teria a mesma duração. Se tudo ocorresse como o planejado já não sentiria nada quando pegasse a toalha para se secar. Para o efeito ser mais eficaz deveria tirar a roupa sem se olhar no espelho porque, caso olhasse, veria as conseqüências de seus dezesseis quilos a mais e de seus últimos trinta anos sem exercícios.

Debaixo da água pensou em fazer algo diferente para seu corpo. Se saísse correndo pela casa e pegasse um bocado de açúcar e o misturasse ao sabonete líquido, poderia fazer uma esfoliação na pele. Desistiu ao imaginar que transpiraria barbaramente secando a casa. No próximo banho traria o açúcar e prepararia a mistura ainda seca. Por hoje, bastava esfregar o corpo com a buchinha e o sabão e o cabelo com um xampu anticaspa. Maldito xampu. Deveria ser indicado para lavagem de palha de aço. Um pouco de creme para desembaraçar facilitaria seu trabalho.

Sentiu seus braços extremamente pesados. Não era assim tão fraca. O problema não deviam ser os braços. Era a preguiça dos domingos, certamente. Forçou-se a continuar esfregando a cabeça. Os movimentos eram lentos. Enxaguou os cabelos. Não tinha certeza se passara uma ou duas vezes o xampu. Provavelmente duas.

O final do banho foi lento. Não sentia sono nem cansaço. Apenas aquele estranho peso. Desta vez era maior. Seu remédio não causava aquela sensação. Ele a acompanhava há muitos anos e, quando seu efeito estava completo, sentia uma grande paz e o ânimo revigorado. Naquele domingo, no entanto, sentia vontade apenas de abaixar os braços e deixar os ombros caírem.

Ao lembrar-se do que a esperava na manhã seguinte, sentiu outro forte aperto na garganta. O ar passou a entrar em minúsculas golfadas e, no interior do seu organismo, ficava retido por centésimos de segundo em seu abdômen superior e solto tão rapidamente quanto entrara. O peso do corpo era tão grande que se deixou ajoelhar por um instante. Sentia como se tivesse sofrido uma grande queda na pressão arterial.

Acendeu um cigarro ainda molhada e com a pequena toalha mal enrolada no corpo. Agora sim, podia saborear o cigarro sem que precisasse da fumaça como se fosse uma sonda abrindo seu peito. A horrível sensação de angústia passara. Sentiria um pouco mais de tranqüilidade até chegar o esperado momento de ir dormir quando, já deitada, ligaria a televisão com o som bem baixo, tomaria um comprimido inteiro do mesmo querido remédio, olharia para o relógio e esperaria com tranquila resignação os vinte minutos passarem para deixar a TV sem som, virar-se para o lado e dormir um sono despovoado de personagens e histórias.

Pensou em passar algum creme no rosto, mas o único creme que possuía demorava a ser absorvido pela pele e acabava por grudar em seus cabelos molhados.

Vestiu rapidamente o pijama de malha azul claro com aplicações de flores coloridas no peito. Era largo e confortável. Adorava comprar pijamas. Procurava modelos bem joviais, com ursinhos, joaninhas e flores. Às vezes, tinha certa dificuldade em encontrar modelos assim para o seu tamanho. Então, apesar de não ser dada a gastanças desnecessárias, quando os encontrava adquiria vários.

Precisava domar o cabelo. Na frente do espelho separou-o em mechas mais ou menos largas. Prendeu cada uma com grampos. Então, com a escova redonda em punho soltou a primeira das mechas. Ligou o secador em sua potência máxima. Hoje, miraculosamente, o ar quente saiu em lufadas engasgadas.

Seu estômago deu sinais de que precisava de alimento. Não poderia dormir com fome. Na cozinha avaliou suas possibilidades. Escolheu fazer uma boa refeição noturna.

Olhou para a geladeira. Velha. Um modelo antigo, que estava fora de linha há muitos anos. Precisava degelá-la, o que exigia grande energia: tirar tudo separando o que deveria ir para o lixo, desligá-la, passar horas aguardando que todo gelo derretesse, torcer para ter colocado as bacias e os panos no local certo para que aquela montanha de água não escorresse por toda a cozinha, limpar todo o seu interior, lavar na pia as partes removíveis que, de tão grandes, espirrariam a água que cairia da torneira para todos os cantos, montá-la, limpar tudo o que deveria voltar, descobrir que várias coisas já não mais prestavam após o tempo passado em temperatura ambiente, jogar no lixo, arrumar o remanescente, recolher bacias e panos, lavar tudo, levar o lixo para fora, limpar a pia, o chão e os armários, olhar para o trabalho concluído e perceber que precisava ir ao supermercado com urgência porque pouco sobrara.

Em primeiro lugar, prepararia um lanche para Camilla. Não sabia onde a filha única estava, mas não se preocupava. Camilla era a mais responsável das criaturas. Mesmo que chegasse tarde, na manhã seguinte estaria acordada bem cedo, pronta e bem disposta para as atividades do dia. Sua sobrinha Beatriz viria com Camilla para passar a noite. Também ela merecia um bom lanche.

Camilla dera-lhe um fogão em seu último aniversário. Aquele foi o melhor presente que alguém podia imaginar lhe dar. Seu único hobby, seu único prazer, era cozinhar.

Decidiu-se por algum sanduíche bem básico com pão sírio – assim Camilla não reclamaria do excesso de carboidratos, do excesso de farinha refinada, do excesso e do excesso...

Abriu dois pães sírios, os mais magrinhos que encontrou. Juntou sobre a tábua de carne duas fatias de mussarela, duas de peito de peru defumado, duas folhas de alface e uma metade de tomates sem sementes. Misturou tudo enquanto picava os ingredientes.

Colocou, por apenas alguns segundos, uma pequena terrina com duas colheres de requeijão no micro-ondas para amolecê-lo. Enquanto isso, torrou em uma frigideira alguns pedacinhos de bacon. Misturou todos os ingredientes e recheou os pães.

Os pães foram para o forninho pré-aquecido onde ficaram por menos de um minuto. Ainda quentinhos receberam cerejas ao marrasquino espetadas por palitinhos de aperitivo. O caldo de cereja espalhou-se pelos pães e, graças à quentura, impregnou-os atingindo os recheios. Devolveu os sanduíches para o forninho, onde aguardariam pacientemente a chegada de Camilla e de Beatriz.

Olhou de rabo de olho para aqueles suculentos sanduíches. Pareciam deliciosos. Num impulso pegou um deles e comeu-o de uma bocada só. Sentiu-se culpada. Bia não poderia ficar sem comer. Com esmero redobrado fez mais um sanduíche, que foi rapidamente colocado no forninho.

O estômago de Carmem rangia no vácuo . É lógico, pensou, aquilo que Camilla comia não alimentava ninguém. Precisava de alguma coisa que tivesse mais substância.

Ovos. Ovos e as batatas coradas que haviam sobrado das refeições da semana a manteriam alimentada até a manhã seguinte. Se acordasse durante a madrugada apenas um docinho seria suficiente para que chegasse até o café da manhã.

Pensando em algo com mais substância bateu quatro ovos com um batedor manual. Em seguida, juntou bacon, queijo parmesão, cebolinha, o sal e a pimenta-do-reino. Misturou batatas cozidas. Fritou em fogo baixo.

Com um pãozinho francês colocado no prato da fritada e um grande copo de refrigerante normal – odiava o gosto do adoçante artificial – voltou para seu quarto e acomodou-se na cama, por baixo do seu cobertor. Escovaria os dentes pela manhã.

Enrico

Horas de sossego! Horas de silêncio! Horas de feliz solidão!

No silêncio do pequeno quarto, que pleiteara após o casamento do filho – e que mais servia de depósito do que de escritório – podia dedicar-se a deleitar-se com o silêncio.

Sabia como afastar Patrícia dali: se sua mulher aparecesse com alguma reivindicação, ordem ou reclamação leria, ou melhor, declamaria a mais complexa poesia que encontrasse no seu pequeno livro.

Na verdade, pouca ou nenhuma diferença fazia se a poesia fosse ou não compreensível. Patrícia não tinha interesse algum por qualquer coisa apreciada por Enrico.

Não permitia que ele tivesse livros em casa, obrigando-o a frequentar a biblioteca pública, cruzando toda a cidade apertado naqueles péssimos ônibus, o que lhe custava quase quatro horas entre ida e volta, para pegar um único livro emprestado. Um único porque, se trouxesse mais de um, Patrícia o obrigava a voltar à biblioteca para devolver o excedente.

Patrícia julgava-se a mais organizada das donas de casa. Considerava aquele monte de lixo que trouxera há anos da casa da mãe como antiguidades que um dia teriam valor e não como o lixo que realmente era. A casa estava entulhada e empoeirada. Se ao menos fosse para recordar-se da mãe!

Mas ela dissera:

— Tudo o que é velho acaba virando antigo. Não vou deixar minhas irmãs lucrarem sobre o meu suor.

Desanimou-se ao pensar no que seria o seu jantar. Um pouco de arroz, que Patrícia fazia toda segunda feira e permanecia guardado por longos sete dias em uma panela de alumínio na geladeira e que ia ficando suado e ensebado durante a semana, e um pouco de carne moída que sobrara do molho da macarronada do almoço.

Enrico pediria uma pizza, mas a idéia partiu às pressas de sua mente, ao imaginar-se sentado à mesa com Patrícia, ouvindo suas reclamações sobre arrumar mesas e lavar pratos no domingo à noite.

Comparado a isso, o arroz com carne parecia o mais refinado dos pratos do The Four Seasons. Não que conhecesse alguma coisa além de São Paulo e de algumas cidades turísticas próximas. Patrícia rejeitava qualquer idéia de afastar-se dos filhos por mais de dois ou três dias. Podia entender enquanto eram pequenos, mas agora todos estavam adultos!

Pensando bem, aquelas curtas viagens foram um suplício para Enrico. Sua esposa, para despertar as risadas dos companheiros de classe média e de média idade, usava o marido como ponto central de seu humor. Debochava dele e de seu amor pelos livros.

Recitava em falsete Casemiro de Abreu, "Meus oito anos" – único soneto que conhecia – imitando com gestos os sentimentos que julgava provocarem as profundezas de Enrico:

Oh! Que saudades que tenho
Da aurora da minha vida,
Da minha infância querida

33

Que os anos não trazem mais!
Que amor, que sonhos, que flores,
Naquelas tardes fagueiras
À sombra das bananeiras,
Debaixo dos laranjais! (...)

Todos riam. Assim espalhava-se a popularidade de Patrícia. Mostrava, utilizando bolsas, casacos, almofadas como imitações da barriga de Enrico, como o marido sentava tentando apoiar os livros sobre a barriga e como a sua proeminência era uma grande auxiliar da limpeza doméstica, já que amparava os restos de comida que Enrico deixava cair enquanto comia.

Nas poucas vezes que reclamara dizendo-se humilhado, Patrícia rira, mas que idiota ele era! Tudo não passava de brincadeira. Mas também de verdades. Não era assim mesmo que ele era?

No último outono, Enrico tomara uma atitude sábia. Contratou uma viagem de sete dias para as cidades históricas mineiras. Na véspera, entupiu-se de purgativos. Passou tão mal, mas tão mal, a coisa ficou tão feia, que a mulher achou por bem fugir sozinha daquela casa. Ele sorriu ao lembrar: dois dias depois estava bem e livre.

Foram os melhores dias dos últimos quinze anos. Ou vinte! Ou trinta! Acordava mais cedo com imensa boa disposição. Sentava-se em uma velha cadeira de praia reclinável em seu pequeno quintal, onde apenas uma árvore de primaveras podia ser vista – Patrícia dizia que flores deixam a casa com cheiro de velório e que em um jantar à luz de velas com arranjo floral só faltava o caixão –, espalhava à sua volta todos os livros que conseguisse carregar desde a biblioteca e passava horas e horas aproveitando o efeito que cada palavra causava em cada parte do seu corpo.

Duvidava que a ciência explicasse aquela sensação de sangue correndo pelo corpo. Os romances que lia faziam-no incorporar personagens, visualizar lugares, sentir os beijos quentes e apaixonados. Abandonava seu corpo e seu cérebro para seguir por estradas, conhecer cidades, sentir perfumes, morrer acidentado, enfartado, envenenado...

Podia prescindir dos seus sentidos. Só precisava da sua imaginação. Por dias, viajou pelo mundo. Não falou com ninguém. Ignorou seus filhos. Patrícia não ligou. Ele era muito grato a Deus por isso.

Quisera ele ter coragem para buscar algum calor nos braços de uma mulher. Não se importaria de gastar boa parte da reserva que mantinha escondida dentro do bolso do seu casaco mais antigo.

Procuraria uma mulher de mais de quarenta anos que, apesar da profissão, se sentisse tão solitária quanto ele; levaria um botão de rosa para mostrar que ali estava por algo bem maior que sexo. Pensou nas mãos da bela dona acariciando sua face, no sorriso doce que curvava seus lábios tingidos, nos seus olhos fixos no mais profundo de seus olhos. Como se a conexão se fizesse por dentro da íris.

Adormeceu sem jantar. Adormeceu nos braços de Cecília Meireles, recitando "Meu sonho":

Parei as águas do meu sonho
para teu rosto se mirar.
Mas só a sombra dos meus olhos
ficou por cima, a procurar (...)

Camilla

– Qualidade, elegância. Economia de energia. Esta é a tarefa de todos os dias, de hoje até o fim da vida.
    Camilla era iniciante ali, mas tudo lhe soava familiar. Não precisava raciocinar para entender. Algo além do seu corpo físico captava o sentido do que era dito, como se Platão e Jung estivessem conspirando para que ela acessasse arquétipos conhecidos. Riu de si mesma. E o que conhecia dos dois? Apesar de estudante de filosofia podia considerar-se mais uma volumóloga que empilhava livros e livros sobre todos os assuntos do que uma semientendida em qualquer deles. O importante é o que as palavras de seu orientador penetravam em camadas profundas do seu ser.
    Camilla olhou para o lado e contemplou o lindo rosto de sua prima. Bia mostrara ser sua alma gêmea, a única na família com quem Camilla sentia-se em paz. Fora Bia quem a levara para aquele círculo de pessoas onde se ouvia e falava as coisas de uma Tradição que, da mais justa forma, era chamada Sagrada.
    – Pedir é exigir – alertou Sérgio, seu orientador. – Meditem durante os próximos dias sobre a seguinte frase:

Devemos ter
Humildade para pedir
Paciência para esperar
Coragem para receber

Seu grupo reunia-se às terças-feiras, mas nesse domingo, entenderam que a proximidade era o que melhor cabia. Sentados no chão daquela que se transformara na mais acolhedora das salas, sem sapatos, já que o tapete daquele local era considerado sagrado, ouviam atentamente a transmissão dos ensinamentos que passavam de mestre para discípulo há mais de 5.000 anos. Aprendiam que eram únicos e especiais e deviam comportar-se como os olhos do Divino na terra.

"Se o homem entender-se como o portal de entrada das informações que vão chegar a Deus tratará a si e ao universo com uma maior gentileza."

❖

Camilla e Bia frequentavam o grupo mantendo certo sigilo. Recusavam-se a expor-se a infindáveis críticas.

Sua mãe, Carmem, que já se via como derrotada pela vida, em estágio adiantado de depressão, não entenderia para quê. Sua tia Clarisse questionaria sobre as carências das sobrinhas e, num plano bem terreno, por que não se dedicavam com fervor a uma sólida carreira. Sua tia Clara diria que melhor seria se se aperfeiçoassem em todos os campos da vida e gerassem estabilidade ao seu redor.

As reuniões do grupo haviam começado em fevereiro, há dois anos. Aprenderam a "acordar" o corpo fazendo relaxamento, buscando o esvaziamento da mente. Lembrava-se perfeitamente daquele dia. O grupo era grande – uns vinte e poucos integrantes. Tiveram que se ajeitar no chão para caberem todos deitados. A primeira orientação era que fizessem um relaxamento profundo começando pelos pés. Todos os participantes já haviam feito o mesmo relaxamento inúmeras vezes, mas de forma totalmente diferente, objetivando "esquecer" o corpo e focando toda a energia em criar paisagens paradisíacas nas quais não estavam incluídos – mais tarde perceberam a importância e a diferença que isso fazia. Sérgio determinara que, ao mesmo tempo em que relaxavam cada pedacinho do corpo, colocassem atenção naquele ponto, percebessem sua existência como se os órgãos do sentido estivessem nele concentrados. A respiração. Deviam jogar muita atenção na respiração.

Apesar de ter relatado ao final do exercício que seu corpo relaxara, mas a mente em absoluto acalmara, sabia da importância daquele primeiro dia porque lembrava, como se tivesse ocorrido há dez minutos, do nauseante cheiro que vinha da rua, enquanto passava o caminhão da coleta de lixo, do incômodo do barulho dos aviões que voavam muito próximos da sua cabeça. Mais para frente, Camilla entendeu que havia tido alguns relances de Presença porque sensações ficaram marcadas em algum lugar dentro de si.

Naquela noite, Sérgio explicou que é muito mais fácil relaxar o corpo do que a mente. Durante o exercício, Camilla percebeu que os pensamentos passavam pela sua cabeça como raios. Ficou uma imagem, acompanhada por um arrepio na pele, de fios e mais fios de laser colorido transpassando seu cérebro ao mesmo tempo, todos embaralhados, se chocando, se esbarrando. Ficou, também, a sensação de pouco valor de todo aquele gasto de energia mental, já que não conseguia lembrar-se de nada que lhe ocorrera naquele momento.

Gustavo

Gustavo olhou pela porta entreaberta e observou Clara. Aquele sorrisinho estava no seu rosto, o meio sorriso amado que o encantara e o prenderia por toda a vida. Se pudesse perderia todo o seu tempo abraçando aquela mulher. Perderia, não. Ganharia.

Linda, de estatura mediana e formas generosas, podia se dizer que tinha o corpo das brasileiras. Pernas longas, grossas e torneadas, nádegas firmes, cintura fina. O cabelo castanho escuro, grosso e liso caía por suas costas sem um fio fora do lugar e contrastava com a suavidade dos olhos enormes e amendoados, que pareciam puxados para o alto. Os cílios muito escuros davam-lhe expressão e profundidade, mas a boca! Era a boca que o enlouquecia, grande, carnuda, úmida. Boca feita para beijar.

Clara era tudo o que um homem poderia desejar. Uma caprichosa dona de casa, requintada anfitriã, mãe extremada e carinhosa. Como esposa, era atenciosa e carinhosa. Muito feminina, delimitava os campos de atuação seus e de Gustavo. Sabia comportar-se com discrição e moderação quando na presença de amigos menos próximos e de pessoas ligadas ao marido. Nestas ocasiões, fazia questão de colocar-se em segundo plano, demonstrando admiração e respeito. Afinal, tinha certeza de que o homem era o líder da família.

Raramente telefonava para Gustavo e, se ligava, era para dizer palavras afetivas. Os problemas de casa e dos filhos eram de responsabilidade da mulher. Ao marido cabia pagar as contas.

O que mais Gustavo poderia desejar? Quando chegava após o trabalho encontrava uma casa impecável, um bom jantar, um serviço doméstico primoroso, filhos comportados, e acima de tudo, uma linda mulher bem vestida, perfumada e informada, pronta para ouvir o que Gustavo tivesse a dizer e discutir qualquer notícia, fosse de espetáculos e cinema até economia ou política. Quando ele resolvia entrar em sua "caverna" ela entendia que esta é uma necessidade na qual não se deve interferir.

E durante as noites, madrugadas ou manhãs, abandonava seu corpo para que Gustavo pudesse nele buscar toda a satisfação que quisesse, da forma que quisesse, quanto quisesse. Transformava-se em um ser ardente que se colocava à disposição do marido para realizar todas as suas vontades.

Esta noite não seria diferente. Na verdade, seria sim. Gustavo tinha muitas fantasias não realizadas. Seria a noite de colocar mais uma delas em prática.

Catarina

Naquela noite de domingo, Catarina estava um pouco bêbada, um pouco drogada, um pouco triste, um pouco feliz. As horas passavam devagar e ela precisava que passassem rapidamente para ir para casa, deitar-se e dormir sem ser perturbada pela mãe. Não tolerava aquela mulher. Era muito difícil entender como duas pessoas tão diferentes podiam habitar a mesma casa.

O efeito da mistura do álcool e da erva estava se acentuando. Que maravilhosa sensação de abandono! Até mesmo a culpa por estes momentos desregrados estava se esvaindo. Mais alguns minutos e estaria vendo os seus gnomos e duendes particulares.

Num verdadeiro impulso, sentou-se e aspirou por uma das narinas uma pequena quantidade daquele pozinho branco que tratava todas as tristezas e ressentimentos. Deixou-se deitar. Não iria oferecer qualquer resistência aos efeitos das drogas.

Sentiu alguém abrir sua calça jeans e puxá-la para baixo. Sentiu sua calcinha ser tirada por mãos hábeis. Sentiu alguém deitar-se pesadamente em seu corpo e com as pernas abrir suas pernas. Seu corpo foi vigorosamente penetrado. Quando acabou, outro corpo a penetrou e mais outro e mais outro. Sentiu um grande aconchego naqueles corpos. Poderia ficar ali naquela posição o resto de sua vida. Sentia-se amada e protegida.

O som das vozes e das risadas era intenso e distante. Via muitos vultos ao seu redor. Aqueles corpos amorosos continuavam deitando-se sobre o seu fazendo-a sentir-se querida, desejada.

O torpor que sentia era tão grande que já não diferenciava rostos e vozes. A sensação de tempo esvaíra. A pressa desapareceu e a vida tomou a forma de uma esmaecida estampa de flores grandes. Um bosque era composto por aquelas flores e seus minúsculos gnomos brincavam e dançavam entre elas. Uma fadinha loira comandava as brincadeiras com sua varinha de condão.

❖

Catarina acordou em sua cama. Eram altas horas da madrugada de segunda-feira. Como viera parar ali? Tinha certeza que estivera naquela sala onde se abandonara a muitos prazeres na noite anterior. Como chegou ao seu quarto? Talvez tudo fosse um sonho, não, não era. Vestia ainda a calça jeans e a blusa que usava na noite anterior. Sua virilha doía, estava muito suja e cheirava mal, muito mal.

O gosto na sua boca era horrível. Uma dilacerante dor de cabeça se armava. E a náusea. A náusea... Virou para o lado e vomitou, vomitou até sentir lágrimas escorrendo de seus olhos. Vomitou até não sobrar uma víscera no lugar. Vomitou ate encharcar os pequenos tapetes de ráfia que ficavam ao lado de sua cama. O vômito esparramou-se por seu cabelo comprido, respingou nos lençóis, escorreu por sua boca até manchar sua já suja camiseta.

Os cheiros ruins nausearam mais uma vez Catarina e ela vomitou. Seu corpo todo doía. Espasmos percorriam-na. Deitou-se de barriga para cima. Quando as próximas golfadas vieram não teve forças para se mexer. Sujou-se inteira.

Roberto

— Idiota, mas que idiota eu sou. Fraco, fraco! Mais uma oportunidade perdida. O que contaria para Luana? Que sentiu medo de falar que iriam se separar? Que sentiu medo das críticas de sua mãe?

Luana riria, ironizaria, ameaçaria fazer sua mala e ir embora. Roberto teria de implorar que ficasse. Não poderia suportar a humilhação de que fora abandonado. Não que esse não fosse seu maior desejo. Precisava libertar-se daquela mulher cruel que se tornara sua esposa.

Que desastre de relacionamento. Quando se casaram, Roberto sabia que não havia amor entre eles. No início de forma tácita, e depois de forma bem expressa, decidiram pela união para se libertarem das próprias famílias.

Roberto imaginava que ficaria enfim a salvo do domínio obsessivo da mãe e da convivência com um pai que se deixava degradar a cada dia. Luana acreditava que poderia libertar-se da máscara de boa moça que a fazia mediar os terríveis conflitos entre os pais.

Luana conseguira desde o casamento transformar-se em visita na casa da família. Não ouvia, não via, não falava. Evitava conversas particulares. Duas vezes por mês, sentava-se em uma poltrona na sala de televisão e assistia a qualquer coisa na companhia de seus pais. Quando tentavam contar-lhe qualquer coisa dizia com firmeza:

— Casei para ficar livre de vocês. Se sou infeliz no casamento, muito mais sempre fui aqui. Portanto, se vocês querem me ver que seja do meu jeito. Caso contrário, nunca mais apareço.

Os pais aos poucos foram se resignando. Aos poucos, também, as brigas e todos os motivos que levavam a elas foram se extinguindo. Provavelmente, a ausência de plateia desmotivou os combates.

Sem os pais para atacar, sua fúria contida voltou-se contra Roberto. Em primeiro lugar, passou a atacar a virilidade dele, ou a falta dela. Roberto jamais fora adepto das volúpias da carne. A falta de emoção no casamento foi, desde o início, um fator de desmotivação. Meditava constantemente a esse respeito. Afinal, comportava-se de forma oposta ao esperado de um homem.

Em seguida, revoltou-se com o paradoxo da falta de motivação e de extrema dedicação de Roberto ao trabalho. Tinha por hábito pegar os pontos fracos do marido. Queria que abandonasse o direito para dedicar-se a alguma paixão, mesmo que o dinheiro diminuísse. O exercício de advocacia era realmente um suplício, mas o que estava feito, estava feito. Apesar de arrastar-se em direção ao escritório todos os dias e cumprir suas tarefas por longas doze horas diárias como se estivesse carregando a mais pesada cruz, acabava por desempenhar bem e, conseqüentemente, ganhar um bom dinheiro. Era elogiado pelos sócios seniores e tinha a perspectiva de também se tornar sócio sênior em breve. Odiava usar colarinho e gravata, os paletós impediam seus movimentos, mas o que fazer? Quem disse que os médicos gostavam de usar branco e que os pilotos, de usar capacetes? Trabalho é trabalho e não se discute.

Sempre carregava algum trabalho para o fim de semana, o que enfurecia Luana. Ele não entendia por quê. Quem trabalhava era ele. Ela estava livre para fazer o que quisesse, mas ela dizia que queria a companhia do marido. Para quê? Não se amavam! E mais importante, se os prazos se acumulassem não era ela, Luana, quem iria sofrer em dobro.

Outra coisa que não entendia é por que ela insistia em lembrá-lo do seu gosto por aventuras e por esportes. Ele argumentava que eram passatempos de infância e que, apesar de sentir falta, não eram imprescindíveis.

Luana, em um ato de loucura, chegara a surpreender Roberto comprando uma viagem ao nordeste, com direito a vários passeios e hospedagem em praias espetaculares.

A recusa de Roberto causou extremo mal-estar na sua relação. Luana recusou-se a entender que quinze dias longe do trabalho eram inconcebíveis, que o calor do nordeste faria mal à pressão sanguínea já baixa do marido, que os ritmos musicais e o sol feririam Roberto.

Em uma crise de raiva Luana rasgou os vouchers jogando no lixo uma pequena fortuna. Por que não foi com alguma amiga? Alguém que gostasse daqueles ritmos enlouquecidos?

❖

Ao entrar em casa enfrentou o olhar de Luana em silêncio. Sem uma palavra, a mulher levantou-se do sofá onde esperava e dirigiu-se para seu quarto.

Após tolerar a indiferença da esposa, Roberto retirou-se para a varanda de seu pequeno apartamento. Luana e ele haviam programado mudar-se para um maior, mas na situação que o casamento se encontrava, não valeria a pena o investimento.

Com ele, levou para a varanda três livros do tema que o interessava no momento. Herdara do pai a paixão pelos livros, mas seu interesse concentrava-se nos grandes feitos dos grandes homens da história. Neste momento, seu foco era Carlos Martel e a estratégia que o fizera deter os mulçumanos nas suas hordas de invasões da Europa.

Enquanto lia, imaginava-se no lugar daqueles bravos homens. Ao lado do livro, um atlas histórico e outro da idade média faziam seus sonhos transformarem-se em quase realidade. Lia os textos e procurava nos atlas as rotas e os objetos utilizados. Plugado a Net com seu laptop, fazia desfilar por seus olhos imagens e mais imagens dos locais e esboços dos guerreiros.

À noite, para dormir, ao invés daqueles relaxamentos padrão imaginava-se em território de batalha com os cabelos desgrenhados, a barba por fazer, espada em punho e uma bela mulher aguardando o seu retorno enquanto pacientemente fiava uma nova manta para agasalhá-lo no inverno. Seus sonhos, agora na idade adulta, eram os mesmos que tinha na infância e adolescência. Naquela época, juntava cada centavo que conseguira para comprar livros e vídeos sobre as batalhas da história. Pedia à sua prima Camilla que os guardasse porque sua mãe não gostava de livros poeirentos dentro da casa.

Foi o melhor aluno de história e geografia que passou por sua escola. Seu interesse era tão grande que debatia amistosamente com os professores e sempre acabava acrescentando fatos que o melhor dos mestres sentia dificuldades em rebater. Dedicou-se à prática pesada de exercícios físicos e aos esportes em grupo, nos quais saía-se muito bem, pois todos os jogos transformavam-se para ele em arenas de combate, os adversários, em inimigos, seu lado da quadra, em seu território e a divina Luiza, que sempre o assistia, em sua esposa amada que o aguardava no castelo.

Não soube dizer não à sua mãe quando ela "sugeriu" que prestasse vestibular para direito. Não soube esforçar-se para ser reprovado, como não soube sair-se mal na faculdade. Finalizou o curso como um dos melhores da turma. Seu lugar já estava garantido em um dos maiores e melhores escritórios da cidade. Também não soube ser um mau advogado. Três anos após sua contratação já ascendera a sócio Jr. com imensos benefícios, o que também não soube recusar.

Todos os dias, prometia a si mesmo que não teria o mesmo destino do pai, aquele ser amorfo, cheio de frustrações, que se isolava em seu antigo quartinho para ler escondido. Todos os dias, prometia que não se deixaria tiranizar por uma esposa. Todos os dias, prometia que enfrentaria a mãe e conquistaria uma vida para si.

Felipe

Felipe ria. Sua barriga doía tanto, que precisou levantar-se e apoiar-se nas costas da cadeira.

Comera exageradamente, bebera cerveja exageradamente e agora ria exageradamente. Ao menos as noites de domingo eram sempre cheias de exagero.

Felipe levava a vida de forma cautelosa. Homem disciplinado, aos 53 anos já estava financeiramente realizado. Clarisse e os filhos acusavam-no de cultivar desejos pequenos. Poderia, se quisesse, conquistar muito mais. Ele não entendia para quê. Os filhos, já criados, cursavam boas faculdades. Cada um podia contar com uma boa poupança que Clarisse e ele iniciaram desde o primeiro momento que cada gravidez foi anunciada. Morava em um belíssimo apartamento, possuía uma bela casa em uma linda praia, um sítio a menos de uma hora de carro que, orgulhava-se, fora comprado com o dinheiro de seu trabalho sem que Clarisse pusesse um centavo sequer; viajava para o exterior uma vez por ano e uma vez por ano para lugares turísticos do Brasil.

Clarisse cuidava dele e de tudo. A casa funcionava até melhor quando a mulher não estava. Quando ela entrava a paz acabava. Muito agitada, fazia muitas coisas ao mesmo tempo, o que o atordoava.

Sua saúde estava perfeita. Sua pequena corretora de seguros estava sólida. O que mais poderia querer?

Sim, havia algo. Queria poder reconhecer os dois filhos pequenos que tinha com Maria Lucia. Aquelas crianças eram a sua paixão. Malu e ele criaram-nos com conceitos bastante diferentes dos que foram seus filhos legítimos criados. Mas se os reconhecesse perderia a possibilidade de continuar mantendo-os com a boa qualidade de vida que tinham. Optava, então, por adiar os momentos felizes que poderia desfrutar ao lado da família que considerava verdadeira. Mas o dia chegaria. Tinha certeza que chegaria.

Segunda-feira

Patrícia

Naquela manhã de segunda-feira, Patrícia logo cedo pressentiu o que havia acontecido. Antes mesmo de dirigir-se ao quarto das filhas ligou para a loja onde Catarina trabalhava e informou que a filha amanhecera muito doente e não poderia trabalhar.

Em seguida, armou-se de coragem e abriu a porta do quarto. Beatriz tinha dormido na casa de Carmem. Patrícia deu graças porque a filha do meio retornaria à casa apenas depois das onze da noite.

Prostrou-se observando Catarina. Seria impossível imaginar a filha ou qualquer ser humano em cena tão degradante. Seus cabelos castanhos claros estavam emaranhados e sujos de vômito. Fios se grudavam em seu pescoço suado. De sua boca partiam linhas de gosma amarelada já ressecada que se misturavam com o cabelo no pescoço e escorriam nas mais diversas direções. Seus olhos estavam inchados e fechados, sobressalentes em relação ao resto do rosto. Remelas acumulavam-se nas pálpebras e nos cílios demonstrando que lágrimas haviam escorrido de seus olhos. Tudo à sua volta era vômito: sua roupa, os lençóis, o travesseiro, o chão.

Patrícia aproximou-se olhando a filha. Sentiu vontade de pegar aquela garota e abraçá-la e dizer que a amava e que cuidaria dela para sempre e incondicionalmente.

Catarina era a mais bonita, a mais inteligente e a mais gentil dos seus três filhos. Quando nasceu, parecia que o mundo lhe sorriria por toda a vida. Mas, ao contrário, a vida a esbofeteara dia após dia desde o momento em que saiu da maternidade.

Catarina sempre fora o objeto dos olhares de candura da mãe. Aquela menina despertava o que havia de melhor em Patrícia. A gravidez foi a única desejada. Não apenas desejada, mas exigida.

Foi a melhor gravidez e o melhor parto. A filha simplesmente deslizou de dentro de si para o mundo quase sem chorar. As enfermeiras do berçário surpreenderam-se com aquela linda menina. Durante os três dias de internação, pouco chorou. Tratava-se de uma menina totalmente saudável e normal que mamava avidamente no peito da mãe e dava mostras de apreciar que a pegassem no colo e embalassem.

Mas no dia que sairiam da maternidade, o triste destino da pequena menina mostrou-se aos pais.

❖

Logo na primeira noite, Catarina mostrou-se extremamente irritada. Chorava aos berros. Seu sofrimento dilacerou a alma dos pais que, pensando tratar-se do estranhamento pela nova realidade, conformaram-se em embalar a criança madrugada adentro. O choro durou até a tarde seguinte. Chorou tanto, que não se alimentou. Quando a luz do seu quarto era acesa, a menina parecia ainda mais infeliz, o que fez com que os pais mantivessem uma vela acesa e, sob aquela fraca e trêmula luz, cuidavam da filha.

No segundo dia, Catarina parou de chorar. Sua quietude e apatia preocupavam mais do que as horas de gritos. Percebiam que estava acordada pelos olhos entreabertos e a respiração curta.

Não mais aguentando o cansaço, Patrícia deitou-se e adormeceu profundamente. Recomendou expressamente a Enrico que permanecesse ao lado de Catarina verificando qualquer alteração em seu estado. Enrico sentou-se em uma poltrona ao lado do berço da filha e imediatamente adormeceu tão profundamente quanto a mulher. Algumas horas se passaram antes que despertasse com os passos de Patrícia.

Patrícia sentiu a filha quente. Empurrou Enrico, que saiu correndo até a farmácia mais próxima e voltou com um termômetro. Trinta e nove graus. Pequenas manchinhas vermelhas por todo o corpo. Patrícia enfureceu-se. Como podia aquele imprestável abandonar a filha daquela forma?

Embrulhou a menina com o mais grosso dos cobertores e ordenou ao marido que tirasse o carro da garagem. Jogou-se para dentro enquanto o marido disparava em direção ao hospital. Durante o percurso, Catarina começou a vomitar e a ter espasmos profundos que pareciam convulsões. Segurando a cabecinha da filha, Patrícia sentiu que estava rija, com uma pequena protuberância bem no topo. O desespero se abateu sobre a mulher de tal forma que sua garganta parecia que iria explodir.

O trânsito intenso do final da tarde fazia com que permanecessem mais tempo parados do que em movimento. As convulsões se repetiam com intensidade cada vez maior. A menina ardia em febre. Enrico transpirava, sua pele avermelhara-se, as veias do pescoço e das têmporas saltaram.

Patrícia, num gesto de loucura, atirou a filha para o colo do marido e, em absoluto desespero, saiu do carro aos gritos pedindo socorro. Seus gestos foram tão bruscos que sentiu os pontos do parto realizado há apenas cinco dias lassearem e arrebentarem. Sentiu um fio de sangue escorrendo por sua perna, manchando sua calça acinzentada. Sufocou o grito de dor. Corria por entre os carros, batia em seus capôs. As pessoas assustaram-se e irritaram-se. Quem seria a maluca à solta no meio daquele congestionamento? Ninguém olhou diretamente para ela, talvez receando ter que se envolver naquela grotesca situação e estragar a possibilidade de voltar para casa e relaxar um pouco junto à televisão. Vidros foram erguidos, sons foram aumentados.

Um senhor idoso que passava pelo local entendeu. Ouviu, por entre aqueles atordoantes sons da cidade, a palavra "filha". Viu o sangue. Viu a expressão daquela mulher. Viu a porta de um carro entreaberta e um homem que chorava desesperadamente agarrado a uma criança. Não se deu ao trabalho de falar com Patrícia. Precipitou-se entre os carros chegando ao próximo cruzamento onde se encontravam dois policiais. Arrastou um deles, que não lhe deu voz de prisão devido à avançada idade daquele senhor. O policial também entendeu. Falando pelo rádio solicitou a presença de outros dois policiais em motocicletas. Dirigiu-se para Patrícia e, com todo carinho conduziu-a de volta ao carro. A mulher estava histérica. O marido também. Ordenou que Enrico passasse para o banco de trás com a filha. Assumiu o volante no exato momento que os batedores chegaram.

O trânsito abriu tão logo as sirenes e as luzes foram ligadas. Um alívio geral foi sentido. A noite estava salva.

No Pronto Socorro do hospital enfermeiros perceberam a urgência. Um rapaz de pouco mais de vinte anos tomou Catarina nos braços e precipitou-se para o interior do prédio.

A médica plantonista demorou apenas alguns instantes para estar ao lado da criança. Suspeitando tratar-se de algo muito grave determinou ao enfermeiro que chamasse pelo sistema interno de som um pediatra especializado em recém-nascidos. Dez minutos se passaram até que um homem de meia idade tomasse para si os cuidados da criança. Examinando-a ordenou que a pequena menina fosse imediatamente levada para a UTI neonatal, onde lhe seriam administrados anticonvulsivantes, antitérmicos, antibióticos e soro por via endovenosa.

O médico dirigiu-se então para Patrícia e Enrico.

– Quanto tempo tem a criança?

– Cinco dias, respondeu Patrícia.

– A senhora pode descrever em ordem cronológica os sintomas que sua filha apresentou? – questionou o médico com gentileza.

– Bem, doutor. Chegamos ontem à tarde da maternidade. Minha filha mostrava-se calma. Mas, logo no início da noite, começou a debater-se e a chorar. Chorou até hoje de manhã. De maneira inusitada parou de chorar e ficou muito quieta. Acordada, mas quieta. À tarde, percebemos que estava com febre alta. Viemos correndo. No caminho vomitou um líquido amarelo e, acho eu, teve várias convulsões. Aos poucos caiu nesse estado de letargia.

– Ela se alimentou?

– Não – apressou-se Patrícia a responder. – Ela recusou o peito. Tentei dar água, mas ela também recusou.

– A que horas a febre começou?

Patrícia abaixou os olhos. Não sabia como dizer ao médico que o marido e ela estavam profundamente adormecidos enquanto a menina agonizava.

Enrico tomou-lhe a frente. Com seu jeito um pouco irônico, um pouco irreverente, explicou:
— Não sabemos, doutor. Estávamos dormindo. Aproveitamos que a menina acalmou e fomos dormir.

O médico olhou-o com expressão incrédula:
— Os dois dormiram ao mesmo tempo? A criança ficou sozinha?

Patrícia e Enrico, constrangidos pelo olhar do médico, emudeceram. Enrico, enfrentando a situação, acabou por balbuciar:
— Bem, foi entre duas e seis desta tarde.
— Com isso o senhor está me dizendo que sua filha pode estar com febre muito alta há cinco horas sem receber qualquer atendimento?

Dizendo isso, o médico voltou-lhes as costas. Patrícia, em pânico, alcançou-o e, com olhos suplicantes, pediu que lhe dissesse algo sobre a saúde de Catarina.

— Meningite, minha senhora, provavelmente sua filha está com meningite. Estamos tentando reequilibrá-la, já que está desidratada e sua temperatura está extremamente alta, para que possa realizar os exames necessários.
— Quais exames? Pode ser grave?
— Ela será submetida a uma punção para extrair líquido espinhal. O diagnóstico de meningite será, então, confirmado. Se ela convulsionar novamente precisará ser entubada, — relatou o pediatra, virando-se em direção ao corredor que levava aos elevadores. Patrícia agarrou-o pelo jaleco.
— E o que poderá acontecer?

O médico, impaciente, pensou em sugerir que ela e o marido voltassem para casa e dormissem mais um pouco. Mas, lembrando-se do seu dever ético e vendo a dor nos olhos daquela mulher sentenciou com voz constrangida:

– O tratamento poderá dar bom resultado. Poderá também ocorrer óbito. Outra hipótese é a recuperação com seqüelas. Isto quer dizer que uma das hipóteses é a criança apresentar lesões cerebrais.

❖

Patrícia não sabia por onde começar. Esqueceu-se dos outros compromissos do dia, armou-se da determinação que lhe era característica, automatizou os procedimentos de há muito conhecidos e deu início ao trabalho que lhe tomaria toda a manhã.

Em primeiro lugar, calçou chinelos e vestiu bermuda e camiseta, tudo velho o suficiente para merecer acabar no lixo. Na cozinha, colocou um grande caldeirão de água para esquentar. Abrindo os armários muito conhecidos pegou algumas bacias plásticas e uma imensa panela que encheu de água fria filtrada. Foi à lavanderia e pegou um balde de água com um desinfetante forte à base de eucalipto, grandes sacos de lixo pretos, 1 litro de álcool, dois rolos de papel absorvente e todos os panos de chão que pôde encontrar. Voltou ao quarto, abriu a janela para que o cheiro fétido saísse, tomando o cuidado de fechar a cortina para que a luminosidade não ferisse os olhos da filha.

Procurava não fazer barulho, apesar de saber que Catarina não acordaria ainda por muitas horas. Recolheu os tapetinhos que estavam dos lados da cama e tinham sido atingidos em cheio pelo vômito. Com o papel absorvente limpou o grosso da sujeira que se espalhava pelo chão e pelas laterais da cama. Tudo ia sendo jogado dentro do primeiro saco de lixo.

Molhou um dos panos na água com desinfetante e passou-o, primeiro nas laterais da cama, depois no chão. O pano foi para dentro do saco de lixo. Molhando outro pano, passou por todo o chão para tirar o que ainda havia da sujeira.

Seguiram-se vários panos molhados naquela mistura. Amarrou muito bem o saco de lixo e levou-o para a rua. Nada poderia ser feito com aquelas coisas.

Retornou à lavanderia e lá pegou, no alto do armário, dois grandes cobertores velhos, alguns pedaços de plástico, uma sacola com fraldas de pano e vários lençóis bastante grandes. Voltou ao quarto. O momento mais delicado se aproximava.

Cobriu a cama de Beatriz com dois lençóis e um cobertor. Em seguida esticou um dos plásticos por sobre o cobertor. Mais lençóis foram acrescentados, entremeados por plásticos. Voltou-se para a filha. A visão daquela criança devastou seu coração. Tinha que continuar. A filha precisava sentir-se bem.

Com cuidado, enrolou o cobertor e o lençol que cobriam a filha. Jogou-os em um novo saco de lixo. Curvou-se sobre Catarina e carinhosamente passou os braços pelas suas costas e por baixo das pernas. Levantou-a. A filha estava tão magra e entregue que não foi difícil levantá-la.

Catarina mexeu-se quase acordando, mas a mãe acalentou-a.

— Dorme, minha filhinha — disse Patrícia, — mamãe está aqui para fazer carinho na sua filha amada. Tudo está bem. Nada pode acontecer de mal a você.

— Mamãe, mamãezinha, da cara bonitinha — aconchegou-se Catarina ao colo da mãe com a mesma frase que falava desde que pronunciara as primeiras palavras.

Patrícia pousou-a na cama de Beatriz.

— Fica bem tranquila, filha. Mamãe vai trocar sua roupinha.

Com mãos ágeis e delicadas, Patrícia abriu o zíper da calça jeans de Patrícia, puxando-a para baixo. Seu coração foi martelado com a cena que viu. A calcinha da filha estava endurecida pela grande quantidade de sêmen que escorrera das suas entranhas. Alguns filetes de sangue misturavam-se ao sêmen. Sua região genital estava muito inchada e muito vermelha. Pernas, abdômen, glúteos e seios marcados por hematomas de dezenas de dedos que os tinham apertado e segurado. Seu corpinho quase infantil estava sujo, revelando que tudo acontecera em um chão imundo qualquer de um lugar imundo qualquer.

— Meu Deus — balbuciou Patrícia. — Por que, meu Deus, depois de todo esse tempo isto volta a acontecer?

Não se permitiu lamentar por mais do que um segundo. Com uma concha de sopa despejou na bacia um pouco da água fervente e ali misturou a água fria. Experimentando com o cotovelo achou por bem colocar um pouco mais de água quente. Não queria que a filha sentisse frio ou se resfriasse. Ainda bem que no auge da primavera a temperatura estava alta. Tudo era mais difícil no inverno. À água misturou um pouco de sabonete líquido antisséptico e um pouco de álcool.

Com as fraldas molhadas naquela mistura foi limpando milímetro a milímetro o corpo da filha, removendo cada mínima sujeira. Trabalhava com cuidado, não deixaria qualquer nova marca naquele corpo amado. Lavou suas axilas e seus pés. Para o rosto usou creme de limpeza diluído em água e depois, enxaguou-o diversas vezes com uma fralda molhada em água pura.

Demorou-se na vulva. Limpou-a como a de um bebê, primeiramente com grandes chumaços de algodão e cotonetes embebidos em água e óleo de amêndoas. Tirou o excesso com mais água. Limpou-a uma segunda e uma terceira vez. Por fim, usou diversos lenços umedecidos. Quando achou que o serviço estava completo, aplicou na região uma generosa camada de pomada para bebês.

À medida que limpava Catarina, um cobertor ia se desenrolando sobre ela. Patrícia pegou um gel para hematomas e, levantando pedaços do cobertor, ia aplicando em todas as manchas roxas que encontrava.

Faltava o cabelo. Patrícia estava certa de que ainda tinha o spray de lavagem de cabelo a seco. Depois de tanto tempo – e de usá-lo algumas vezes – não lembrava onde o guardara. Voou até seu banheiro e esvaziou a parte debaixo do armário. Bem no fundo estava a nécessaire que continha o produto e duas escovas.

Com mãos cuidadosas, virou a filha de lado e pôs-se a limpar a primeira metade do cabelo. Espirrava o spray em uma mecha, massageava um pouco e, com a primeira escova, desembaraçava lentamente os fios. Fez isto mecha por mecha, de um lado e de outro da cabeça. Repetiu todo o procedimento usando, agora, a outra escova. Por fim, o cabelo da filha estava limpo e brilhante como se tivesse sido lavado há pouco. Borrifou um pouquinho de uma lavanda bem suave, a mesma que Catarina usara quando era bebê.

Hora de voltar para a própria cama. Patrícia cobriu a filha. Foi ao roupeiro que ficava no corredor e lá pegou um protetor de colchão limpo, lençóis, cobertor, travesseiro e fronhas. Arrumou a cama com esmero deixando um grande vão entre os lençóis por onde encaixaria a filha. Espirrou a mesma colônia na fronha e nos lençóis.

Voltando à cama de Bia, recolheu a filha e, caminhando com cuidado, colocou-a no lugar da cama já preparado. No armário do quarto escolheu um pijama azul de botões que tinha dois bordados sobre o bolso no lado esquerdo do peito e uma calcinha de elásticos bem frouxos. Vestiu a filha que, vez por outra, resmungava um pouquinho, mas logo se acalmava ouvindo a voz melodiosa da mãe.

Patrícia voou para recolher tudo o que ainda estava espalhado pelo quarto. Os sacos de lixo encheram-se rapidamente. A máquina de lavar roupas também. A sacola e a nécessaire foram novamente arrumadas. Os baldes, as panelas e bacias foram levados para a lavanderia e esvaziados no tanque. Estavam totalmente limpos porque apenas panos limpos haviam sido neles mergulhados. Deixou-os empilhados para ajeitá-los quando tudo estivesse mais tranquilo.

Entrou debaixo do chuveiro esfregando-se com grande vitalidade. Enxugou-se apressadamente e vestiu a calça de ginástica e o camisetão previamente separados. Quando saía do quarto deparou-se com Enrico, que entrava com o jornal em uma mão e uma xícara de café preto com leite na outra. Nem lhe deu bom dia. Voou para a cozinha a fim de preparar algo para sua filha comer.

❖

Eram dez horas daquela segunda-feira. Demorara apenas duas horas para deixar tudo em ordem. Jamais agira tão rapidamente. A tristeza se abateu como dúzias de flechas sobre Patrícia. Um cansaço imenso arqueou suas pernas e seus ombros. Não podia suportar imaginar sua filha novamente naquela vida. Não sua menininha. Não a sua grande paixão.

Patrícia misturou aveia ao achocolatado predileto de Catarina, juntou leite e mel e levou ao fogo para cozinhar um pouquinho. Esse era o mingau predileto da filha desde bebê. Conseguiria restabelecer um pouco das forças de Catarina para que a maratona de cuidados continuasse.

Quando o mingau esfriou levou-o ao quarto, onde encontrou a filha dormindo ainda na mesma posição em que a deixara.

Estava linda e em paz com os cabelos espalhados pelo travesseiro como se fossem parte de uma auréola de luz.

Seu coração contraiu-se ao pensar no desespero de Cati ao acordar, mas era necessário colocar alguma coisa forte e doce no seu organismo para que ela começasse a reagir.

Sentou na beirada da cama e gentilmente levantou a filha em direção ao seu peito. Enquanto a segurava com um braço, ajeitava os travesseiros com o outro. Levou o corpinho da filha que começava a dar sinais de vida para cima e para trás, de forma que ficasse apoiado na cabeceira. Catarina estava semidesperta.

– Está na hora do meu bebê comer um pouquinho para ficar bem forte.

Catarina amoleceu ao olhar para o rosto adorado da mãe. Não podia existir pessoa tão gentil quanto ela.

Obediente, abriu a boca e a mãe foi colocando entre seus lábios pequenas quantidades do alimento. Ao que tudo indicava, Catarina ainda não estava raciocinando o suficiente para dar-se conta da situação. Para agradar a mãe comeu tudo rapidinho esperando um olhar de aprovação. Recebeu vários.

Com o prato vazio já pousado no chão, Patrícia segurou o torso da filha entre os braços, apertando-o contra seu peito. Encheu Catarina de beijos.
— Agora durma mais um pouquinho. Mamãe está aqui. Mamãe sempre vai estar perto de você. Mamãe ama você, meu anjinho, e sempre vai amar, não importa o que aconteça.

❖

Patrícia finalmente sentou-se em sua poltrona predileta da sala. Catarina deveria permanecer dormindo por mais algumas horas. Teria tempo para se recuperar e preparar a filha para a visita ao hospital.

❖

Há quatro anos, justamente no dia do aniversário de 19 anos de Catarina, essa tragédia iniciara. Catarina disse para a mãe que iria a uma sorveteria comemorar com amigos o seu aniversário, o que deixou Patrícia muito feliz. Era a primeira vez que a filha mencionava a existência de algum amigo. Era a primeira vez que Catarina se arrumava e enfeitava para sair. Patrícia, radiante, auxiliou no que pôde e ofereceu-se para levá-la. Catarina agradeceu e sumiu andando pelas ruas. Patrícia assustou-se, mas estava tão feliz que entregou a segurança da filha a Deus.
As horas passaram e Catarina não dava qualquer sinal. Patrícia arrependeu-se de deixar a filha sair sozinha. Ela era inexperiente quanto a tudo, não saberia como safar-se de qualquer problema. Patrícia não sabia a quem

recorrer. Nada sabia sobre qualquer amigo ou namorado. Às duas horas da madrugada, desesperou-se. Não podia chamar Enrico. Seria possível ouvir o ronco daquele gordo inútil a quilômetros dali. Se ele soubesse o que estava acontecendo ficaria feliz em culpar Patrícia.
Mais duas horas se passaram. Às quatro, tocaram a campainha. Patrícia olhou pelo olho mágico. Alguns rapazes corriam e se atiravam em um carro que disparou. Que brincadeira estúpida àquela hora!
Olhando melhor percebeu um pacote perto da grade do portão. O pacote se mexeu. Patrícia abriu a porta e voou na direção daquele trapo humano que era a sua filhinha.

❖

Jamais mencionou o fato. Jamais permitiu que a indagassem sobre os repetidos episódios de mal-estar de Catarina. Jamais disse uma palavra para a filha. Cuidava da menina, levava-a ao hospital para exames de sangue, dava-lhe uma pílula do dia seguinte e esperava. Rezava e esperava.

Clarisse

Naquela manhã de segunda-feira, Clarisse acordou cedo, feliz, ansiosa. A semana prometia muito movimento e, quando acordava assim, transformava-se em uma bola de energia. Olhou para o marido que dormia de lado e exalava tanta paz quanto ela exalava energia. Ele acordaria mais tarde. Na reorganização de sua vida diminuíra seu horário de trabalho para poder dormir umas horinhas a mais todas as manhãs.

Já de pé, Clarisse arrancou o pijama com gestos fortes e vestiu uma confortável roupa de ginástica. Na cozinha, serviu-se de duas torradas com queijo cottage, café da garrafa térmica com leite e meio papaia. Sentada em uma banqueta alimentou-se para o dia. Temendo não ter tempo para o almoço cortou uma pequena fatia de bolo de laranja e, amando a textura, devorou-o todo.

Em um canto do terraço envidraçado alojavam-se seus aparelhos de ginástica. O dia ainda não terminara de amanhecer e a vista do Ibirapuera estava linda. Animada como estava colocou uma carga bastante alta na bicicleta e, abrindo o jornal, começou a pedalar, o que tomaria quarenta minutos do seu dia. Depois das primeiras pedaladas lembrou que mais uma vez esquecera-se do alongamento. Lembraria amanhã.

Ao mesmo tempo em que o timer da bicicleta zerava, Clarisse fechava o jornal. Pronto: já estava alimentada, exercitada e informada e ainda não eram seis e trinta. Deveria estar no hospital apenas às oito.

No banheiro, ligou a ducha com o jato mais forte, o que fez a água ficar um pouco fria, mas isso a faria despertar mais ainda e lhe daria uma fantástica sensação de vitalidade.

Tirou a roupa de ginástica e jogou-a no cesto de roupa suja enquanto entrava no box, fechava a porta e precipitava-se para baixo da água. Sua pele ressentiu-se com o frio, mas Clarisse ignorou a tremedeira, esfregou uma, duas vezes o cabelo. Jogou um pouco de condicionador e com um pente desembaraçou-o. Com uma bucha grossa e sabonete líquido friccionou toda a pele do corpo e do rosto. O banho todo durou menos de dez minutos.

Fechou a água, saiu do box, enxugou-se rapidamente, pegou um creme à base de colágeno e espalhou uma pequena quantidade por todo o corpo. Outro creme, à base de DMAE, foi destinado ao rosto. Em seguida, um filtro FPS 15, um toque de rímel e um batom cor de boca.

Na frente do espelho, com escova e secador, gastou menos de cinco minutos para secar o curtíssimo cabelo; vestiu uma calça creme de bonito corte e uma camisa de seda pura em tons de marrom, meias de nylon três quartos e sapatos ferrugem combinando com o blazer. Estava pronta para o dia.

Na garagem, sentou-se ao volante de seu Honda Civic, satisfeita porque chegaria quase trinta minutos adiantada ao hospital. Já no hospital, dirigiu-se à cantina para tomar um café e informar-se sobre os bastidores do seu serviço.

Mal entrou, esbarrou com Douglas, seu namorado. Parecia uma boa forma de começar a semana. Ele a mediu e lançou aquele olhar com um toque de sorriso, que fazia as pernas de Clarisse bambearem.

Clarisse, para evitar dar mais vozes a todos que comentavam o caso, acenou simpaticamente para o jovem e dirigiu-se a uma mesa onde ficaria de costas para ele. Sua mão tremeu ao levar o café à boca, seu corpo já antecipava as delícias da tarde de terça-feira. Não sabia se queria esperar até lá. Quem sabe pudessem dar uma fugida na hora do almoço. O sangue corria cada vez mais depressa e mais quente nas suas veias. Como sempre acontecia nessas ocasiões um leve torpor turvou sua consciência.

Douglas, desprezando os cuidados de sua chefe, apareceu na sua frente e, puxando a cadeira, sentou-se. Clarisse pensou em reclamar, mas sua respiração encurtara, estava localizada na garganta. Saía mais ar do que entrava. Sem cerimônia e sem pensar disse:

— Hoje, na hora do almoço.

Douglas olhou-a consternado. Não seria possível. Prometera passar na casa da mãe, que estava doente. Clarisse sentiu-se enfurecer. Como ele podia preferir estar com a mãe a ter algumas horas de puro prazer em seus braços? A chegada de outros dois médicos fizeram-na conter-se. A reprimenda teria que esperar.

❖

A manhã foi intensa. A energia da excitação transformou-se em gás para o trabalho. Os enfermeiros desesperavam-se, os médicos residentes reclamavam, os auxiliares de todos os tipos pensavam no que fazer para obterem transferências. Da boca de Clarisse saíam ordens, a maior parte dada de forma ríspida. Falhas ou erros não eram admitidos ou perdoados.

Quando Clarisse apresentava aquele estado de humor, os pacientes se tornavam inquietos. Todos, sem exceção, viam-se enlouquecendo, sendo definitivamente internados em um manicômio, o que não poderia ser pior do que conviver com Clarisse. Quando seu horário acabou, todos estavam esgotados.

Clarisse decidiu comprar alguns pães de queijo e dirigir-se diretamente para a clínica onde convocaria uma reunião surpresa. De tempos em tempos, isso se fazia necessário. Todos, da faxineira ao principal médico, estavam folgados e desleixados. Colocaria todos juntos e, aí sim, veria como se comportavam.

Uma vez fizera uma reunião desse tipo. Teve que aguentar muitas reclamações e queixas, mas no final fora ela a bem sucedida. Todos que se sentiram humilhados ou expostos pediram demissão, o que teve o ar de uma faxina na clínica. Não faltavam candidatos a qualquer vaga. Sua clínica era respeitadíssima e uma vaga era cobiçada por todo o país. Podia, portanto, impor suas regras. Douglas também seria convocado. E se não se comportasse direito sentiria na pele o que era rejeitar sua chefe.

Chegando ao consultório, Clarisse determinou à recepcionista que fizesse a convocação para o final do expediente, não importava a que horas fosse. Seu tom foi tão ríspido que a garota gelou por dentro. Quando recebia ordens nesse tom o dia iria ser pesado.

Clarisse dirigiu-se para a sua sala. Seis consultas a aguardavam, mais três retornos. Não almoçara, mas também não sentia fome. Seu apetite era sempre proporcional ao seu humor. Bom humor, muita comida, mau humor, nenhuma comida.

Entre a quinta consulta e os retornos Douglas entrou em sua sala. Clarisse fechou a cara, não conseguindo disfarçar a raiva que sentia.

Ele simplesmente sentou-se à sua frente e disparou:

— Se você não pode entender uma relação sincera entre mãe e filho e não valoriza a dedicação que tenho pela minha própria mãe, então esta relação entre nós não tem como prosseguir. O que me une a você é uma emoção. O sexo pode até ser muito bom, mas sexo bom se acha em qualquer esquina. Quando eu resolvi ter este relacionamento com você não pensei em sexo, em você ser minha chefe em todos os lugares que trabalho, nas conseqüências altamente prejudiciais para a minha carreira. Sim, sempre seriam prejudiciais porque jamais me valeria da nossa proximidade para qualquer benefício. Quis estar mais próximo de você porque me apaixonei por uma mulher dinâmica, combativa, mas que guarda um outro lado muito feminino e gentil. Por mais estranho que possa soar, me senti mais homem com você do que com qualquer garotinha que conheci, porque, quando estamos juntos, você tira o terno branco e deixa apenas o seu jeito suave de ser se mostrar para mim. Não há sensação melhor para um homem. Mas se você insiste em provar sua ferocidade para o mundo, não vou ser eu o seu motivo. Se você pensa que eu sirvo apenas para algumas horas por semana na cama, esqueça. Para esse tipo de sexo não preciso de você. E se você pensa que eu estou sempre à sua disposição, como um batom na sua bolsa, esqueça mais ainda. Isso eu não sou nem para você e nem para ninguém.

Levantou-se e saiu. Clarisse não reagiu e nem saberia como. Douglas jamais tivera esse tipo de comportamento com ela. Aliás, nunca ninguém tivera. De uma forma ou de outra era ela quem inventava as regras.

Aquele garoto petulante achava-se muito importante. Quanta arrogância! Não passava de seu assistente e funcionário. Ele que se danasse! Não faltavam bons médicos no mundo.

Clarisse não daria o braço a torcer. Localizou em seu celular o telefone de Amadeu, um neurologista amigo que lhe encaminhava pacientes. Ligou torcendo para a secretária informar que Amadeu estava em consulta. Foi o que aconteceu. Clarisse questionou a que horas ele poderia dar retorno. A secretária informou que em trinta minutos, quando acabasse de atender aquele paciente. Clarisse pediu que ele retornasse o mais rapidamente possível pelo telefone do consultório, pois seu celular estava praticamente sem bateria.

Atendeu a um retorno. Trinta minutos depois estava sentada na cadeira em frente à da sua secretária analisando a agenda da semana. Dois minutos depois, a secretária de Amadeu ligou. Clarisse tomou o telefone da mão da secretária e, enquanto aguardava a transferência da ligação, esticou-se toda na cadeira, olhou sorridente e encabulada para a secretária pedindo que passasse a ligação para sua sala.

Conversou sobre alguns pacientes com Amadeu e desligou. Interfonou para a secretária pedindo que ligasse para a faculdade e dissesse que não poderia dar aulas aquela noite. A secretária questionou sobre a reunião do consultório e Clarisse, simulando total desinteresse, disse simplesmente que marcaria para outro dia.

A clínica quase veio abaixo graças ao alívio que se espalhou com a notícia. Graças às pequenas safadezas da chefe algumas cabeças seriam poupadas, ao menos temporariamente.

Clara

Naquela manhã de segunda-feira, Clara acordou sentindo-se cansada. Gustavo pulara da cama daquela forma toda especial que faria até um semimorto sair do coma profundo. Deitada de lado sobre o braço direito, com as costas voltadas para o marido, permaneceu silenciosa e imóvel. Iria descansar mais um pouco. Às segundas não acompanhava as crianças à escola para que pudesse dedicar as primeiras horas da semana a organizar o serviço dos empregados. Mas, como em todos os dias dos últimos tempos, sentia-se um pouco estranha. A noite de amor fora vigorosa como todas as noites de domingo. Gustavo mantinha um vigor adolescente e, após o descanso do final de semana, sentia-se reenergizado.

Clara representara seu papel. Saía-se bem como a atriz daquele papel. Não negava nada ao marido, nem aos menos a certeza de que atuara magnificamente e de que era o melhor amante do mundo.

Por três motivos sabia que era assim que as mulheres deviam agir. Em primeiro lugar, porque isso fazia os homens felizes e, talvez, evitasse que procurassem outras fora de casa. Em segundo, para que o marido nem ao menos cogitasse que a mulher preferia estar com outro. E, por último, e mais importante, para acabar logo com mais aquela sessão.

O problema justamente estava no vigor de Gustavo. Uma vez não bastava. Quando ela conseguia relaxar e adormecer, ele já a estava cutucando querendo mais. Ela, resignada, armava um sorriso lascivo e se disponibilizava para mais um longo período de falsidade.

Tudo isso a esgotava, mas ela não permitia gastar mais do que alguns momentos do dia em lamentações. Tudo estava muito bem, seu casamento era perfeito, Gustavo, o marido ideal e os meninos, o sonho de qualquer mãe.

Naquela segunda-feira, permitir-se-ia descansar mais um pouquinho e depois iria cuidar da vida. Mal fechou os olhos e Gustavo, já vestido, agarrou-a por trás e começou a chacoalhá-la.

— Vamos, acorda, preguiçosa. Está na hora de tomar o café da manhã com o maridinho e cuidar de seus filhos.

— Bom dia, amor, já vou levantar, — disse Clara, se arrastando para fora da cama.

Os meninos já estavam banhados e vestidos com seus uniformes azuis e brancos.

— Lucas, meu filho, por que este tênis está tão sujo? Vá trocá-lo. A empregada deve ter esquecido de tirá-lo do seu quarto.

O garoto de 15 anos respirou fundo e endireitou as costas.

— Eu não deixei lavarem este tênis. Meus amigos usam o mesmo tênis todos os dias. Eles zoam de mim porque parece que eu saio do armário de guardar porcelanas.

— Bobagens, meu anjinho — disse Clara com um sorriso carinhoso. — As mamães de seus amigos são desleixadas e os meninos devem sentir vergonha. Por isso brincam com você. Vá, ande logo, troque o tênis e venha tomar seu café da manhã com seu pai.

— Mas, mãe, que diferença faz para você? Se eu não me importo, por que você precisa que meu tênis esteja sempre tão limpo?

— Ouça aqui, Lucas — empertigou-se Clara —, não quero discussões nesta casa, muito menos na hora do café da manhã, muito menos na presença do seu pai. Ele precisa ter sossego para iniciar a semana com a segurança que sua família está em paz. Vá, e volte rapidamente. Não faça seu pai esperar.

Clara sentiu um arrepio interno. Era a primeira vez que Lucas a desafiava. Lucas desobedeceu, retrucou e questionou. Uma onda de frustração percorreu sua espinha.

— Onde será que falhei?

Não, não podia ter falhado. Devia ser apenas o primeiro sinal de uma adolescência precoce. Lucas, aos 15 anos, devia estar se tornando um homenzinho. Que lindo! Ao pensar nisso seu coração encantou-se. Veio à mente a imagem do filho vestido com um belo terno de corte impecável, barba feita, abraçando a mãe quando ela entrasse no seu quarto para lhe desejar uma boa reunião. Seu filho mais velho seria um advogado ou um executivo de ponta, um *selfmade man* que, apesar de todo dinheiro que herdaria do pai, constituiria fortuna própria. Quando estivesse totalmente estabilizado casaria com uma boa moça de boa família, de preferência bem mais jovem e com poucos traços de personalidade já formados, e ela integraria sua família como se fosse mais uma filha. O futuro desse menino seria brilhante, já podia ver.

Entrou em seguida no quarto de Marcelo. Seu filho de seis anos correu em sua direção com os braços armados para um grande abraço.

— Mamãe, estou com sono. Posso dormir mais um pouquinho?

— Meu anjo, você já é um homenzinho, e homenzinhos têm que cumprir suas obrigações. Sua responsabilidade é estar na hora certa na escola e fazer tudo o que sua professora determinar.

— Mas você me chama de "meu bebê"!

— Para a mamãe você sempre será um bebê!

— Mamãe sonhei com o cavalo outra vez, disse Marcelo com o rosto contraído.

— Era bonito o seu cavalo?

— Não sei... Ele estava correndo, correndo muito. Quando alguém chegava perto ele corria mais ainda.

— Talvez, ele apenas estivesse brincando. Eram crianças que corriam atrás dele?

— Não, mamãe. Eram você e o papai.

— Ah, meu bebezinho. Seria engraçado! Ainda bem que temos bons tênis porque um cavalo corre muito!

— Não era engraçado não, argumentou o menino. O papai estava de terno e você de salto alto.

Clara deu uma risada gostosa. Beijou o menino e saiu do quarto. Aquele anjinho seria seu companheiro para sempre. Um lindo anjinho de cabelos encaracolados acinzentados, nariz empinado e olhos verdes. Dos três filhos era o mais delicado e sensível e o mais apegado à Clara.

Clara o protegia ferozmente. Sempre que possível tirava Marcelo do campo do olhar de Gustavo. Vigiava também a relação do garoto com a irmã Maria que, a pretexto de inseri-lo, transformava-o em um estranho ao mundo.

Clara não entendia o porquê, mas o garoto pareceu marcado pela vida logo que nasceu. Quando ofereceu o bebê a Gustavo para que o segurasse pela primeira vez ele, num impulso, empurrou os braços de Clara para longe, quase deixando o menino cair. A partir daquele dia, todas as vezes que Gustavo aproximava-se, Marcelo chorava. Com o passar dos anos, o choro foi substituído por uma retração física. Marcelo encolhia quando o pai estava próximo.

Para evitar mais problemas, não amamentava o filho quando Gustavo estava em casa. Tirava com sua bombinha muito leite de seus peitos intumescidos para que o filho fosse amamentado por mamadeira com leite materno.

Gustavo deixara bem claro que não queria ouvir o choro do bebê nem ver a mulher correndo de um lado para outro para cuidar das suas coisas. Além disso, inventava todos os pretextos para levar Clara para onde quer que fosse. Com o filho recém-nascido, Clara via-se fazendo mala atrás de mala para acompanhar Gustavo em viagens de negócios, nas quais nenhum negócio acontecia.

Clara achou por bem resignar-se e não contrariar Gustavo. Temia que sua aversão por Marcelo crescesse.

Além do mais, Gustavo sofrera profundamente com o nascimento de Lucas. Sentira-se excluído daquela relação que envolvia apenas mãe e filho.

Aos poucos Gustavo compreendeu que Clara estava apenas cumprindo seu papel. Da mesma forma que uma girafa ou uma onça amamentava seus filhotes, sua mulher alimentava a cria. Ela estava preparando Lucas para Gustavo. Tão logo aqueles primeiros tempos passassem ela voltaria a ser só dele.

Poucos meses após o nascimento de Lucas, Clara anunciou a segunda gravidez. Gustavo foi pego totalmente apático.

Passava por um complicado período nas empresas com mais uma das crises mundiais atingindo-a em cheio. Exigiu a presença mais constante do seu pai, acionista majoritário, no comando das atividades. O pai socorreu Gustavo, não sem lançar os costumeiros olhares e comentários de desagrado e desaprovação.

Maria nasceu. Clara e Gustavo encantaram-se com a menininha loiríssima e gorducha que atraía todos os olhares no berçário.

Clara soubera aos quatro meses de gestação que o bebê que esperava era uma menina. Eufórica, passara a dedicar-se a um enxoval digno de uma princesa: a mais fina cambraia branca foi importada, a mais delicada e perfeccionista bordadeira foi contratada em período integral por mais de um mês para bordar pequenas flores e monogramas nas camisinhas, lençóis, toalhas e macacõezinhos. Xales com viras bordadas. Cestas, cestinhos. Uma decoradora especializada em quartos de meninas, outra, em ambientações, foram contratadas, assim como um especialista em iluminação, e outro em som, para darem os efeitos adequados à atmosfera que queria criar.

Duas suítes do apartamento foram transformadas em uma para que a menina tivesse bastante espaço para desenvolver-se e, mais tarde, receber as amiguinhas para o chá das bonecas. Sem o mesmo vigor tudo foi refeito na mudança para a atual residência da família, transformando o quarto da menina de quase cem metros quadrados em uma ala da casa.

❖

Clara não encontrou Maria em seu quarto. Ao entrar na sala de jantar viu a filha sentada no colo do pai desmilinguindo-se em carinhos. Gustavo, arrebatado pelo charme e beleza da única filha, prometia que iria pessoalmente acompanhá-la ao shopping para umas comprinhas e isso seria antes do final da semana. E sim, ela podia ir à balada na casa da amiga. Sim, o motorista podia ir com um carro grande para levar outras amigas. Sim, ela podia ficar para dormir na casa de uma colega que os pais não conheciam. Sim, ele podia dar a ela um celular mais moderno.

Muitos sins depois, acompanhados da aparente invisibilidade da mãe, Clara preferiu ir dar ordens na cozinha e na lavanderia e esperar os minutos passarem para poder correr para seu trabalho.

❖

Clara chegou ao escritório de arquitetura onde trabalhava pontualmente às dez horas. Sua jornada de trabalho de seis horas começava às dez. O arranjo mostrou-se adequado à família, pois apesar de manter sua atividade profissional, cuidava de tudo o que se referia à casa, ao marido e aos filhos.

O pior período já passara. No início fora muito difícil acostumar-se à posição de colaboradora quando, durante anos, tinha sido sócia daquele escritório. Pior. Ela o fundara e criara dentro de uma concepção de arquitetura que denominava secretamente de "suavezista". As pessoas que a procuravam vinham em busca de lares aconchegantes, mas não carregados. Os proprietários, pais, filhos, empregados, todos que iriam habitar o imóvel passavam por uma entrevista não onerosa com uma das suas sócias, cuja formação em psicologia e antropologia permitia que captasse traços de personalidade e desejos e isso era transmitido às outras duas sócias arquitetas, que projetavam os ambientes de forma a atender perfeitamente às necessidades mais íntimas.

Com o passar dos anos, se habituara à posição de projetista. No entanto jamais se habituaria a ser assistida por duas jovens decoradoras que executavam seus projetos. Mais de uma vez fora convidada para a inauguração do que projetara e encontrara algo absolutamente estranho. Graças a isso, várias de suas auxiliares foram demitidas ao longo dos anos.

Clara sabia que cada arquiteto, cada decorador, tem concepções e visões diferentes. Não era culpa daquelas garotas não executarem seus projetos da mesma forma que ela o faria. Era frustrante por um lado, mas por outro, o da família, tinha suas compensações.

Gustavo fora taxativo ao dizer que não queria a mulher circulando por obras cheias de homens. Não queria ouvir falar de ela estar, frágil e insegura como era, circulando pelas ruas de uma cidade feroz como São Paulo. E se acontecesse alguma coisa a ela? Quem cuidaria dos filhos? Ele mesmo pagaria, e pagava, quantas assistentes fossem necessárias para que Clara se mantivesse exclusivamente dentro do escritório. Clara tentou argumentar que contrataria uma acompanhante, já que Gustavo não acreditava que um motorista homem pudesse passar horas sozinho dentro de um carro com uma mulher sem ter algum comportamento inadequado.

Gustavo rira. Ao invés de uma mulher, duas? Não, isto estava fora de questão. Era do jeito dele ou nada. Clara se resignara. Não podia negar que Gustavo tinha razão. Sentia medo ao expor-se demasiadamente.

Todos os anos Gustavo trocava a Mercedes da mulher que, apesar de blindada, causava arrepios em Clara ao observar como todos a olhavam quando passava. Quando parava causava furor: primeiro, descia um dos seguranças da sua escolta. Vinha em direção ao seu carro e ficava ao lado da porta dianteira até que outro segurança descesse. O motorista mantinha-se ao volante com o carro engrenado. Por último, a porta de Clara era aberta e ela descia ficando semiesmagada entre os seguranças. O motorista do carro da escolta também se mantinha ao volante, mas de forma mais agressiva. Sua aparência e a posição do carro deixavam claro que pularia sobre qualquer um que se aproximasse.

Resultado: o mundo sabia quando Clara chegava a algum lugar. Se chegasse com um carro bem mais simples, sozinha, não seria nem ao menos notada.

❖

Uma vez mencionara seus pensamentos sobre segurança a Gustavo. O olhar que ele lhe lançou foi amedrontador. A pergunta que se seguiu, e o tom com que foi pronunciada, deixaram Clara totalmente aterrorizada.

– Pelo visto você quer liberdade. Você quer circular livre e sozinha para dar vazão a todos os seus promíscuos desejos? Pensa que eu não me lembro que você era uma semiprostituta quando nos conhecemos? Que eu resgatei você daquela vida de mulher vadia que você levava? Não, você não vai voltar pra ela, mesmo que para impedir eu tenha que ver você num caixão. Eu não vou me tornar o motivo de chacota da cidade. Não vou deixar que questionem se as crianças são ou não meus filhos. Se dessa forma não está bom para você melhor que pare de ir àquele local que chama de escritório e se ocupe um pouco mais da casa. Pensa que eu não percebo o seu desleixo? Mulher relaxada! Duas vezes nesta semana não pude usar as camisas que queria porque os colarinhos estavam mal passados. Joguei uma delas no lixo e olha que era novíssima! Você tem se preocupado em ver a queda nas notas do Lucas? E as roupas velhas da Maria? Dá até vergonha de sair com ela. Enquanto isso, você pensa em sair caçando homens! Olha aqui, eu acabo com você, entendeu?

Saíra batendo a porta. Na verdade, quase a derrubara junto com a parede. Clara olhou para as próprias mãos agarradas à cadeira. Estavam brancas, as veias azuis bem evidentes, doloridas pelo esforço de esmagar a madeira. Todo o seu corpo estava gelado, trêmulo. Seus dentes inferiores apertavam-se contra os superiores travando uma ferrenha batalha.

Minutos depois, quando o zunido saiu dos seus ouvidos e a sensação de desmaio diminuiu, Clara saiu correndo em direção ao closet do marido. De uma braçada só retirou dezenas de camisas e correu com elas para a lavanderia. Em seguida, pegando um grande saco de lixo, foi ao quarto da filha e fez com que todas as suas roupas desaparecessem dentro dos plásticos pretos.

Chamou a arrumadeira e a passadeira e deu ordens expressas e rígidas para que dedicassem o dia a repassar todas as camisas do marido e não as guardassem: iria verificá-las uma a uma quando retornasse à casa. Uma segunda arrumadeira foi designada para proceder a uma boa faxina no closet de Gustavo, enquanto o de Maria ficaria a cargo da babá.

Mandou vir o motorista com o carro, a escolta, os seguranças e quem mais estivesse por lá e determinou que a conduzissem sem demora até o shopping center mais refinado da cidade. Lá, tresloucada, comprou todas as coleções de todas as lojas de crianças e adolescentes, refazendo, assim, o guarda-roupa da filha. Parou em sua casa, exigindo que tudo fosse lavado e passado e que, antes das dezoito horas, todas as peças estivessem impecavelmente distribuídas pelos diversos armários da filha.

Entrou novamente no carro e obrigou o motorista a ultrapassar todos os limites de velocidade para chegar com a maior urgência na escola do filho mais velho.

Chegou esbaforida. Pediu que chamassem a orientadora de Lucas. Ela não poderia atender. Estava em reunião. Disse que era urgente. A secretária, assustada, foi ter com a orientadora, que largou a reunião para atendê-la. Disse a ela que estava desesperada com o mau desempenho do filho. A orientadora estranhou. Como, se o menino era um dos melhores alunos que já passaram pela escola? Clara retrucou: as notas do filho caíram absurdamente. A orientadora solicitou à secretária que lhe fornecesse a cópia do último boletim de Lucas. Depois de estudá-lo por menos de um minuto disse:

— Minha querida, todas as notas do Lucas estão acima de 9,5. Teve um 8 em uma prova de redação, mas na de gramática tirou dez. Não há qualquer motivo para a mais leve preocupação.

— Mas por que 8? — Desesperou-se mais ainda. — Foi a primeira vez que Lucas tirou nota tão baixa!

— Baixa? — impacientou-se a orientadora. —Como a senhora pode considerar baixa a maior nota de toda a série? O boletim traz uma observação de que o tema da redação foi difícil para a idade. Ele demonstrou um grau de maturidade muito alto, alto até demais para alguém tão jovem. A preocupação deveria ser no sentido contrário: por que um menino de treze anos escreve sobre um tema adulto como um adulto? Melhor seria que sua nota fosse quatro ou cinco como as das outras crianças!

– A senhora quer dizer que o que esta escola pretende é idiotizar as crianças que deixamos aqui na confiança de que as estão preparando para um grande futuro? – Clara rosnou, enfurecida. – Pois saiba que hoje mesmo vou falar com meu marido sobre a possibilidade de tirar Lucas daqui e matriculá-lo em uma escola que preze o desenvolvimento adequado de uma criança.

Virou-se e abandonou aquele prédio sentindo-se envergonhada por ter sido ela a sugerir que o filho ali estudasse. Gustavo concordaria em trocar de escola, tinha certeza.

Entrando no carro, procurou na bolsa seu celular e sua agenda de telefones. Guardava anotados ali vários números das melhores professoras particulares da cidade para uma eventual necessidade. Discou o número da professora de português e ansiosamente aguardou. Desligou. Não poderia expor-se a uma estranha. Respirou fundo e resolveu recorrer à única pessoa em quem sabia que poderia confiar.

Carmem. Não sabia o número do telefone da irmã sem consultar sua agenda. Aliás, não sabia os telefones de suas outras irmãs. Também não sabia há quanto tempo não se comunicavam. Carmem devia estar na escola. Tentaria mesmo assim.

Carmem havia tentado manter contato. Convidava Clara para visitá-la, mandava doces, tortas, bolos, não se esquecia dos aniversários dos sobrinhos. Mas Gustavo a achava inadequada para frequentar sua casa e ser vista pelos amigos. Além disso, achava que a irmã seria uma péssima influência para Clara. Afinal, o que poderia acrescentar uma mulher divorciada, além da incômoda situação de ela poder oferecer-se a qualquer homem que encontrasse? Separados, divorciados, falidos não eram aceitáveis. O sucesso era uma qualidade indispensável.

Clara aos poucos foi se afastando da irmã. Carmem entendendo o mal-estar que causava, também se afastou.

Com o afastamento, Clara sentiu-se um pouco órfã. Mas as crianças, a casa e Gustavo precisavam mais dela do que a irmã. Seu tempo foi ficando cada vez mais absorvido pelos deveres de mãe, esposa e dona de casa. Além disso, devia cumprir seu horário no escritório de arquitetura. Carmem podia se cuidar. Era independente, profissional, com uma filha maravilhosa. Tudo ia bem na vida da irmã.

Clara perguntou a que hora estaria disponível. Carmem informou que dali a aproximadamente trinta e cinco minutos estaria em casa e lá poderia encontrar-se com Clara. Esta deu o endereço de Carmem para o motorista, e, com seu séquito, voou para a casa da irmã.

Chegou dez minutos depois. Foi recebida pela faxineira. Enquanto aguardava a chegada de Carmem, anotou em um pedaço de papel todos os itens que deveria tratar, com medo de que, no seu estado de espírito, acabasse por esquecer coisas importantes.

Os minutos arrastavam-se letargicamente. Quando finalmente Carmem apareceu, Clara estava à beira de um desmaio.

A irmã pediu que aguardasse mais alguns instantes. Retornou em seguida com uma bandeja de madeira onde tinha distribuído um copo de água gelada, uma xícara de café preto e dois pratinhos – um de biscoitos salgados, outro de biscoitos doces. Pediu à Clara que primeiro tomasse a água.

— Minha irmãzinha, você já se alimentou? – perguntou.
— Não – balbuciou Clara entre grandes goles de água.
— Estava começando a tomar meu café da manhã quando soube de fatos da minha família que exigiam imediatas providências. Larguei tudo e passei a resolvê-los.

Carmem ofereceu, então, os biscoitos salgados. Clara quase os recusou, mas percebeu que a irmã não se deixaria vencer facilmente. Com leves mordidas acabou por comer dois deles. Imediatamente sentiu-se um pouco mais animada.

— Ah, agora sim! – disse a mulher à sua frente. – Já temos alguma cor no seu rosto. Agora vamos, tome o café e coma os biscoitos. O sal, o açúcar, a cafeína e a hidratação terão um maravilhoso efeito sobre o seu estado de humor. Poderemos, então, conversar.

Como uma criança pequena, Clara obedeceu. Sentiu-se imediatamente confortada por sua irmã. Apenas um ano mais velha do que Clara, Carmem mais parecia sua mãe.

Clara sentiu a tensão diminuir. Na poltrona em frente da que se sentava dormia preguiçosamente um enorme gato branco e preto. Era a primeira vez que Clara reparava no animal desde que chegara. Seu transtorno devia ser tão grande que ignorara a presença do companheiro.

Após ouvir os fatos sobre Lucas, Carmem rebelou-se. O que Clara pretendia era martirizar o filho. Gustavo estava louco. Não colaboraria com aquilo.

Clara implorou pela indicação de uma professora particular. Carmem, a contra gosto, acabou por fornecer. Clara falou com a moça por dois minutos e disparou ao seu encontro.

❖

Gustavo chegou por volta das vinte e uma horas. Alguns amigos chegariam em breve. Olhou para Clara e ordenou que fosse para o quarto do casal porque precisavam trocar algumas palavras.

Gustavo entrou logo após a mulher. Olhou-a de uma forma que a Clara pareceu um pouco sinistra.

– Tire toda a roupa e deite-se de costas na cama, – ordenou Gustavo.

Clara não teve coragem de retrucar e fez como o marido ordenou. Percebeu que ele desafivelava o cinto e o puxava para fora dos passadores da calça. Só entendeu o que estava acontecendo após sentir a terrível dor nas suas costas. E mais uma vez, e mais outra e mais outra. Gustavo batia como se quisesse cortá-la ao meio. Sentiu que sua pele queimava e abria. Em dado momento, virou-se e o cinto atingiu seus seios em cheio.

Gustavo parou apenas quando toda a pele das costas e das pernas estava marcada. Ordenou que Clara se vestisse, arrumasse o rosto e fosse imediatamente para a sala para receber os convidados.

– Espero que você tenha entendido o recado. E se abrir a boca para alguém eu te mato.

Clara vestiu um bonito vestido preto longo e confortável, de gola alta e mangas compridas. O sangue não seria percebido.

Foram as piores horas da vida de Clara. Sua pele queimava, todo o seu corpo doía. Sua alma pesava pela humilhação que passara. As horas se arrastaram. Quando Gustavo percebia seu olhar distante ou alguma expressão infeliz em seu rosto, abraçava-a com força fazendo com que sentisse toda dor dos ferimentos. Dizia no seu ouvido – quer mais, meu bem?

Depois que os convidados se foram, Gustavo continuou na sala enchendo novamente seu copo de uísque. Clara correu para um torturante banho e para o fingimento de um sono profundo. Algum tempo depois, o marido enfiou-se na cama com um horrível odor de álcool e, de forma lasciva e feroz, fez sexo com a mulher por toda a noite.

❖

Clara não entendia por que aquele homem voltava sempre. Já tinham informado que não projetavam escritórios, apenas residências. Para que retornava?

Lá estava ele passando pela porta de vidro. De sua sala, Clara conseguia vê-lo por sobre a divisória baixa de alvenaria revestida com cacos de azulejo vermelhos e pretos. Concentrou-se na sua prancheta e nas linhas iniciais do seu novo projeto. Percebeu com o canto dos olhos que ele cumprimentava Ângela e Luiza, as sócias do escritório, e perguntava alguma coisa. Ângela assentiu com a cabeça indicando a direção de Clara.

Clara respirou fundo. Seus pensamentos ficaram suspensos assim como sua respiração. Fechou os olhos.

– Clara, você está bem? – preocupou-se o homem, olhando-a apreensivamente. – Você está se sentindo mal? Quer alguma coisa?

– Ah, bom dia, Dr. Fábio – balbuciou Clara constrangida, sentindo que seu rosto avermelhava. – Estava apenas tentando procurar alguma inspiração.

– Pensei que arquitetas já nascessem inspiradas.

– Antes fosse. Tem dias que o máximo que se pode imaginar é uma parede de concreto aparente. Parece até que a parede está lá para impedir que algo melhor apareça.

– Você, pelo visto, não gosta de concreto aparente.

– Para ser sincera, não gosto. Deixa os ambientes frios e úmidos. Acredito que uma casa deve refletir a alma de quem nela mora. E se tudo o que se tem para mostrar é algo duro e cinza melhor morar em um hotel.

– Tem muitos arquitetos que devem abominar suas opiniões.

– Isso não é um problema. Afinal, muito poucos sabem que eu existo e se interessariam por minhas opiniões.

– Sabe que eu gosto demais do seu jeito franco de se colocar e de quanto você tem idéias próprias?

– Essa não é toda a verdade. – Clara esboçou um sorrisinho nervoso. Por uma minúscula fração de segundo, ocorreu a ela que há muito tempo não expressava qualquer opinião. Este homem à sua frente, da mesma forma que a constrangia e encabulava, fazia sua língua se soltar. Algo em seu interior gritava – *Perigo* –, mas ela não entendia onde estava o tal perigo.

– Olha, Clara, como você já me informou expressamente que não fará o projeto do meu escritório novo, vim pedir-lhe que faça então o projeto do apartamento da minha sobrinha mais velha, que vai casar-se. Eu serei padrinho dela e escolhi dar como presente toda a decoração. Meu irmão não tem muito senso de medida e deu para a filha um apartamento enorme, uma cobertura duplex cheia de quartos e salas. Ele diz que está pensando no futuro. Não, não nos netos que irão nascer, mas na eternidade do casamento. Como sua relação com minha cunhada melhorou quando mudaram-se para uma casa que mais pare-

ce um sítio, acha que se um casal raramente conseguir se encontrar, o casamento terá maiores chances de perdurar.
— O senhor deve estar brincando comigo. Pai nenhum pode pensar desse jeito.
— Pode, sim, e ele pensa. Por isso quero cuidar com os garotos da decoração para transformar aquele labirinto em algo aconchegante.

Clara apavorou-se. A última coisa que precisava neste momento era a proximidade daquele homem. Conseguira encaminhar sua vida para onde sempre desejara. Casa, família, marido, estabilidade. Tudo o que uma mulher poderia sonhar.

— Dr. Fábio, sinto dizer que neste momento estou com vários projetos em andamento e não teria tempo para cuidar do apartamento da sua sobrinha. De qualquer forma, agradeço a gentileza e a deferência por me ter escolhido para uma tarefa que, tenho certeza, é da maior importância para o senhor.

— Veja, Clara, já esperava esta resposta de você. Por isso, antes que você chegasse, conversei longamente com as proprietárias deste escritório, que me garantiram a sua disponibilidade para esta obra. Desejo os seus serviços e, como estou acostumado a negociar, assinei um termo de ajuste, onde suas chefes comprometem-se a indicar os seus serviços.

— Mas quem o senhor pensa que é para me colocar nesta horrível situação? — exasperou-se Clara. — Como se atreve a determinar isto ou aquilo que envolva a minha pessoa?

Fábio sorria maliciosamente.

— Interessante a sua reação, Clara. Estamos falando de trabalho, negócios, dinheiro. Você devia estar lisonjeada porque, afinal, estou fazendo um grande elogio ao seu trabalho. Além disso, a soma que devo pagar é bastante significativa, o que tornou minha proposta irrecusável.

Pelo tamanho da sua indignação parece que a convidei para ser minha amante e morar na minha *garçonière* já a partir de hoje.

 Clara ficou irada. Aquele homem era um entojo. Queria expulsá-lo da sua sala. Mas alguma coisa, talvez os lindos olhos cor de mel, impediu que balbuciasse qualquer palavra. Acabou por ver-se sorrindo e compartilhando um momento de despreocupada descontração.

 – O senhor tem razão. Meu comportamento é inexplicável. Não tenho por que recusar a obra. Mas talvez o senhor desista de mim ao saber que meu lugar é apenas atrás da prancheta. O acompanhamento fica por conta de uma das minhas auxiliares.

 – Como a informação vale mais do que tudo, já sabia disso. Acredito que você possa mudar de opinião ao saber da soma que fiz constar no contrato como adicional à sua remuneração pelo acompanhamento pessoal da obra.

 – O senhor não entendeu. Não preciso de dinheiro. Trabalho aqui pelo prazer de poder estar sempre em contato com a criação.

 – Entendi sim, melhor do que pode imaginar. Por isso falo de independência, liberdade. Por hora ficamos assim. Você poderia ir agora ver o apartamento?

 – Poder, eu poderia, mas seria contraproducente. Devo levar comigo minhas auxiliares para tirar medidas e fotografar os ambientes como estão agora. Infelizmente as duas estão realizando trabalhos externos e devem retornar apenas no final da tarde.

 – Peço que me acompanhe apenas para conhecer o apartamento. Suas auxiliares poderão ir a qualquer outra hora, já que pretendo deixar as chaves com você. Gostaria que fizéssemos uma primeira visita juntos e, como na próxima semana viajo para o exterior, não teria outro horário disponível para acompanhá-la.

— Mas o senhor vai demorar-se fora do Brasil? – pegou-se Clara perguntando com ansiedade.

❖

Fábio observou Clara. Viu à sua frente uma belíssima mulher de meia idade intocada pelos anos. Ela não sabia, mas ele conseguia, sim, entender algumas coisas. Por exemplo, quando Clara chegava com o motorista e os seguranças, tinha a expressão fechada, os ombros quase imperceptivelmente caídos, um andar rígido e apressado, a postura de uma mulher com dez anos a mais do que sua real idade.

Já na sua sala, parecia outra pessoa. Rejuvenescia, os olhos ganhavam uma expressão de tranqüilidade, os lábios curvavam-se ligeiramente para cima. Seus braços dançavam com suavidade ao redor do corpo de postura correta e as mãos deslizavam com delicadeza, criando a impressão de fazerem os objetos levitarem. Estava bem claro que o trabalho lhe trazia prazer. Apenas o trabalho.

Todos os dias, Fábio vigiava o relógio e a grande janela de vidro do seu escritório. De lá podia observar o momento exato em que a Mercedes preta blindada de vidros filmados estacionava no meio fio e Clara, rodeada por dois homens truculentos, esticava seu pequeno pé e, com grande elegância, saltava para a calçada e dirigia-se para o interior do escritório. A Mercedes afastava-se indo estacionar a alguns quarteirões onde o estacionamento era permitido. A cada trinta ou quarenta minutos retornava, acendia o pisca alerta, o segurança saía e espiava pelo vidro frontal da casa, querendo, certamente, confirmar a permanência de Clara no local. Imediatamente sacava um aparelho Nextel do bolso e, via rádio, comunicava-se com alguém.

Fábio conhecia a vida. Para ele era bem óbvio que Clara era refém de um marido rico, possessivo, ciumento e autoritário. Era provável que o homem fosse um verdadeiro animal que a mantinha cativa oferecendo segurança e estabilidade e a ameaçando com a perda dos filhos, caso não se submetesse às regras que ele gostava de impor.

Nas suas frequentes visitas descobrira que Clara fora a fundadora do escritório de arquitetura e, devido à maternidade de três filhos, trocara a grande atividade que tinha pelo sossego da dedicação à família. Sua sócia mais velha insinuara que o marido de Clara havia imposto essa condição para que a mulher pudesse continuar a trabalhar.

❖

— Volto em uma semana ou dez dias — respondeu Fábio, interrompendo os próprios pensamentos.

— Mas o senhor vai a trabalho ou para passear? — Clara queria segurar a língua mas isto estava além da sua capacidade. — Vai viajar sozinho?

Fábio mal continha a felicidade que sentia. Será que aquela mulher sentia a mesma atração incontrolável por ele que ele por ela? Resolveu colocar as coisas em ordem:

— Vou para Londres a trabalho e pretendo passar alguns dias viajando pela região da Cornualha, já que minha acompanhante sonha há anos conhecer aquela parte da Inglaterra. — E Fábio foi ainda mais expresso. — Quero que você saiba que minha acompanhante é a minha filha de 21 anos, que ela é leitora da escritora inglesa Rosamunde Pilcher – daí a paixão pela Cornualha –, que vamos apenas nós dois, que eu sou divorciado há mais de dez anos, jamais encontrei uma mulher com quem quisesse casar novamente, mas que tenho sonhado todas as noites com essa mulher...

A última frase não foi proferida, foi insinuada. O olhar não foi um olhar, foi uma declaração. Clara teve a certeza de que ia morrer exatamente naquele minuto. Não, não naquele minuto, naquele segundo. Não em outro segundo, naquele segundo.

Fábio percebeu. O olhar de Clara transformou-se em um mar lânguido, seus lábios entreabriram. Fábio resolveu brincar para tentar conter o imenso desejo de saltar aquela mesa e, como um cavaleiro medieval, arrebatar aquela bela mulher e sumir no mundo.

– Ah, é importante que eu diga – falou Fábio com expressão solene. – Sou de touro e não como dobradinha.

Clara, incrédula, desatou a rir. O riso compulsivo criou uma descarga de adrenalina que a acalmou um pouco.

Ele não sabia, mas, por dentro, dava graças a Deus por ele ser divorciado, por não estar comprometido, por sonhar com ela...

Clara interrompeu seus devaneios. Como ela podia estar esquecendo que era casada? Gustavo estava certo. Ela era uma vadia. Bem merecia as surras que recebia. Precisava purificar-se. Gustavo tentava fazer-lhe um bem. Ela não passava de uma mulher promíscua que, à menor oportunidade, deixaria se levar por um homem qualquer. Ou pior, como Gustavo costumava alertá-la, ela tentaria seduzir desavergonhadamente uma legião de homens. Colocaria sua família e seus filhos a perder.

Endureceu a postura e recolheu o sorriso. Esperava que Fábio percebesse seu desagrado com o rumo da conversa. Mas Fábio não se deixou enganar. Sabia, agora sabia.
– Voltando ao trabalho... – aliviou.
Na verdade, Fábio mostrava-se um cavalheiro. Dando a Clara o endereço, sugeriu que se encontrassem no apartamento em uma hora. A autorização para sua entrada já estaria nas mãos do porteiro. Sugeriu, também, que ela se fizesse acompanhar por alguma mulher, pois assim nenhuma dúvida pairaria sobre a natureza do encontro. Despediu-se simpática e formalmente e desapareceu pela porta, após dar um leve aceno de cabeça para as proprietárias.

❖

Mal chegou à sua casa, Clara esgueirou-se pelos corredores até a biblioteca. A biblioteca era a parte menos visitada da casa. Gustavo acreditava que, tendo muitos livros, todos seriam muito cultos, como se o saber entrasse na cabeça por osmose. Apenas Clara lia compulsivamente. Tentava facilitar para os filhos contando as histórias que lia, de forma simples e infantil, mas o tempo que suas representações despertavam interesse nas crianças já passara há muito.
Ela trabalhara exaustivamente na organização dos livros. Catalogara todos, criara um banco de dados no seu computador, distribuíra os volumes por categoria, autor e ordem alfabética. Fazia com que os empregados limpassem livro por livro duas vezes por ano, o que consumia dias e dias de árduo e enfadonho trabalho.

Mas o que mais importava: conhecia todos. Ainda faltavam décadas para colocar sua leitura em dia, mas acostumara-se a manuseá-los e folheá-los, a vê-los como companheiros silenciosos e disponíveis.

Foi diretamente para a área de arte. Podia escolher entre teoria ou livros de ilustrações. Preferiu os de ilustrações para tentar sentir a mensagem das obras.

Pensou em começar pelo fauvismo. Não, melhor o pós-impressionismo. Parecia mais fácil. Por fim decidiu pegar um livro de cada e abri-los sem critério.

Visitando o apartamento, Fábio sugerira que as áreas íntimas tivessem a coloratura do pós-impressionismo e as áreas sociais lembrassem quadros fauvistas. Clara tinha que fazer a lição de casa e entender do que aquele homem estava falando.

Matisse. Cézanne. Clara não via qualquer diferença. Forçou a visão. Nada. Levou os livros para a comprida mesa de jacarandá natural, iluminada por três lustres de lâmpadas fortes.

Sentou-se. Ainda nada. Por algum motivo, muitas pessoas conseguiam ver as diferenças. Ela também deveria conseguir. Tinha que ver; afinal, cursara arquitetura, história da arte e decoração.

Mas, por algum motivo, não conseguia entender as sutilezas que levaram uma corrente artística extinguir-se para nascer outra, tudo no prazo de menos de vinte anos.

❖

Maria berrava em seu quarto e Clara, assustada, foi saber o que acontecia com a filha, mas, ao entrar no quarto, foi violentamente repelida.

— Fora daqui, sua intrometida. Fora!

— Isso não é jeito de falar com sua mãe.

— Mãe, você não é mãe. Você é uma ostra em coma. Eu não falei que era para você não se meter na minha vida? Pois é, você, sua anta, foi falar com minha professora sobre o Gui e olha a confusão que deu! Agora ele não quer mais ouvir falar no meu nome.

— Maria, você tem 14 anos e o Guilherme, 17. A diferença é muito grande. Você é uma menina e ele é quase um homem. Não seria certo vocês terem qualquer tipo de relação!

— E quem disse que isso é da sua conta? Se você não passa de uma empregada parasita do papai, se você não tem vontade própria nem para cuidar de seu trabalho, como pode achar que tem condições de se meter comigo?

— Maria, pare! Você não tem esse direito.

— Tenho, sim! É bom que você saiba que eu te odeio! Odeio! Por mim você poderia morrer agora!

— O que está acontecendo por aqui? — Gustavo chegara sem fazer barulho.

— Papai, ela destruiu minha vida. Perdi o Gui, o menino que eu amo, por causa dela. Ela tem inveja de mim, ela tem raiva de mim porque você gosta mais de mim do que dela.

— Calma, filhinha. Você vai contar tudo para o papai. Papai vai cuidar de você. Tenho certeza que você está certa. Mamãe não é muito inteligente. Sei que você sabe o que é bom para você. Mamãe tem ciúmes porque ela não consegue ser você. Ela não tem berço. Você tem. Ela depende do casamento. Você é uma herdeira. Ela era odiada pelo pai. Eu te amo mais do que tudo. Seu avô vendeu sua mãe para mim. Eu posso comprar o marido que você quiser.

Clara encostou no batente, pálida como um cadáver. Sentia-se gelada, presa ao chão. Gustavo abraçava calorosamente Maria e por cima do ombro da filha lançava um sorriso irônico na direção de Clara.

– Saia daqui, Clara, deixe-me conversar com minha princesinha.

Clara virou-se e saiu. Seus braços pesavam ao lado do corpo. Sua cabeça pesava sobre seus ombros. Suas emoções esvaíram-se.

Carmem

Naquela manhã de segunda-feira, Carmem, ainda deitada, teve uma pequena crise de desespero. Ao pensar nas aulas que teria de dar, seu rosto contraiu-se todo, seu corpo contorceu-se, suas mãos socaram a cama. Não queria ir. Não queria levantar. Não queria ver ninguém. O gosto na sua boca era indescritível. O cheiro ao seu redor também. Sentiu vontade de adormecer rapidamente. O telefone ao seu lado tocou. Deixaria para Camilla atender. Lembrou-se que Bia estava dormindo com Camilla. Não quis acordá-las. Era a faxineira avisando que não iria trabalhar. Uma sensação de pânico atingiu Carmem em cheio. O que faria com a bagunça da casa? Seria melhor arrumar tudo. Faltaria à escola. Não podia. A secretaria lhe dera esta segunda-feira como prazo máximo para entrega das provas corrigidas. Atrasara duas semanas. Perguntou-se se corrigira todas as provas. Não conseguia lembrar. Lembrou-se que transformara uma das provas num bolo de papel amassado quando percebeu que corrigia a redação usando um critério diferente do das outras. Tivera que passar a prova a ferro e escrever uma nota de desculpas além de encharcá-la de corretivo.

Arrastou-se para fora da cama, não sem antes sofrer outra crise de desespero. Pensou em vestir-se sem tomar banho, mas cheirava a ovo e gordura. Banhou-se um pouco negligentemente, vestiu uma confortável calça legging azul royal, três tamanhos maior que o seu, comprada em uma loja para obesos, uma camisa branca tão grande quanto, e um sapatinho preto tipo Chanel. Seu cabelo estava imenso. Escovou-o, o que fez crescer mais um pouco. Passou nos lábios um pouco de batom rosa. Procurou o blush, mas seus braços, em um ato de rebeldia, caíram pesados ao longo do corpo. Carmem considerou-os vencedores e desistiu do blush.

Seu café da manhã foi substancioso. Um pão francês meio velho com manteiga e presunto, duas bananas, uma xícara de café com leite, um pão doce com recheio cremoso. Ainda com fome, partiu uma boa fatia de bolo comprado pronto e engoliu-a de uma bocada. Já estava na porta quando lembrou que não escovara os dentes na noite anterior. Arrastou-se sem vontade para o banheiro e fez uma meia escovação, mas sua consciência ficou um pouco mais tranquila.

Chegou às sete e quarenta e cinco na escola particular onde dava aulas para as sétimas e oitavas séries. Não se acostumara ainda com a mudança para oitavos e nonos anos, mas não se importava. Que diferença fazia?

Os colegas mal a cumprimentaram quando entrou na sala dos professores. Para eles, ela era a chata que reclamava de tudo e que, quando todos reclamavam juntos, se omitia. Além disso, muitos dos alunos e seus pais queixavam-se de sua falta de organização, provas mal corrigidas, sua incapacidade de impor disciplina... Mantinha-se na escola por ali lecionar há mais de duas décadas e estar a poucos anos da aposentadoria.

Entrou na sala de aula pontualmente às oito horas. Começou efetivamente a dar a aula do dia às oito e trinta. Trinta minutos foram gastos tentando impor ordem. Os alunos, como que para provocá-la, comportavam-se com total indisciplina. Falavam, andavam, jogavam coisas uns nos outros. Carmem distribuía advertências. Berrava com os garotos. Ameaçava-os. Nada adiantava. A diretora e dois auxiliares entraram na classe, perguntaram quem começara a bagunça. Carmem não sabia responder. Escolheram os dois meninos que eram considerados os mais problemáticos. Os auxiliares conduziram-nos para fora. A diretora ameaçou com a reposição dos minutos perdidos no intervalo. A classe fez silêncio. O dia pareceu durar algo em torno de quarenta horas. Os problemas com as classes repetiram-se tanto na escola particular quanto na escola pública. Chegou à sua casa esgotada. Sentiu-se imensamente grata por Camilla ter arrumado a sala e a cozinha. Bia provavelmente a ajudara. Precisava pôr alguma ordem no seu quarto. A confusão de papéis, roupas sujas, pratos e copos ameaçava impedir que encontrasse a própria cama. Descansaria um pouco e depois cuidaria da confusão. Atirou-se na cama vestida como estava e adormeceu profundamente.

Beatriz

Beatriz, já acordada, examinava Camilla. As noites de domingo na casa da prima eram uma bênção. Pelo menos uma noite por semana estava livre das reclamações e queixas da mãe. Bia transformara-se, ao longo dos anos, em braço forte da família. Sua mãe depositava sobre seus ombros todos os problemas familiares e, casualmente, os mundiais e universais. A escolha de Beatriz pela faculdade de direito apenas piorara sua situação. Nos dois últimos anos, Patrícia devia ter aparecido umas cinquenta vezes no escritório onde a filha trabalhava. Pedia conselhos, sugeria demandas despropositadas, reclamava, exigia providências de Bia e do escritório para tudo o que a incomodava. Por sorte os sócios seniores percebendo o desespero de Beatriz fingiam que nada viam.

    Beatriz era muito eficiente e nos últimos tempos apresentava uma competência tranqüila. Tudo o que lhe era designado era feito em tempo mais do que hábil, sem estresse, sem correrias. No seu protetor de tela lia-se a palavra "KAIF", que Bia costumava traduzir como qualidade. Ela dizia que tudo que fosse feito com Kaif seria muito bem feito e com gasto mínimo de energia.

    Bia tinha uma grande disciplina em tudo o que se referia ao trabalho, aos estudos e à sua saúde. Quanto às outras coisas, deixava-se levar pela vida impondo a menor das resistências. Bia jamais chegava após as sete e trinta da manhã no escritório. Levara uma maleta térmica preparada por um restaurante naturalista que ficava próximo. Todas as manhãs, Bia abastecia sua maleta com cinco pequenas refeições: café da manhã, almoço, um lanche para a manhã e dois para a tarde.

Como seu horário de almoço era de uma hora e trinta minutos, inscrevera-se nas aulas de natação da academia do prédio do escritório. Nadava quarenta e cinco minutos, gastava dez no banho, dez se arrumando e ainda sobrava um bom tempo para relaxar e saborear seu almoço. Durante o restante da tarde sentia-se muito bem disposta. Bia não gostava de deslocar-se e de participar de embates judiciais. Preferia concentrar-se em tarefas dentro do escritório. Por isso, optara pela área de contratos civis e mercantis.

Sua pós-graduação ia a passo rápido. Como falava fluentemente o inglês, o italiano e o espanhol pudera inscrever-se diretamente para o doutoramento. Querida por muitos professores por seu excepcional desempenho e também por sua disponibilidade para auxiliá-los como monitora, teve facilidade em ser aceita como orientada em direito civil, uma das áreas mais concorridas da pós-graduação. Esperava que sua defesa de tese acontecesse em menos de três anos.

Isso era o que lhe bastava em termos de disciplina. Suas noites, fins de semana e férias obedeciam a seus desejos imediatos. Nada de muito excêntrico ou irreverente. Tudo muito básico. Se queria ir para casa dormir ia, se preferia ir ao cinema, tomar sorvete sentada em uma calçada, fazer aulas de jiujutsu, participar de um passeio noturno com um grupo de ciclistas, não via por que não fazer.

❖

Ainda era muito cedo para levantar. Então, dando continuidade ao registro que as primas resolveram fazer, sentou-se no encosto da pequena cama que já considerava sua e, pegando caneta e papel, escreveu:

Minha querida Cami,

Penso muitas vezes nas nossas mães. Quantas camisas e cuecas lavadas e passadas, quantas refeições colocadas na mesa, quantas madrugadas em vigília... Tudo que pode se esperar de convencional das mulheres elas o foram.
Será que elas se sentem recompensadas? Será que jamais se questionam se poderiam ter levado outra espécie de vida?
Quando nos dedicamos menos esperamos por menos. A decepção e a frustração são menores.
Acho que o caminho que escolhemos é mais saudável. Procurar fazer um trabalho sobre si é mais saudável do que viver a vida como máquinas.
A conclusão a que chego é que a base do conhecimento está na sensação. A sensação é a impressão provocada sobre os nossos órgãos sensoriais que se transmite à alma e nela se imprime gerando uma representação.
Pode parecer difícil, mas não é. Quando ouvi estas coisas pela primeira vez, achei que eram demais para mim. Mas aos poucos percebi que nada poderia ser mais natural.
Devemos, sempre, estar de acordo com a natureza.
Discutimos depois...

Bjão
Bia

Felipe

Felipe olhou para o relógio que ficava na cabeceira de sua mulher. Nove horas. Se chegasse ao escritório até as dez e trinta estaria muito bem.

Espreguiçando-se, pegou o telefone e teclou o número da cozinha. Marlene, a velha cozinheira, atendeu.

– Sim, meu amo e senhor.

– Minha gatinha de pelúcia, o que você preparou para seu amo e senhor?

– Sua gatinha aqui preparou suco de laranja com mamão, pãozinho ciabata com mel, granola com iogurte, pêssegos, bolo de laranja e café com leite. Acordei de bom humor e resolvi fazer todos os gostos do patrãozinho.

– Ah, minha fofura, então larga aí a comida e vem me fazer um carinho.

– Seu sem vergonha! Respeite uma senhora de mais de sessenta anos. Se eu for aí é para te encher de tabefe. Onde já se viu.

– Um dia minha gatinha vai ceder. Nesse dia vou finalmente ser um homem realizado.

– O senhor se cubra muito bem porque eu estou levando a bandeja. Eu até tinha posto uma florzinha, mas como o senhor é um desavergonhado vou guardá-la para Dona Clarisse.

– Ela pode confundir com a comida. Bom, se tiver espinhos, pode ser uma boa idéia!

– Espinhos naquela boca são como pétalas de rosas – disse a empregada batendo o telefone.

Felipe riu gostoso. Todos os dias Marlene e ele faziam dessas brincadeiras. Uma vez ele a puxou para a cama e ela, com seus cem quilos, caiu por cima da bandeja e fez a maior sujeira. Fora muito divertido, mesmo tendo que justificar a troca de lençóis e do edredom para Clarisse por mais de uma semana. A mulher era intolerante com a falta de objetividade e de provas e motivos.

Felipe saboreou seu café da manhã com o prazer de quem saboreia um vinho raro.

Era apenas um café da manhã, mas Felipe acreditava que tudo deveria ser desfrutado com a melhor das qualidades. Saiu da cama sentindo um vigor juvenil. No banho, massageou-se lentamente com uma esponja macia e um delicioso sabonete de erva doce.

Não fazia parte da geração metro. Tomar dois banhos diariamente bem tomados, barbear-se, manter os dentes e o cabelo em ordem, nadar três vezes por semana e jogar tênis nos finais de semana já era suficiente para manter-se com uma boa aparência. Mas o que tinha de melhor era seu bom humor, seu prazer por tudo.

Clarisse era uma mulher fantástica, realizadora, conquistadora. Muitos se beneficiavam dos esforços de sua mulher. Seus livros encorajavam a busca de tratamentos e de amor próprio. Felipe lera atentamente todos eles e aprendera muito. Maria Lúcia e os meninos eram a grande prova do sucesso de Clarisse.

Enrico

— Preciso pensar em alternativas para este dia — pensou Enrico.
Patrícia omitira, mas Enrico conhecia o movimento da casa. Catarina devia estar mal. Ele bem que gostaria de ajudar, mas, todas as vezes que tentara, Patrícia jogara na sua cara que o que ele queria, no fundo do coração, era ver o resultado de sua própria obra: o bebê que ele negligenciara era agora uma moça que sofria.
Aquelas três ou quatro horas de sono há vinte e tantos anos transformaram Enrico, o casamento, a relação com os filhos e tudo mais em puro estado de infelicidade.
Enrico não entendia bem o porquê, mas Catarina passara toda a sua vida dando mostras de fragilidade extrema: adoecia o tempo todo, era rejeitada por professores e alunos em todos as escolas pelas quais passou; apesar de belíssima, era ignorada pelos meninos; apesar de inteligentíssima ia mal nas provas. Vivia confinada em seu pequeno mundo. Apenas Patrícia conseguia ultrapassar o invólucro daquele mundo e fazer contato.
Enrico apenas observava. Não podia auxiliar nem se aproximar da filha. Tornou-se o grande vilão, o bicho-papão da família, mas como um homem carinhoso e sentimental, aproveitava qualquer ausência de Patrícia para tentar contato com a filha.
Acabou por apelidar a menina de tatu-bola: toda vez que ele a tocava, ela se encolhia e enrijecia a tal ponto, que dava a impressão de um tatuzinho, bem emboladinho. Aos

poucos, Enrico afastou-se da filha. Estava claro que causava um incômodo grande demais.

Manteve-se também afastado de Roberto. Patrícia errara totalmente no que se referia ao filho mais velho. Projetara em Roberto toda a sua frustração. Enrico não entendia muito bem porque no filho homem e não em Bia, a filha do meio. Desconfiava que Beatriz passara toda a sua vida tentando chamar a atenção da mãe. Tinha certeza que a filha escolhera o direito para igualar-se a Roberto. Estudara na mesma faculdade ao mesmo tempo, fora uma excelente aluna, mas, com temperamento oposto ao do irmão, envolvera-se com política estudantil, filiando-se a um grupo de esquerda, o que acabou por despertar a repulsa da mãe. Aliás, Patrícia desaprovava expressamente tudo o que Bia fazia, mas, mesmo assim, depositava todo o peso das suas paranóias sobre os ombros da garota desde a mais tenra idade.

Enrico sentia grande afeição e simpatia pela filha, o que não ousava demonstrar. Seria acusado, com toda a certeza, de ter feito mal à Catarina para favorecer a preferida e isso ele não poderia suportar.

Estar aposentado tão jovem era o pior que lhe podia ter acontecido. Gostava de ter com o que ocupar-se, sair cedo de casa, envolver-se em projetos e atividades, conversar com pessoas, voltar para casa e, aí sim, isolar-se e dedicar-se às suas leituras. Poder ler durante todo o tempo era maravilhoso, mas não suficiente.

Pretendia procurar algo para fazer. Os maridos das irmãs de Patrícia poderiam ajudá-lo, mas não queria ter que dividir sua intenção com a mulher. Não iria suportar aquela montanha de críticas que inevitavelmente surgiria.

Essa idéia estava rodando dentro da sua cabeça já há alguns meses. Como Enrico acreditava que a vida acabava se encarregando de colocar ordem nas coisas, não se surpreendeu com o que a vida estava para colocar no seu caminho.

❖

Enrico costumava participar de um clube de leitura na Biblioteca Municipal. Lá encontrava sempre um senhor de idade mais avançada que se tornou seu companheiro de idéias sobre livros e sobre a forma de viver a vida.

Quando na semana anterior se encontraram, viu naquele senhor uma grande tristeza. Soube que seu pai acabara de falecer aos noventa e cinco anos. Os dois moravam juntos havia muitos anos, ambos viúvos, ambos sozinhos, ambos apaixonados por livros, ambos compartilhando tudo.

Contou detalhes da vida que levavam e de como se sentia. Disse que, além da casa onde moravam, herdaria todos os livros que seu pai passara a vida colecionando. E que ficara com a incumbência de criar uma utilidade verdadeira para a biblioteca.

Estava desorientado, não imaginava o que fazer. A casa era grande demais para dois. O que dizer então para um? Sempre estivera junto do pai. Como poderia imaginar e realizar algo sozinho?

Enrico ouviu atentamente. Um choque elétrico percorreu sua espinha. Mil idéias surgiram, disputando lugar em seu cérebro.

Após minutos de solitária reflexão, perguntou ao colega se precisava de dinheiro para viver e a resposta foi negativa. Vivia com pouco, não tinha luxos, gozava de aposentadoria e, depois do falecimento do pai, dos dividendos de uma empresa que este criara há muitos anos. Era mais do que suficiente.

Então Enrico perguntou o que aquele homem – Lauro – gostaria de fazer.

– Gostaria apenas de ficar falando sobre literatura, discutir os clássicos, convencer mais gente a ler.

– Onde é a sua casa?

– No Ipiranga, próxima ao museu.

– Tem uma coisa que eu posso sugerir. Por que você não transforma a casa na sede de uma associação, fundação, ou sei lá o quê, que leve o nome de seu pai e abre a casa para esse tipo de evento que você diz gostar? As pessoas pagariam uma taxa e com esse valor você poderia manter os custos do imóvel. Tenho certeza que muitos estudantes universitários gostariam de auxiliar como monitores e que editoras e livrarias contribuiriam.

Os olhos de Lauro transformam-se em dois diamantes. Balbuciou apenas:

– A casa precisa de reformas.

– Olha, eu tenho algum dinheiro guardado – ofereceu Enrico num impulso, esforçando-se para passar uma borracha na cara de Patrícia, que de repente enfiou-se na sua cabeça.

– Enrico, você vai ser meu sócio! Eu entro com a casa, a mobília e os livros. Você com a reforma ou parte dela. E nós seremos sócios!

Enrico, como aprendera durante toda a vida, não esboçou qualquer reação. Apenas olhou para aquele desconhecido que compartilhava as mesmas emoções.

– Vamos pensar. Durante uma semana pensamos. Na próxima segunda-feira conversamos e decidimos.

❖

A semana passara e estava na hora da resposta. Intimamente, Enrico sentia-se amedrontado. Sua decisão, não havia dúvidas, era de concordar com o negócio e começar a tocá-lo ainda naquele mesmo dia. O medo era de que Lauro tivesse desistido, tivesse preferido envelhecer sem maiores atribulações ou, pior, já ter outro sócio.

O encontro na biblioteca seria às dezesseis. Precisava pensar em algo para fazer para amenizar a ansiedade.

Banhou-se rapidamente. Vestiu-se rapidamente. Olhando para todos os lados viu que o caminho estava limpo. Correu para fora da casa nas pontas dos pés. Patrícia nem notaria sua ausência, mas se dessem de cara um com o outro ela certamente notaria sua presença e deixaria isso bem claro. Deus que o livrasse de começar a semana com uma briga!

Sentindo muita fome, aboletou-se em um banquinho alto e redondo da padaria do Miguel, a dois quarteirões de sua casa. Seria uma boa idéia fartar-se de alimento para pelo menos seu estômago não incomodar. Pediu um misto quente no pão francês, recomendando que caprichassem no queijo, um café com leite e alguns pãezinhos de batata com recheios diversos – olhou para a grande barriga que caía sobre o cinto da calça e pensou que não seria um bom dia para preocupar-se com ela. Pediu que levassem sua refeição para uma das mesinhas quadradas que ficavam no pequeno anexo envidraçado. Enquanto aguardava, correu até a banca de jornais mais próxima e comprou um exemplar de bolso de poesias de Clarisse Lispector. Daria uma finalidade útil ao seu dia enquanto o esperava passar.

Abriu em uma página qualquer. Quando leu, confirmou sua teoria de que a vida realmente colocava as coisas no lugar certo:

Renova-te.
Renasce em ti mesmo.
Multiplica os teus olhos, para verem mais.
Multiplica os teus braços para semeares tudo.
Destrói os olhos que tiverem visto.
Cria outros, para as visões novas. (...)

❖

Quando Enrico chegou à biblioteca, encontrou um outro Lauro. Excitado, rejuvenescido, animado. Mal cumprimentou Enrico. Foi logo dizendo:

– Estou pronto, amigo. Pronto para começar. Por favor, não me decepcione. Diga que manteve o interesse e que vamos colocar nosso projeto para funcionar ainda hoje. Ou melhor, agora!

Enrico não pôde esconder a tremenda alegria que sentiu. Como crianças prestes a começar uma brincadeira de roda, deram-se as mãos e saltaram. Não foram grandes saltos. Foram os saltos que a idade e os corpos lhes permitiam. Mas foram a maior demonstração da plena satisfação que sentiram, da ingênua satisfação infantil de quem tem a estrada da vida para trilhar.

❖

A inspeção do imóvel começou meia hora depois. Lauro possuía um velho sedan do tipo que já saíra de linha há décadas. Iniciou o trajeto levando Enrico para passear pelas redondezas. Mostrou o museu do Ipiranga e seus arredores, passeou pelo bairro do Ipiranga, explicou a saga de tantos imigrantes, especialmente italianos, que nele se fixaram, mostrou as centenas de casas baixas geminadas onde gerações de famílias se sucediam na sua ocupação e relatou histórias inteiras que provavam o apego dos moradores às suas casas, suas tradições, suas histórias e suas famílias. Passou pelos comerciantes do bairro, situando as histórias de suas famílias e dos seus negócios que, por vezes, remetiam ao início do século anterior. Disse, ainda, que grande parte dos figurões que circulavam com seus carros importados pelos bairros nobres da cidade haviam iniciado suas vidas por aquelas ruas.

Deixou a casa para o final. Quando estacionou em frente à tão amada casa, Enrico pensou que estavam na porta de um pequeno castelo com sótão e porão. Os anos e a falta de manutenção a haviam maltratado, mas as formas da arquitetura do século 19 estavam magnificamente preservadas.

O piso do interior era todo de parquete. Do hall de entrada partia uma escada em direção ao segundo andar com um bonito corrimão entalhado.

No andar térreo, várias pequenas salas se sucediam, todas decoradas com poltronas e sofás de *gobelin*, de veludo ou couro. Muitas mesinhas de centro ou de canto suportavam abajures que demonstravam o gosto eclético dos ocupantes pela arte.

Mas Enrico foi imediatamente atraído pelos livros. Todos os ambientes tinham as paredes forradas por estantes. A casa estava empoeirada e desgastada, mas os livros pareciam pertencer à outra realidade. As prateleiras das estantes estavam impecavelmente limpas, da mesma forma que os livros. A organização era tremenda. Os livros eram separados por sala: sala de literatura brasileira e estrangeira, de poesia, de ciências humanas, de economia e política... A casa era imensa. A cada porta que era aberta mais duas ou três apareciam. A sala principal fora transformada em sala de música. Uma edícula com quatro salas fora destinada para os livros e os materiais de arte.

— Como vocês conseguiram tudo isto? — balbuciou um Enrico embasbacado.

— Você tem de pensar que meu pai morou nesta casa por noventa e cinco anos. Ele herdou dos seus pais que herdaram dos pais. Durante todos estes anos papai colecionou livros, mas, em respeito à sua memória, devo dizer que ele jamais portou-se como um comprador compulsivo. Não fazia compras indiscriminadas. Ele adquiria novos livros quando acabava de ler os anteriores. Minha mãe era professora de música. Ensinava piano, órgão — mais tarde teclado — canto, harmonia. Ela me apresentou minha esposa, que também era professora de música. Tocava e lecionava violino, contrabaixo, violão clássico. Eu fui proprietário durante décadas de uma pequena papelaria especializada em material para arte. Sempre tive jeito para desenho e pintura. Na edícula eu podia me dedicar ao meu hobby. E assim tocamos nossa vida, os quatro sempre juntos.

Enrico esforçava-se para não sentir inveja do amigo. Ou, pelo menos, para não demonstrar a imensa inveja que sentia.

Pensou no quartinho entulhado onde lia e sentiu ódio de Patrícia. Aquela megera confinara sua mente a poucos metros quadrados.

Ou melhor, sentiu ódio de si mesmo. Sim, pela primeira vez em tantos anos de casado, sentiu ódio de sua preguiça, de sua letargia, de sua subserviência conveniente. Patrícia era, apenas, o resultado de seu desinteresse em encarar a vida, de seu medo de assumir o controle de seus desejos e necessidades.

A história podia mudar. Iria mudar. A mudança não passaria por qualquer atitude brusca contra a mulher. Não brigaria, não se separaria. O problema não estava fora de Enrico e sim dentro dele. Tomaria a mais simples das atitudes. Seria ele mesmo. Para variar um pouco, tentaria correr atrás de sonhos e desejos e isto não implicava em exclusões. Implicava em inclusões. Da mulher, dos filhos, da casa, de tudo.

Sentia-se vivo pela primeira vez em décadas. Podia sentir os cheiros, ouvir os sons, ver os contornos dos objetos. Patrícia aceitaria a nova realidade. Acabaria por entender e aceitaria. Aos poucos, a vida seria melhor para todos.

Terça-feira

Clara

Clara amanheceu com uma terrível enxaqueca. Tão forte era a dor, que espasmos de enjoo percorriam seu corpo.
 Por uma bênção, Gustavo saíra muito cedo. Duas ou três vezes por semana ele desaparecia antes das sete. Clara não tinha o menor interesse em saber por quê.
 Não queria levantar-se. Qualquer menor movimento era torturante. Interfonou para a copa e pediu a uma das empregadas que verificasse se tudo estava bem com os filhos. Determinou que apenas a comunicassem se estivesse acontecendo algum problema.
 Abriu a gaveta do criado mudo e derrubou em sua mão vários comprimidos de analgésico. Engoliu-os com um pouco de água. Em um impulso, engoliu também um calmante. Dormiria o dia todo. Por um dia estaria livre de Gustavo, dos filhos, do escritório e de Fábio. Era tudo o que precisava.

❖

Clara acordou novamente às duas horas, sentindo algo diferente. Por algum insondável motivo sentia uma grande energia.
 Tomou um banho rápido e vestiu um confortável moletom. Voltou para a biblioteca.
 Os livros estavam separados em um canto de uma das prateleiras. Gustavo não admitia qualquer coisa fora

do lugar. Abriu nas páginas marcadas. Buscou mais dois livros teóricos sobre a história da arte. Escaneou e imprimiu algo que poderia servir de referência:

>   Matisse – Natureza morta com laranjas: *(...) o grande objetivo de Matisse: explorar o campo sensível da percepção dos seres humanos por meio de cores vivas, puras e fortes, "as sensações elementares, no mesmo estado de graça das crianças e dos selvagens", como diria Joseph Miller. Os objetos tomam vida e ganham tridimensionalidade, fazendo com que, segundo Néret, "se correspondam, se equilibrem, representem uns em relação aos outros",*

>   Cezanne – Natureza morta com maçãs e laranjas: *(...) Mas, já aqui, a distorção resultante reforça o entendimento de que existe uma grande distância entre realidade e visão, entre o objeto e a imagem criada a partir dele, questão já levantada pelo Impressionismo.*

Clara não conseguia ver incidências de luz. Também não entendia por que Cézanne veio primeiro e Matisse depois. O fundo do quadro de Cézanne parecia muito menos formal do que o de Matisse. Tudo bem, as frutas de Cézanne eram mais identificáveis, mas as flores da toalha de Matisse eram bem evidentes. Eles apenas pintavam de formas diferentes. Não havia nada de mais substancial que diferenciasse os estilos. O doutorzinho provavelmente estava querendo dar uma de entendido em arte para parecer superior. Os homens eram todos iguais...

Ainda tinha algum tempo. As crianças estavam na escola. Estudavam em período integral e voltariam apenas depois das cinco.

Seu celular tocou. Não conhecia o número que chamava. Normalmente não atenderia, mas num impulso, apertou a tecla *talk*.

— Alô.
— Clara?
— Sim.
— Clara, entendo seus motivos para não sair de casa. Queria apenas dizer que o dia de ontem foi maravilhoso para mim. Queria também confessar que desejo estar próximo de você há muito tempo e que serei seu apoio para o que precisar. E mais uma coisa: estou apaixonado por você.

E desligou. Simplesmente desligou.

Ainda em pé, com o telefone na mão, Clara saltou de alegria. Sorria como não sorria há muito tempo. Andou de um lado para o outro com os braços cruzados no peito apertando os ombros. Dentro dos braços, Fábio, apenas Fábio. Seu corpo inteiro foi tomado por uma nova sensação que exprimia todo o calor que lhe ia pela alma.

Jogou-se no sofá e lá ficou, abraçada ao celular, abraçada ao seu corpo, abraçada ao seu sorriso. A curva da estrada estava dentro dos seus braços.

❖

Clara ouviu o movimento das crianças pela casa. Obrigou-se a ir ao encontro dos filhos. Desistiu no meio do caminho. Eles que viessem procurá-la.

— Mamãe? Você está aí?
— Celinho, meu amor. Vem aqui no colo da mamãe.
— Mamãe, desenhei o cavalo do meu sonho! – gritou Marcelo correndo ao encontro da mãe com uma folha de papel na mão. – Olha!

— Mas que bonito o seu cavalo!
— Não é não! Olha direito.
Clara viu uns rabiscos feitos de giz de cera preto. Era muito difícil identificar no desenho um cavalo. O que se via eram quatro riscos na vertical com mais um na horizontal. A cabeça não era uma cabeça, mas rabiscos fortíssimos e circulares muito grandes e meio borrados.
— Mas o que você acha dele, meu filho?
— Eu odeio ele, mamãe, eu odeio ele! — E arrancou o papel das mãos da mãe picando-o com uma ferocidade que Clara jamais vira no filho.
Logo que o garoto saiu, Clara telefonou para a escola. Torceu para que a professora do filho ainda estivesse por lá. Vários minutos se passaram antes que uma voz gentil falasse:
— Dona Clara, boa tarde. Sabia que a senhora iria me ligar!
— Desculpe, sei que está tarde, mas vi o desenho do Marcelo. Fiquei preocupada, porque ele tem repetidamente sonhado com um cavalo. Um sonho um tanto bizarro.
— Já levei este assunto à nossa psicóloga. Acho que alguma coisa com seu filho não anda bem. A senhora poderia vir à escola ainda nesta semana? Precisaríamos entender um pouco mais da dinâmica da vida familiar do Marcelo. Se o seu marido pudesse vir também...
— Não, não será possível o pai estar presente — apressou-se Clara a informar. — Ele deve viajar ainda hoje e não sei quando volta. Mas eu poderia estar aí amanhã bem cedo.
— Se não for incômodo, preferiria que nossa reunião acontecesse na quinta, logo no primeiro horário. Amanhã estarei em uma atividade com as crianças e não será possível afastar-me.

– Você acha que não haverá prejuízo para o menino?
– Um dia não fará diferença.
– Solange, me diga, pode ser algum problema grave?
– Dona Clara, me perdoe, mas não estou capacitada para responder. Nossa psicóloga certamente poderá esclarecer qualquer dúvida sua.

❖

– Você não saiu de casa, Clara? – Perguntou um Gustavo desconfiado.
– Não, acordei com muita dor de cabeça. Dormi bastante, depois li um pouco.
– Quando soube, estranhei. Parece que você pegou um novo projeto ontem. Uma cobertura em Vila Nova Conceição. De uma mulher, uma tal de Fabíola.
Clara fez uma força sobre-humana para não cair na risada. A demonstração de controle de Gustavo tinha sido pífia. Como era fácil enganá-lo.
– É verdade, mas não tem qualquer urgência. Foi muito bom passar o dia em casa, disse Clara, abaixando os olhos para não revelar o sorriso que insistia em aparecer.
– É assim que você deve se sentir. Sua casa, seu marido e seus filhos devem ter toda a sua atenção. Quem sabe você não acaba largando o trabalho de vez?
Ao invés da costumeira expressão de infelicidade Clara apenas balbuciou – quem sabe?
Gustavo exultou. – Finalmente, pensou, finalmente.

Clarisse

Clarisse pensou seriamente em defenestrar Douglas. Sua gentileza, cordialidade, eficiência e absoluta indiferença estavam minuto a minuto enlouquecendo-a. Aquela espécie mal acabada de ser humano não estava com olheiras, a barba estava feita, a roupa impecável, mostrava-se lúcido e bem disposto. Nem eufórico nem contido. Normal era a palavra. Ele estava normal.

Clarisse custara a dormir. Como não dera aulas na faculdade sobrara energia. A raiva de Douglas acalentara seus muitos minutos acordada. Felipe demonstrara um certo exaspero com a presença da mulher tão cedo em casa. Como havia apenas comida para o marido, Clarisse teve que contentar-se com uma tigela de granola e iogurte, que comeu aos bocados entre um parágrafo e outro do texto que digitava.

Sua concentração era mínima. Provavelmente aquilo que seria o capítulo de um livro teria como destino a lixeira. Virtual, mas ainda assim, lixeira.

Cumprira facilmente a rotina da manhã, mas de forma furiosa, sem o ânimo habitual. Nas raras vezes que isso acontecia sentia-se cansada e não energizada.

O dia andara mal. Pacientes com sintomas agravados, atrasos do pessoal de enfermagem devidos a mais uma greve nos transportes públicos, material essencial em falta. Até sua roupa fora mal escolhida. Sentia calor, a calça apertava, os pés pareciam dois números maiores.

E lá estava Douglas: lindo, bem arrumado, tranqüilo... Devia estar exalando cheiro de homem livre porque todas as médicas residentes mudavam de feição ao passar por ele.

Horas podem parecer minutos, mas também podem parecer semanas. Várias semanas se passaram antes que o horário de Clarisse terminasse e ela pudesse sumir dali.

Ao entrar em seu carro, deu-se conta de que não tinha para onde ir. Tinha as tardes de terças-feiras livres para sair com o namorado. Não iria para o consultório. Não passaria recibo. Também não iria para casa. Qualquer minuto extra dentro de sua casa era uma tortura. Passara muito tempo organizando cada mínimo detalhe da rotina doméstica para não ser importunada, mas era só passar pela porta e já começavam os pedidos: o filtro precisava de limpeza, seria bom comprar lençóis novos para Mel, Dado fazia muita bagunça, o vizinho do quarto andar queria trocar de vaga na garagem, o motorista estava fazendo corpo mole, os produtos orgânicos daquele fornecedor eram piores do que o outro.

Aquilo era o inferno. Clarisse duvidava que o purgatório pudesse ser pior.

Era meio dia e trinta. Deveria estar na faculdade às dezenove horas. Pela primeira vez na vida, não sabia para onde ir. Decidiu ir a algum shopping. Estacionou o carro. Entrou. Não sabia o que fazer em um shopping. Estava acostumada a fazer compras sempre nas mesmas lojas, onde era tratada como cliente super VIP. Olhar vitrines e ser atendida como uma qualquer não combinava com seu perfil. Não precisava de cabeleireiro ou manicure. Era criteriosa na compra de livros. Sentar em livrarias manuseando livros, lendo trechos – ou todos os trechos – fazendo de conta que ia comprar e estragando a propriedade alheia também não fazia seu tipo.

Diziam que São Paulo oferecia muitas opções de cultura e lazer. Pelo menos era isso que diziam. Clarisse não conseguia entender por que diziam. Para Clarisse, era apenas um local como qualquer outro do mundo, onde se trabalhava, gastava-se dinheiro, construiam-se coisas. Poderia almoçar. Andou pela praça de alimentação e sentiu repulsa. Os mais variados tipos de comidas se sucediam em boxes que mais pareciam estandes de exposição. Os cheiros se misturavam. As pessoas se atropelavam carregando bandejas não muito limpas, disputando mesas também não muito limpas. A privacidade era menor que zero. Rapazes de terno, donas de casa fugindo do fogão com seus filhos, crianças de uniforme e montes de adolescentes com suas caras, corpos e roupas iguais. Preferia a fome eterna a se misturar com aquela horda barulhenta.

Correu para o estacionamento e fugiu daquele lugar claustrofóbico. Como aquela caixa de concreto sem janelas podia ser considerada um bom programa?

Não sabia o que fazer. Perambulou por mais de uma hora pela cidade sem saber para onde ir.

Por fim, parou em um lugar que parecia uma cafeteria e que tinha uma pequena área externa coberta. Pediu um café e um pão de queijo. E lá ficou. Quieta, pensativa, hora após hora, café e pão.

❖

Clarisse resolveu aguardar na saída da escola. Aquela escola não era a sua, mas teria um pouquinho dela.

Colocara uma calça jeans indecentemente justa e uma frente única que deixava suas costas e parte da barriga à mostra. Os saltos eram muito altos, a maquiagem insinuante.

Quando os primeiros alunos começaram a sair, localizou um grupo de rapazes carecas com a inscrição MEDICINA pintada na testa. Chegou perto deles e olhando-os nos olhos dirigiu-se a todos e a nenhum.

— Algum de vocês poderia me fornecer as apostilhas do cursinho? Já que estão todos aprovados não vão mais precisar delas.

— E o que você oferece em troca? — falou um rapaz bem alto de costas largas.

— Qual o preço do material?

— Bem, para você faço por uma visitinha à minha casa.

Sabia que seria fácil assim. Agora só precisava garantir a troca.

— Que garantia eu tenho da entrega?

— O que você quer?

— Cinqüenta por cento de entrada. Você entrega metade das apostilas para minha irmã que estará comigo e desaparecerá em seguida. Quando a visita à sua casa acabar você me entrega a outra metade.

— Feito, amanhã às nove horas da manhã. Meus pais e meu irmão saem antes das oito e meia. Poderei te mostrar minha casa muito bem mostrada.

Clarisse pegou o endereço e desapareceu.

Na manhã seguinte, como combinado, aconteceu a tal visita. Clarisse procurou ser a melhor das convidadas, o rapaz encantou-se. Queria outras visitas. Clarisse negociou. Queria o material dos três anos do colegial mais tudo o que ele pudesse fornecer. Ele conseguiu até o material do ginásio e todos os livros de inglês do curso que fizera.

Em agradecimento, Clarisse fez duas visitas extras sem qualquer troca. O rapaz queria continuar a vê-la. Clarisse

127

disse que não, que o trato fora bem claro e que ambos cumpriram suas partes. A partir daquele momento, ela se dedicaria apenas a estudar. Trabalhar para dar dinheiro em casa e estudar para ir para a faculdade. Ele quis saber se Clarisse não precisaria de aulas particulares. Clarisse disse que não, que poderia sair-se bem sozinha.

    Durante todo esse período, Clarisse foi cortando o colchão de espuma onde dormia e recheando-o com os livros e apostilas. Agia rapidamente. Ninguém percebia.

Carmem

Porco, porco, porco, nhoc, nhoc, nhoc
Porco, porco, porco, porco, porco
Nhoc, nhoc, nhoc
Você é um porco, nhoc
Você não é leitoa. É macho, é porco
Nhoc, nhoc, nhoc

Carmem acordou às quatro da manhã. Dormira por quase dez horas. Estava suja e amarrotada. Pior. Estava com muita fome.

Desceu do jeito que estava. Foi à cozinha. Abriu a geladeira e comeu tudo o que encontrou. Queijo, presunto, pão meio duro, manteiga, o resto da pizza de calabresa que guardara do sábado... Foi comendo até seu estômago se dilatar ao máximo. Quando sentiu a fome diminuir voltou para o quarto e dormiu. Tinha certeza que se sentiria melhor com mais duas horas de sono.

Porco, porco, porco, nhoc, nhoc, nhoc
Porco, porco, porco, porco, porco
Nhoc, nhoc, nhoc
Você é um porco, nhoc
Você não é leitoa. É macho, é porco
Nhoc, nhoc, nhoc

Acordou novamente às dez horas. Não lembrava se era sábado ou domingo. E se fosse um dia de semana? Não faria mal a ninguém descansar mais um pouquinho.

Porco, porco, porco, nhoc, nhoc, nhoc
Porco, porco, porco, porco, porco
Nhoc, nhoc, nhoc
Você é um porco, nhoc
Você não é leitoa. É macho, é porco
Nhoc, nhoc, nhoc

Às quatorze e trinta, o telefone tocou. Carmem deixou que tocasse até que a ligação caísse. Em seguida, voltou a tocar. Carmem desligou o plugue da parede. O som continuava à distância. Quinze minutos depois resolveu levantar-se e atender.

— Mãe, pelo amor de Deus, onde você estava? Liguei para as duas escolas. Disseram que você não foi trabalhar e não deu motivos. Estou te ligando a um tempão...

— Calma, Camilla. Não fui porque estava com muita dor de cabeça. Desliguei o telefone para tentar relaxar...

— Quando esse tipo de coisa acontecer, me avise.

— Está bem, minha filha, eu apenas não queria te incomodar. Você precisa de alguma coisa?

— Não, mamãe. Eu estava preocupada com você. Você está bem?

— Meu amor, a mamãe está ótima. Não há nada de errado comigo.

Suavizando a voz, Camilla quase implorou:

— Me deixa marcar um médico pra você. Você cuidou de mim durante toda a minha vida. Está na hora de eu fazer alguma coisa por você. Deixe que eu assuma um pouquinho do que está acontecendo e cuide da minha mamãe!

— Mas, Cami, não está acontecendo nada. Mamãe está ótima e tudo vai muito bem. Meu único problema é que engordei um pouquinho e os quilinhos a mais me deixam preguiçosa...

— Você e eu sabemos que isso não é verdade...

— Camilla, ouça. Se eu sentir que preciso de algo eu falo. Está entendido?

— Ok, mamãe. Mas saiba que estou disponível a qualquer momento para fazer qualquer coisa por você. Vou chegar bem cedo. Lá pelas cinco estarei por aí. Vou trabalhar em casa.

Carmem sentiu um cansaço enorme ao pousar o telefone. Estava cansada de repetir para a filha que tudo ia bem. Mas qual outra opção poderia ter? Camilla era a filha dos sonhos de qualquer um. Merecia ter o direito de cuidar apenas da própria vida. A época de Carmem passara. Pouco ou nada ainda restava a fazer. Na verdade, não imaginava o que mais podia ter a fazer neste mundo além de sofrer de forma tão terrível todas aquelas sensações que atormentavam sua alma.

Camilla era o motivo de manter-se viva. Não porque precisasse da mãe. Viveria melhor sem Carmem, mas não podia imaginar a filha justificando um suicídio na família e tentando provar que não herdara a doença da mãe.

Sem parar para pensar, foi para o banheiro, ligou o chuveiro, tirou toda a roupa e enfiou-se debaixo da água. Lavou-se muito bem, caprichou nos aromas. Vestiu uma calça legging azul e uma camiseta folgada branca, meia sapatilha e tênis brancos.

Jogou dentro do cesto de roupa suja todas as peças que encontrou em seu quarto e seu banheiro. Foram todas imediatamente para a lavadora A máquina de lavar louça encheu rapidamente com os copos e pratos que encontrou no seu quarto. Um saco de lixo de cinquenta litros ficou repleto de papéis, latinhas de refrigerantes e restos de comida.

Uma barata saiu correndo do meio da confusão, revoltada com a intromissão na sua pacata vida. Carmem gastou quase quinze minutos para encontrá-la e extirpá-la da face da terra. Espirrou dedetizador por todos os cantos. Outras baratas deviam estar se aproveitando do mau período da dona da casa.

Depois de lavar e desinfetar muito bem as mãos, foi para a cozinha preparar o jantar da filha. Seria o mais caprichado dos jantares. Camilla teria certeza de que a mãe estava perfeitamente bem.

Faria um peixe. Camilla adorava peixe. Sempre tinham peixe. Carmem procurou no freezer. Não encontrou. Tinha certeza de ter visto a filha entrando com um pacotinho por aqueles dias. Tirou tudo de dentro do freezer. Nada. Apenas carnes para sopas e molhos. Olhou no congelador da geladeira. Nada. Apenas gelo. Abriu a geladeira. Sentiu um cheiro muito ruim. Achou estranho porque não sentira aquele cheiro mais cedo. Procurou a origem. Era o peixe.

Abriu o saquinho do supermercado. O peixe estava esbranquiçado. A etiqueta dizia que a validade era de dois dias. Fez as contas. Há quase uma semana o peixe já não estava bom para consumo.

Carmem ficou arrasada. Em suas mãos estava o dinheiro que sua filha suava para ganhar. Como ela, Carmem, mãe e dona de casa, uma apaixonada por cozinha, poderia aceitar de si mesma tamanho desprezo para com a menininha que criara? De todas as filhas do mundo, Camilla era a melhor. E Carmem era a pior das mães. A pior das donas de casa. A pior das cozinheiras.

Aquele cheiro estava tomando a geladeira. Seria necessário tirar tudo, lavar tudo, limpar tudo. As garrafas de água cheiravam a podre. O gelo cheirava a peixe estragado. Abriu a gaveta de verduras e deu de cara com um amontoado de folhas pretas. Não entendeu por quê. Eram novas, não eram? Não conseguia lembrar-se da sua última compra na feira. Pegou as verduras, mas sentiu um imenso nojo. Elas estavam gosmentas, um líquido preto e fétido escorria. Deixou que caíssem no chão ao lado do peixe e das garrafas de água. Ajoelhada em frente da geladeira aberta, Carmem ficou imóvel.

❖

— Mãe, mãe!
Ouvindo os gritos desesperados da filha, Carmem retornou subitamente daquele mundo inerte onde se encontrava.
— Oi, filhinha, você já chegou? — forçou-se a falar com voz doce.
— O que aconteceu? Você estava parada aí, totalmente imóvel...
— Não foi nada. Eu estava separando as coisas para o nosso jantar.
— Mas como, se você está no meio de toda essa comida podre? E o cheiro? É horrível! — desesperou-se Camilla.
— Tem muita coisa boa. É só separar. Veja, vou fazer seu peixe.
— Mamãe, mamãe querida. Levante-se. O peixe está estragado. E essas outras coisas também. Você está gelada. Há quanto tempo você está tomando esta friagem?

— Acabei de abrir a geladeira. Não estou fria, não. É impressão sua.

Com o coração dilacerado, Cami aconchegou a mãe nos braços.

— Eu te ajudo a levantar. Sente-se. Vou buscar um cobertor.

— Cami, eu estou bem!

Um segundo depois, Camilla retornou com um cobertor felpudo.

— Pronto, fique assim enroladinha. Vou dar um jeito nestas coisas.

Camilla pegou um grande saco de lixo e esvaziou a geladeira. Não havia salvação para coisa alguma no seu conteúdo.

❖

— Você se comporta de forma nojenta, Carmem. Eu não tolero mais isso!

— Como, nojenta? O que eu fiz?

— Eu disse que precisávamos causar uma boa impressão. É nosso primeiro final de semana no condomínio.

— Mas eu me esforcei para fazer tudo direitinho e ser simpática!

— O seu conceito de simpatia é um tanto estranho! Pedi para você usar maiô. Você resolveu ir à praia com um biquíni que mal caberia em uma modelo. Você está gorda e branca. As pelancas caíam, os peitos pulavam para fora! E aquele horrível chinelo de couro? Todas as mulheres de saída de praia e você toda exposta.

— Mas nós estamos na praia! Qual a necessidade de formalismo?

— Não é formalismo. É bom gosto. Falei para você caprichar no filtro solar. Você passou apenas numa faixa do seu corpo. Olhe que coisa ridícula! Branco com muito vermelho! E a depilação? Pelos aparecendo por todos os cantos: pela calcinha, tufos nas pernas, debaixo do braço.
— Eu raspei, mas no chuveiro não dá para ver sem óculos.
— Por que não vai a uma depiladora?
— É caro, muito caro! Para que gastar dinheiro se eu posso fazer em casa?
— E a comida? Da onde você tirou a idéia de ir para o fogão e ficar fritando aquele monte de porcarias? Camarão, lingüiça, peixe, batata e levar tudo para a praia? E sugerir e insistir ao limite do insuportável para todos te imitarem e comerem com as mãos? Sua boca, mãos, rosto, ficaram todos engordurados. O cabelo grudava na gordura. Você falava de boca cheia, dava gargalhadas, bebia cerveja no gargalo! Horrendo. A areia ia grudando na gordura. Dava vontade de vomitar!
— Mas eu estava feliz, mais feliz do que aquelas peruas sonsas que estavam com a gente.
— Isso não é ser feliz. É síndrome de desejo de ser porca!
— Você queria que eu fosse como aquelas bonequinhas que parecem ser feitas de porcelana, mas não servem para nada?
— Servem, sim, servem para alguém do meu nível se sentir admirado e não envergonhado.
— Ah, agora eu envergonho você? Mas quando você demitiu a única empregada que tivemos porque precisava economizar para comprar um carro novo? Eu envergonhava? E quando você foi considerado o mais bem cuidado por andar impecável, à custa de eu passar horas no

tanque e atrás do ferro de passar? E todas aquelas madrugadas que eu perdi, escrevendo seus trabalhos para a faculdade, sua tese de mestrado e a de doutorado? E quando eu concordei em abrir mão de ir para a faculdade porque não seria possível dois estudando ao mesmo tempo? E quando lá no começo eu ficava com minhas mãos todas queimadas de tanto fazer geléia nos finais de semana para você poder comprar roupas boas e se apresentar sempre adequado? Não me lembro de você me chamar de porca e dizer que eu te envergonhava.

– Você está me cobrando? Acha que eu te devo alguma coisa?

– E não deve?

– Não! Quem trabalhou, se esforçou, ambicionou, fui eu! Você veio daquela casa imunda e podia ter continuado nela para sempre se eu não te tirasse de lá!

– Se eu não estivesse tão preocupada com você, não estaria em casa imunda nenhuma! Eu seria como Clarisse ou Clara: estudada e independente e não encostada naquelas escolas que me emburrecem.

– Você jamais seria como elas. Elas são bonitas e têm classe e isso é de nascença. Você já nasceu assim. Se eu tivesse me casado com uma mulher como elas estaria em uma posição bem melhor.

– Meu caro marido, você é apenas uma casca. Uma casca de ovo bem fininha, cujo conteúdo inexiste. Tudo é mais fácil para os homens: um pouco de verniz e parecem o máximo. Um bom terno, um bom corte de cabelo, uma melhorada na postura e pronto! Vocês estão prontos, enquanto nós, mulheres, temos que lidar com nossos hormônios: menarca, TPM, ovulação, menstruação, gravidez, parto, amamentação. Crescemos e diminuímos várias vezes por mês. Algumas vezes na vida, deformamos totalmente. Isto sem falar da menopausa! Mereceríamos horas de cuidados diários para chegar perto do resultado da camadinha de verniz!

– Você acha que não tenho conteúdo? Olha quem fala! Você não sustenta dez minutos de qualquer conversa!

– Para eu ficar bem informada, basta eu assistir a um bom telejornal por alguns dias. E você? Para você se tornar algo mais do que alguém que menospreza sua mulher, quanto tempo levaria? Para desenvolver alguns sentimentos mais humanos e menos animalescos, o que você precisaria fazer?

– Olha só quem fala de parecer com um animal!

– Para ser animal é necessário desejar apenas o que eles desejam: comida, poder e sexo. Resumindo: você é um animal. E quando estiver bem poderoso e não for mais ativo sexualmente vai se transformar em um vegetal que precisa apenas de alimento. E quando faltar dinheiro, você será um mineral, parado, estático na contemplação do nada.

– Quando eu for um mineral, espero que ao meu lado esteja uma pedra preciosa e não uma pedra bruta como você!

– Preciosa ou não, nada mais será do que uma pedra e acabará como pó.

– Chega, pra mim chega. Vou para bem longe desta casa e de você.

– Da Camilla também?

– Estou deixando de ser marido, não pai. Estou abandonando minha esposa, não minha filha.

– Mas tem um detalhe: não esqueça que tenho direito à metade de tudo o que foi conseguido neste casamento.

– Não se preocupe. O preço é pequeno pela liberdade de ficar longe de você.

Enrico

Não sou nada
Sei que não sou nada
Não posso querer ser nada
Mas ainda assim tenho em mim todos os sonhos do mundo

— O que pode haver de melhor do que começar o dia com Fernando Pessoa? — meditou Enrico. Seu novo empreendimento teria muita dedicação à divulgação de Fernando Pessoa.

❖

Como sempre acontecia, Patrícia já pulara da cama. Andava irritada e apreensiva. Não havia dúvidas que a causa era Catarina.
Revigorado como se sentia, pretendia tratar dos filhos durante os próximos dias. Sabia planejar. Trabalhara durante anos planejando. Era capaz de imaginar um projeto desde sua idéia inicial até os investimentos a serem realizados e o retorno do capital. Esta sua habilidade estava agora reaparecendo. Não dizem que reaprender é muito mais fácil que aprender?
Conhecia um bom empreiteiro para quem telefonaria nos próximos minutos que, à custa de remuneração, avaliaria o imóvel e apontaria todas as obras que deveriam ser feitas. Enrico contrataria, com base nas informações do primeiro, dois ou três outros empreiteiros para realiza-

rem os reparos. O primeiro seria seu consultor. Enrico cuidaria pessoalmente do cronograma e do fluxo de caixa. Hoje deveria cuidar de proteger os livros. Não seria possível encaixotá-los. Eram muitos. Decidiu que o melhor seria empilhá-los no maior dormitório do segundo andar, mantendo-os separados na mesma ordem que se encontravam e cobri-los com lonas pretas.

Os móveis eram antigos e de várias épocas. Serviriam perfeitamente para criar o clima bucólico que desejavam. Durante a reforma ficariam no centro dos ambientes, onde deveriam ser mantidos muito bem protegidos.

Combinara passar a tarde com Lauro decidindo os detalhes do funcionamento e divulgação do "Clube". Seria trabalhoso, mas delicioso, falar de fragmentos de sonhos, de sensações sentidas durante toda uma vida, de como o coração é sagaz ao fazer mais sangue correr pelas veias quando algo maravilhoso está por acontecer. Mas em primeiro lugar, precisava resolver os problemas de casa.

Começaria por Roberto. Sentia que aquele menino estava muito infeliz e que a culpa era de Patrícia.

Em algum momento da vida, o garoto precisava se rebelar, mostrar que estava neste mundo para algo mais do que satisfazer o ego da mãe. E a única pessoa que poderia dar a força necessária para Roberto era ele. Enrico não podia tomar atitudes por ele, mas poderia encorajá-lo a buscar as próprias soluções.

Precisava encher-se de tranqüilidade para lidar com o filho. Temia que Roberto não fosse forte o suficiente para enfrentar Patrícia e que ele mesmo, Enrico, acabasse frustrado. Bia uma vez lhe dissera uma coisa que guardara para sempre: "se você souber moderar sua expectativa, a frustração também será moderada!". Baseado nisso, Enrico decidiu que empenharia todos os seus recursos para auxiliar o filho, mas não esperaria nada.

Quanto à vida, Bia era sábia, talvez a mais sábia das pessoas que já conhecera. Ela ensinava coisas que modificavam as pessoas. Uma vez, há mais ou menos um ano, Bia chegou contando que a melhor amiga estava com câncer em estado terminal. Quando Enrico indagara sobre os sentimentos dela em relação ao fato, ela dissera: "O evento não me pertence, não posso fazer nada quanto a ele. Meu poder se restringe às minhas sensações sobre o acontecimento. Meu desespero e minha angústia não vão modificar a doença da minha amiga. Por outro lado, se eu souber lidar com as minhas sensações, poderei auxiliá-la nos momentos difíceis".

❖

Depois de combinar o horário de encontro com o empreiteiro, ligou para o celular de Roberto.

A surpresa do filho foi evidente.

– O que aconteceu? Algum problema com a mamãe?

– Não, meu filho, não há nenhum problema. Estou ligando porque quero marcar um encontro com você. Quero conversar com você.

– Mas adiante alguma coisa. Você está me deixando preocupado.

– Não se preocupe. Quero apenas falar com você.

– Fiz algo de errado?

– Roberto, quero apenas conversar com meu filho, saber de sua vida, trocar idéias, colocar muitos assuntos em dia.

– Isso é totalmente inusitado, mas, é claro, está ótimo. Quando você quer que eu vá aí?

– Não quero que você venha aqui. Quero me encontrar com você. Só nos dois, longe daqui. Se você puder, amanhã à noite seria ideal. Sua mãe vai jantar com as irmãs. Prefiro que ela não saiba.
– Tudo bem, então. Aonde você quer ir?
– Passe por aqui lá pelas vinte horas e decidimos no caminho.

Patrícia

Um grito pedindo socorro veio do quarto da filha. Não um grito normal. Um grito de um animal ferido tomado pelo desespero. Patrícia levantou-se e correu para acudir Catarina. Encontrou a filha agachada no canto do quarto, debatendo-se e uivando. Ao ver a mãe pulou por cima da cama e agarrou-se a ela.

– Eles me acharam, mãe, eles me acharam!

❖

O pai de Patrícia a empurrara para um casamento precoce e ela, ansiosa por livrar-se do terrorismo familiar, não opusera resistência.

Ao mesmo tempo em que se casava, Clarisse era surpreendentemente aprovada no vestibular de medicina de uma faculdade pública. Não precisaria trabalhar para pagar os estudos. Não precisaria dos pais para mais nada. Controladíssima quanto a gastos pessoais, como todos na casa, sobreviveria com o mínimo. Bastariam uma cama e um prato de comida no jantar.

Enquanto isso, Patrícia via-se às voltas com um mísero casebre, um marido para alimentar, um filho para nascer.

Enrico, o marido, era um bom homem. Funcionário de uma empresa familiar, galgava postos pela dedicação, competência e gentileza no mesmo passo que uma formiga. Seus pais eram proprietários de vários pequenos imóveis que lhes garantiam o sustento, mas eram sovinas. Não auxiliavam os filhos, Enrico e Helena, acreditando que deviam vencer pelos próprios meios ou serem derrotados pela vida.

Patrícia sonhara dia após dia com a faculdade. Sonhava formar-se advogada, construir uma carreira e, em seguida, tornar-se juíza. Sonhava fazer justiça. Acreditava que quando Roberto crescesse um pouco estaria liberada para retomar os estudos. Teria que fazer supletivo, mais um ano de cursinho, mas não se importava. Conseguiria. Enrico concordava. Mais do que isso, estimulava-a.

Foi aí que se viu grávida pela segunda vez. Desesperada, pensou em abortar. Seus sogros desconfiaram e ameaçaram contar para o padre da paróquia próxima, que a excomungaria. Enrico prostrou-se inerte. Não a proibiu, não a apoiou. Patrícia sentiu-se desencorajar. Teria que suportar por toda a vida aquela criança que carregava no ventre. Odiou-a, odiou-se, odiou Enrico.

Quando Bia nasceu, tentou fingir que a amava. Não era isso que se esperava de uma doce mãe? Não a amou. Detestou-a. Castigou a filha desde o primeiro momento, atrasando suas refeições, deixando-a chorar no berço sem atendimento. As assaduras e cólicas atormentavam a menina e Patrícia desenvolvia cada vez mais a seletividade da sua audição, ignorando os gritos de Beatriz.

Enrico, desesperado, contratou uma pajem para cuidar da menina. Procurou uma garota jovem que pudesse dormir na sua casa e entregou os cuidados da filha àquela menina e a Deus.

Beatriz cresceu com uma independência ímpar. Andou aos dez meses, aprendeu a usar o peniquinho antes de

um ano, em seguida tratou de alimentar-se com as próprias mãos e, aos dois anos, já tomava banho sozinha.
Enrico insistia para Patrícia retomar seu sonho. Ofereceu-se para ajudá-la a encontrar as escolas onde estudaria. Prometeu arcar com todas as despesas e melhorar a estrutura da casa para dar mais liberdade à mulher.

❖

Patrícia conseguira há bem pouco tempo decifrar o que ocorrera consigo àquela época. Assistindo a um documentário sobre a guerra no Iraque e, vendo as condições dos prisioneiros em Guantanamo, perguntou-se qual seria a pior das prisões: aquela, onde os presos estavam de forma alheia a si próprios ou a prisão interna que voluntariamente cada um carrega dentro de si?

❖

Catarina passou o dia entre momentos de serenidade e loucura. Patrícia a pegava no colo e ninava até o terror passar. Mas com o passar das horas foi se sentindo esgotada.
Não suportava os gritos da filha. Em breve, os vizinhos viriam todos tomar satisfações. Pensou por alguns momentos e disparou para uma grande drogaria que ficava perto da sua casa. Lá comprou todos os chás calmantes que achou. A eles juntou todos os medicamentos não controlados que se diziam calmantes, relaxantes ou algo parecido.

De Bia para Camilla

Minha prima

Você já pensou que uma família pode não ser nada além de um amontoado genético repartido em vários montinhos? Sábado se aproxima e sinto que tem vento soprando nossos montinhos. E que esse vento está armando um grande vendaval.
Para que possamos considerar uma família como existente, muito mais importante é que ela tenha estrutura familiar e que cada célula e cada corpo da família sejam permeados de consistência própria.
De que adianta ter uma família numerosa como a nossa, que se reúna em todas as datas de festividades? Todos preocupam-se com a imagem que vão mostrar. Nossas mães e tias vagueiam por várias personalidades procurando encontrar uma que apresente-se bem na ocasião.
Se a família é a célula da sociedade, então as famílias estão com sérios problemas. Se a família é a célula da sociedade e se a sociedade está com tantos problemas então a célula está cancerosa.

Um beijão,
Bia

Gustavo

Gustavo adormeceu rapidamente, o que era muito raro. Dizia que não relaxava se não namorasse um pouquinho. Mas alguma coisa naquele dia tirara as suas energias. Não aquela sonsa que contratara pela manhã. Fraquinha demais para ele. Tivera que chamar o agenciador da moça para retirá-la do seu apartamento. Uns poucos tapas e aquela molenga desfalecera.

Alguma outra coisa acontecera que não podia decifrar.

❖

Lucas sugava os peitos de Clara. Gustavo sentia-se órfão, sentia como se o seu coração tivesse sido arrancado. Mas aquele sentimento misturava-se com o orgulho de ter produzido um filho homem, grande e forte desde o nascimento. O garoto comportava-se como macho, chorava forte com voz grave e agarrava o que queria. Seria um grande sucessor nos seus negócios. Gustavo o incentivaria a divertir-se com muitas meninas desde pequeno. Logo no início da puberdade pagaria mulheres para que ensinassem o filho toda a arte do sexo. Levaria Lucas para o escritório e para as empresas muitas vezes. Assim poderia iniciá-lo no mundo dos negócios.

O filho jogaria futebol. Seria um craque, mas quando convidado para profissionalizar-se, preferiria estar com o pai administrando aquele império que se ampliava a cada dia.

❖

Gustavo virou-se na cama. Uma expressão de satisfação transpassou seu rosto.

❖

– Dinha, Dinha, jabuticaba! Jabuticaba!
– Oh, moleque, acha que eu vou continuar te carregando? Vai lá na cozinha e pega a tua jabuticaba.
– Dinha, eu quero a da árvore. Por favor, Dinha, amanhã eu vou pra casa. Ajuda, Dinha, ajuda.
– Olha, moleque, esta é a última vez. Quando você voltar vai estar maior e eu não vou te agüentar.

Dinha curvou seu grande corpo, agarrou as pernas do menino e, mais desequilibrando do que se sustentando, ergueu-o até que alcançasse o galho mais próximo e arrancasse algumas jabuticabas grandes e cheirosas.

A negra corpulenta, cambaleando com o peso, soltou o garoto, que caiu desastradamente na terra batida.

– Precisa lavar?
– Olha, menino, não é disso que você vai morrer. Esfregue na roupa para tirar o pó e chupa de uma vez. Todas, sem deixar nenhuma. Quem sabe assim você passa uns dois dias no banheiro e desiste das jabuticabas.
– Dinha, como elas podem ser tão redondas?
– Foi Deus quem fez. Vai ver que era para brincar de bola de gude.
– Mas elas não amassariam?
– Mas não soltariam pedacinhos de vidro.
– Com quem Deus queria jogar?

— Ih, moleque, gente é o que não falta, morre um monte todos os dias.

— Quer dizer que a gente morre para brincar com Deus?

— Muita gente brinca com os sentimentos de Deus aqui mesmo, nesta terra.

❖

Sorridente, mais uma vez Gustavo se mexeu.

❖

— Mamãe, cadê a Dinha?
— Não se fala 'cadê'. Se fala 'onde está'.
— Mamãe, onde está a Dinha?
— Graças a Deus, aquele urubu deve estar longe.
— Longe, como?
— Eu mandei que ela sumisse daqui.
— Quando ela vai voltar?
— Se Deus ajudar, nunca mais.
— Mas, mamãe, eu quero a Dinha.
— Seu menino mal educado. Quem você pensa que é para querer alguma coisa? Seu pirralho. Você diz que gosta tanto daquela mulher, mas ela não gosta de você. Nem quis se despedir. Não perguntou sobre você, não quer mais nada com você. Agora suma da minha frente.

Gustavo começou a chorar compulsivamente.

Sua mãe agarrou-o pelo colarinho e arrastou-o para o quarto. Pegando um sapato, bateu várias vezes no menino.

— Agora fique aí. Hoje você não vai comer. Assim você aprende a respeitar a sua mãe.

Gustavo encolheu-se no canto da parede e chorou. Chorou. Chorou pelas dores no corpo. Chorou por saber que a mãe o odiava. Chorou por Dinha, a pessoa que mais amava no mundo. Chorou de fome, chorou de sede, chorou porque não sabia como morrer.

Dormiu no chão. Muitas e muitas horas se passaram. Durante seu sono, sua mãe entrou no quarto.

— Então quer dizer que o Senhor Valentão não vai pedir comida? Está querendo me provocar? Conseguiu! Vai continuar sem comer.

Gustavo adormeceu. Dormiu. Acordou com um tubinho enfiado no braço.

Ouviu a voz do pai.

— Que fracote. Um único filho e um fraco. Isso é castigo. Vir parar em um hospital porque uma empregada sumiu é muito castigo. Ele vai acabar com tudo o que minha família vem construindo há décadas! Culpa sua, mulher! Sangue fraco, mulher fraca. Um único filho por sua culpa. E, ainda por cima, um imprestável.

Gustavo adormeceu profundamente.

❖

Gustavo se debateu e chorou. Transpirou e chorou.

Clara viu a angústia do marido. Não era a primeira vez. Acontecia sempre. Desta vez não teve vontade de acudi-lo. Ele que cuidasse de si.

QUARTA-FEIRA

Manhã na casa de Clarisse

Se Clarisse pudesse viajar, mesmo que fosse para o Iraque, seria hoje o grande dia. Naquela noite, aconteceria a tradicional reunião das quatro irmãs para preparar o tradicional almoço de sábado.

Desde pequenas, sua mãe determinara que no terceiro sábado de outubro acontecesse um almoço de família. Dizia que no futuro isso seria muito importante para manter a família unida. Essa provavelmente fora a única coisa que a mãe determinara em toda a vida.

Quando a mãe morreu as irmãs acharam por bem manter a tradição. Depois de anos, descobriram que aqueles encontros não passavam de uma farsa. As quatro pensavam a mesma coisa sobre esses almoços: pura hipocrisia.

Clarisse via todas as datas de festividades familiares da mesma forma. Os filhos cumpriam suas obrigações comemorando o dia dos pais e das mães mesmo se tivessem passado o ano inteiro ignorando-os. A Sexta-feira Santa transformara-se em um grande festival do bacalhau. O Domingo de Páscoa era dia de empanturrar-se de comida e encher as crianças e adultos de montanhas de chocolate. A morte e a ressurreição de Cristo, que talvez devessem ser lembradas de forma circunspecta e meditativa, transformaram-se em festivais gastronômicos.

E assim eram todas as demais datas. Tratando-se ou não o Natal do nascimento de Cristo, isso pouca ou nenhuma diferença fazia, já que ele era o último a ser lembrado.

Clarisse não tinha coragem de se dizer cristã. Acreditava que ser cristão era incorporar à própria vida a forma de agir de Cristo. De forma literal, não queria ver todos os seguidores do Cristo, católicos ou não, colocarem a mão no leproso, nos pobres, renunciar ao alimento, ao poder...

Vivia-se em uma época hipócrita, de pessoas hipócritas, situações hipócritas, futuro hipócrita...

❖

De qualquer forma, pensou Clarisse, é bom colocar as coisas no lugar para garantir que eu não acabe esperando a noite toda sozinha na mesa.

Manhã na casa de Carmem

Carmem achou melhor escolher a roupa logo cedo. Decidiu imediatamente pela habitual calça preta com elástico na cintura. Evitava ter que pensar se emagrecera ou engordara. Já a blusa exigiria um momento de reflexão. Seria preta é lógico. Esconderia as partes moles do seu corpo. Montou o traje no cabide e levou-o para a lavanderia, onde seria passado e aguardaria a noite chegar.

Picaria alguns comprimidos do seu ansiolítico e tomaria pequenas doses durante todo o dia. Assim, à noite estaria se sentindo perfeitamente bem.

❖

— Carmem?
— Bom dia, Clarisse. Que bom que você telefonou, minha irmã!
— Estou ligando para que você não se esqueça de se vestir adequadamente hoje à noite. Vamos a um magnífico restaurante. E penteie o cabelo. Não quero passar vergonha.

Manhã na casa de Clara

— Outra vez essa bobagem! Todos os anos vocês inventam essa besteira. Quatro mulheres sozinhas à noite! Quatro pistoleiras, isso sim! Mulher que presta não fica se oferecendo em restaurantes. Você não vai. Já pensou se algum dos nossos amigos vir você? Já pensou o que vão falar de mim? Corno, é isso que vão falar.

Nesse momento, tocou o telefone. A arrumadeira veio avisar que Clarisse procurava pela irmã. Gustavo se adiantou e pegou o aparelho. Não teve tempo de dizer bom dia. Clarisse alertou-o de que estava atrasada.

— Gustavo, anote aí. Oito horas no Sound. Clara deve saber onde fica. Peça que não se atrase e que nenhuma desculpa para não ir será aceita. Vejo você no final de semana.

E desligou. Gustavo não teve tempo de se despedir. Pousou o telefone sem fio em sua base e disse simplesmente para Clara.

— Às oito no Sound, sem atrasos.

Virou-se e desapareceu pela porta do quarto.

Clara sorriu surpresa. Então era assim? Seu marido rendia-se facilmente à autoridade da irmã. Ou melhor, rendia-se a qualquer autoridade. Se Clara soubesse como fazer algo parecido, se ela fosse um pouco parecida com Clarisse...

A proximidade com Fábio lhe daria essa força. Pensou no querido amor — sim, já era seu amor — e esticou-se na cama. Pela primeira vez em todos aqueles anos, não sentiu terror quando Gustavo começou a esbravejar. Estava interessada em outros sentimentos bem mais agradáveis.

Manhã na casa de Patrícia

— Ah, Clarisse, querendo sempre se mostrar! Para que um lugar tão longe e tão caro? Já pensou que vai ser vista com suas irmãs e não com um monte de mulheres chiques?
— Olha aqui, Patrícia. Sua função é deixar o veneno em casa, aparecer, comportar-se como se fizesse parte daquele mundo e desaparecer rapidamente. Até a noite.

❖

— Vaca desqualificada! Se não fosse pela memória da minha santa mãe, jamais toleraria essa sem vergonha.

❖

— Enrico! Enrico!
— O que é, meu chuchuzinho ainda verde que precisa ser colhido?
— Você está louco, homem? Deixa de ser ridículo, seu velho decrépito. Por que tanta alegria?
— Para começar, não sou velho. Em segundo lugar, estou a quilômetros de estar decrépito!
E saiu sem saber por que era tão cedo procurado pela mulher.

Irmãs

O jantar das irmãs seria em um belo restaurante bem no coração da cidade, onde muitas coisas aconteciam. Clarisse escolhera o local. Além de tratar-se de um restaurante sofisticado era bastante bem freqüentado, aonde se vai para ver e ser visto.

Se a escolha fosse de Clara, optaria por um restaurante tailandês ou indiano.

Carmem preferiria uma cantina italiana das bem tradicionais, onde cada prato poderia alimentar uma família, e devoraria tudo em instantes.

Patrícia faria algum estardalhaço. Acharia tudo caro e arrogante. Optaria por alguma pizzaria despretensiosa e abarrotada e passaria todo o tempo reclamando de tudo, infernizando os pobres garçons, *maitres e* cozinheiros.

Seria mais um de muitos encontros carregados de agressões, falsidades e arrogâncias.

Clara demonstraria a maior das serenidades, tentando convencer as irmãs e a si mesma de como era feliz.

Patrícia tagarelaria sobre os feitos de Roberto, colocaria no rosto uma expressão meiga ao mencionar a doçura de Catarina e se esquivaria de falar sobre Enrico e Beatriz.

Clarisse contaria os feitos profissionais acompanhados dos respectivos valores e os convites que recebia todos os dias. Seria lacônica sobre os filhos e o marido, demonstrando que mal sabia seus nomes e que isso pouca diferença fazia.

Carmem seria bombardeada com perguntas sobre como se sentia infeliz por ser só e sobre sua dependência química. Suas irmãs faziam-na sentir-se uma viciada em todas as outras drogas do mundo quando, na realidade, estava medicada apenas com ansiolíticos.

Farpas veladas seriam trocadas, olhares invejosos seriam lançados. Quando, após o jantar, cada uma saísse daquele restaurante, soltaria um grande suspiro de alívio: estava livre outra vez!

O *dia de* Clara

Seis horas. Seis horas foi o tempo exato que Clara e Fábio passaram juntos naquela quarta-feira. As auxiliares de Clara haviam sido eficientes no dia anterior. Mediram, fotografaram, desenharam plantas baixas...

Clara esperava que Claudia, a sobrinha de Fábio, se juntasse a eles, mas, como ela não apareceu, a reunião transcorreu de forma bem mais agradável do que poderia supor.

Para evitar os olhares dos seguranças usaram uma salinha nos fundos do escritório, onde podiam ter total privacidade. Ângela, uma das sócias, aproximou-se de Clara e disse olhando-a bem nos olhos:

— Fiquem totalmente à vontade. Ninguém, ninguém deste mundo ou de qualquer outro vai chegar perto daquela porta. Para ter total certeza, tranque-a por dentro.

— Mas... — Clara tentou retrucar.

— Já disse o que tinha a dizer — virou as costas e foi-se.

Foram as seis horas mais rápidas da vida de Clara. Tiraram os sapatos, sentaram-se no chão com montanhas de papéis espalhados à sua volta. Levaram o pequeno aparelho de som portátil que Clara mantinha em sua sala e apropriaram-se de todos os CDs que encontraram pelo escritório. Divertiram-se almoçando sanduíches de queijo quente feitos em uma padaria próxima e refrigerantes. Folhearam revistas e livros de decoração, manusearam texturas, brincaram, riram, falaram.

O primeiro beijo aconteceu porque era indispensável. Piaf cantava apaixonadamente *Hymne a l'amour* e a vida transformara-se em um hino, os lábios, na expressão do amor. Bem no início, pareceu difícil vencer a barreira de lábios fechados pela vida. Mas foi só no início. Em suave consenso, a tarde foi dedicada a lábios e olhares. O tempo conspiraria a seu favor.

O *dia de Carmem*

Às oito horas, quando entrou na sala de aula, Carmem pareceu uma estranha para seus alunos. Com os olhos ligeiramente turvos, ligeiramente aquosos, ligeiramente vidrados, dava mostras de flutuar pela classe. Sua boca estava mole, sem forma. Sua língua dançava pelo interior da boca reduzindo a fluência da fala. Não trouxera material para a aula. Perguntou onde parara com a matéria. Os garotos, em festa, responderam que ali pertinho, na boca do lixo. Carmem não entendeu a ironia. Uma aluna saiu correndo. Foi à diretora contar que Carmem estava drogada. A diretora retirou Carmem da sala. Foi levada para a enfermaria. Colocada na maca, adormeceu imediatamente.

Ao meio-dia, Camilla chegou. Conduziu a mãe até seu carro, onde Carmem se acomodou molengamente. Chegando em casa foi até o sofá da sala e adormeceu.

Às quatro horas, Carmem acordou. Camilla estava ao seu lado. Carmem não entendeu o que estava acontecendo. Camilla explicou. Carmem não sabia o que dizer. Camilla disse-lhe que não precisava explicar.

Carmem sentia-se bem. Tranquila. Tomou um banho e pôs-se a esperar pela noite. Camilla sugeriu suavemente que não saísse. Carmem insistiu. Camilla disse que a levaria. Carmem concordou.

Irmãs

Clara carregava o saco com os pãezinhos. Era encarregada de todos os dias, às seis da tarde, fazer a compra dos pães que a família consumiria na manhã seguinte. Era tentador sentir o calor atravessando o saquinho de papel fino, sentir o cheiro dos pãezinhos recém-assados, tê-los ali a seu dispor... Não se atrevia, no entanto, a pegar nem a menor casquinha. Seu pai a espancaria até a morte se percebesse que roubara das irmãs, da mãe e dele mesmo, uma lasca que fosse.

❖

A família enquadrava-se em uma classe média baixa e estagnada. Dali não sairia a menos que as quatro filhas se esforçassem muito, estudassem muito, trabalhassem muito, pagassem os próprios estudos...

Para o pai, o mundo passara de cinza a negro tão logo a quarta filha nascera. Tudo o que queria era um filho homem e aquela inútil absoluta que era a mulher que carregava pela vida só conseguira gerar aquele bando inútil de meninas.

O pior é que, além de meninas, eram umas rebeldes, candidatas todas a prostitutas. Ele as colocara para estudar porque senão se veria encrencado. Elas gostaram da brincadeira e foram sempre boas alunas. Ele queria que elas fizessem o serviço da casa junto com a mãe, ao invés de se enfiarem nos livros. As quatro uniram-se e criaram um complicado sistema de revezamento, que permitia que uma ou duas sempre estivessem liberadas para estudar, enquanto as outras lavavam, passavam, limpavam. A mãe doente – aquela preguiçosa sempre dizia que estava doente, quando na verdade tinha era umas dorzinhas nas pernas –, apenas cozinhava. Se é que se podia chamar aquele desperdício de cozinhar.

Ele sabia que as meninas não se gostavam. Não entendia como podiam tramar contra ele. Sabia que pretendiam ir para a faculdade. Que não contassem com ele! Elas que arranjassem quem as sustentassem.

Conseguira impedir Patrícia de sonhar alto. Ele apresentou a ela aquele bom rapaz, o Enrico – bom demais, diga-se de passagem –, e já estava ajeitando as coisas para que se casassem em pouco tempo. Ela já lhe dera 18 anos de despesas. Estava na hora de desaparecer da frente dos seus olhos.

Clarisse, aos 16, era das quatro a mais insuportável. Mal educada, respondona, vivia em guerra com as irmãs e com o pai. Ah, mas boas sovas ele lhe aplicava. E, mesmo assim, aquela peste continuava uma insolente. Encarava o pai de frente. Ainda por cima tinha a sua altura. Mas era uma magrela com jeito de prostituta. Aquela vadia merecia um homem que a enchesse de tabefes todos os dias. Sonhava em ser médica! Que idiota! Mulher, e ainda pobre, merece um bom tanque cheio de roupa pra lavar e não ficar rebolando de branco por tudo que é hospital.

Teria problemas para se livrar de Carmem. Era feia e sem graça. Gordinha e faminta. Se um homem a visse comer fugiria de medo de ter que sustentá-la. O pai apelidou-a de porco. Não de leitoa. Não parecia uma mulher.

Ela era o porco. Tinha boa mão para a cozinha. Se tivesse um jeitinho mais limpinho poderia empregar-se como doméstica. Mas sujinha daquele jeito?

Clara era bonita, muito bonita. A mais bonita das quatro. Muitas vezes o pai a pegava pelos cabelos e a arrastava para longe dos livros. Jogava-a na cama e gritava:

— Vá se cuidar! Você só presta pela sua beleza. Vai ter que arranjar um idiota rico para sustentar seu pai. Esqueça os livros. Trate de ficar bonita. E se você se atrever a olhar para qualquer garoto, eu te mato. Preciso entregar você inteira para o idiota rico que quiser te levar.

❖

Clara encolheu-se ao ver que o velho asqueroso estava na calçada da sua casa obstruindo a passagem. Atravessou a rua e o velho foi atrás. Atravessou outra vez. O velho veio no seu encalço. Ele agarrou-a pelo braço fazendo-a virar-se e, apertando-a contra o seu corpo, tentou beijá-la. Clara debateu-se e gritou. O velho resistiu por algum tempo, mas não agüentou e teve que soltá-la. Seu pai estava na porta. Quando Clara aproximou-se dele descomposta e amedrontada levou uma tremenda bofetada que a desequilibrou e fez cair. Pegando-a pelo braço, o pai arrastou-a para dentro de casa

— Sua vadia! Sua vagabunda! Fica provocando os homens, dando corda, se oferecendo! Vai ver como é bom mexer com homens.

Arrancou o cinto e espancou a filha. Bateu e bateu. As marcas ficaram por todo o rosto e corpo.

Patrícia achou que a irmã era mesmo uma oferecida e merecia uma boa reprimenda.

Clarisse achou que a irmã não passava de uma grande sonsa deixando que o pai fizesse aquilo com ela.

Carmem pensou que finalmente deixaria de ser o único patinho feio da casa.

A mãe fechou os olhos, respirou fundo e sonhou poder ver o mar ao menos uma vez antes de morrer.

O dia de Patrícia

— Mas o que está acontecendo com esse homem?
Patrícia agradecia as recentes ausências de Enrico, mas, mesmo assim, pressentia que algo estava acontecendo. Pressentia, não. Tinha certeza. Enrico já era um gordo mole antes da aposentadoria. Depois, então, dava a impressão que vivia para cultuar e nutrir a grande barriga.

Patrícia ouvira uma vez que o melhor marido é o ausente. Os homens não sabiam, mas era exatamente esse tipo de coisa que as mulheres pensavam e conversavam em suas rodinhas.

Triste ironia! Elas os queriam presentes nos primeiros anos de casamento quando cultivavam sonhos românticos, tinham filhos pequenos e enfadonhos, estavam presas às tarefas da casa. Era justamente nesta época que os maridos fugiam. Precisavam construir uma vida. Então se dedicavam com afinco ao trabalho e não se importavam com horas extras ou pastas cheias de trabalho para os finais de semana.

As mulheres ficavam desesperadas e irritadas reclamando que o romance e o glamour ficaram na sala do primeiro parto junto com a placenta.

Em seguida, os homens começavam a precisar do próprio espaço. *Happy hours*, jantares com clientes, viagens de negócios, cursos de aperfeiçoamento, participação em entidades de todos os tiposs e a mulher continuava sozinha, sempre esperando. Talvez por isso a gravidez fosse exclusividade das mulheres. Elas estavam fadadas à eterna espera.

Os filhos iam crescendo e tomando cada vez mais tempo das mulheres. Normalmente confinados em apartamentos, exasperavam suas mães até levá-las à beira da loucura. Santos computadores, video games e televisões. Neles residia a paz das enlouquecidas donas de casa. Quando trabalhavam fora tudo ficava bem pior. Não pelas tarefas profissionais, mas por terem que voltar para a vida de claustro nas próprias casas.

E aí, quando na meia idade com filhos já criados e já acostumadas à solidão, as mulheres finalmente conseguiam alguma liberdade, apareciam os maridos aposentados para atolar a casa. A mulher gastava vinte, trinta anos para poder relaxar. E, então, os senhores seus maridos se apossavam da televisão durante o dia todo, exigiam as refeições no horário certo, bagunçavam a casa e implicavam. Com a roupa, com o comportamento, com os gastos. Não importava com o quê. Apenas implicavam.

Não era à toa que tantas mulheres na terceira idade maltratavam os maridos doentes. Afinal, haviam esperado a vida toda por isso!

E agora aquele homem inventava de agir desse modo tão estranho! Será que ele não percebia que Patrícia tinha problemas graves para resolver? Será que ele não podia ficar solidariamente quieto? Para que provocar a mulher daquela forma? Para que fazê-la sentir-se tão só?

O dia de Clarisse

Clarisse não queria acreditar que aquele menino mal arranjado na vida estivesse conseguindo tirar o seu sossego. Experiente como era, em qualquer outra situação já estaria pensando em escolher o próximo namorado. Mas caminhava a passos largos no sentido contrário. Sua raiva aumentava a cada minuto. Jamais fora rejeitada. Preferia até mesmo que ele fosse inescrupuloso, mantendo a relação pelas posições e o dinheiro que ela tinha a oferecer, do que simplesmente a abandonando.

Pela primeira vez em décadas não conseguiu fazer seus exercícios matutinos. Também não achou concentração para ler o jornal. Serviu-se apenas de café preto sentindo que não passaria fome durante toda a manhã. Tudo estava diferente naquele dia. A rotina de cremes ficaria para outra hora. A muito custo conseguiu vestir-se e maquiar-se.

O hospital, e, mais tarde, o consultório, a aguardavam. Mas era cedo, muito cedo. Ligou para as irmãs, sentada em seu escritório, e lá deixou-se ficar.

Irmãs

— Você vai fazer o que seu pai mandou.
— Não vou, não.
— Se não fizer ele vai te arrebentar.
— Não vou.
— Então quem vai te arrebentar sou eu – gritou dando um sonoro tapa no rosto de Clarisse.
A menina de treze anos desequilibrou-se e caiu. Imediatamente colocou-se em pé e empertigou-se na frente da mãe.
— Esse nem doeu. Tenta outro.
A mãe, acostumada a imediatamente enfraquecer diante da autoridade, disse em tom de súplica:
— Que peste você é! Por que você faz isso comigo? Você sabe que depois quem paga o pato sou eu.
— Melhor você do que eu. Eu não escolhi nascer, mas você escolheu casar com aquele animal e continuar com ele até hoje. Você apanha, nós apanhamos e você não reage. Então não vou ser eu que vou me preocupar com você.
— Clarisse, você tem que entender o seu pai. Ele nasceu pobre e tem que aguentar aquela vida nas obras todos os dias. Ele chega irritado. Aqui é a casa dele. Ele paga as contas. Aqui ele manda. É o único lugar onde ele pode mandar.
— E mandar é machucar a gente?
— Esse é o jeito dele!
— Sabe o que eu acho? Que você gosta de apanhar! Não sei por que, mas parece que gosta.

— Eu não tenho pra onde ir carregando quatro filhas. Quem vai me querer com uma bagagem tão pesada? E seu pai já disse que se eu tentar fugir ele me mata.
— E você acreditou?
— Mata, sim! No fim das contas, ele me ama e ama vocês.
— Isso não é amor! Isso é doença!

❖

— A senhora está com uma infecção por ureaplasma.
— O que é isso?
— É uma doença sexualmente transmissível. Ou seja, a senhora pegou de alguém por via sexual.
— Impossível. O único homem que eu conheci foi meu marido.
— Então a senhora pegou dele.
— Mas como?
— Tendo relações sexuais.
— Mas eu passei pra ele?
— Não, minha senhora. Ele é que deve ter passado pra senhora.
— Mas como ele pegou?
— Provavelmente tendo relações sexuais com alguma mulher contaminada.
— O senhor quer dizer que meu marido tem outra?
— Outra, outras, quem vai saber?
O silêncio caiu sobre o consultório.
— Mas o senhor não vai contar pra ele.
— Tenho que contar. Ele precisa de tratamento.
— Não, pelo amor de Deus. Ele vai pensar que eu é que passei pra ele. Aí ele me mata.

— Minha senhora, ele provavelmente já sabe que está doente. Se ele não se tratar, tudo pode acabar bem mais grave.

— Não, pelo amor de Deus! Ele vai me matar! Não dá pro senhor me tratar sem falar nada?

— Mesmo que isso acontecesse, a senhora estaria sujeita a adoecer novamente. É importante que ambos recebam cuidados.

— Prefiro morrer dessa doença do que matada.

— Então está bem. Vou prescrever medicamentos, mas a senhora não pode ter novas relações sexuais com seu marido. A senhora concorda?

— Claro que sim, doutor. O senhor pode ter certeza. Ele não vai chegar nem perto de mim.

❖

— Mulher, vá já para o quarto que eu vou atrás.

— Eu preciso acabar o jantar!

— Eu quero agora! — E agarrou-a pelo braço, desaparecendo pela porta do quarto que dividiam.

No restaurante às 20:35

Tudo conforme o esperado.
Clarisse chegou na hora exata.
Patrícia já estava acomodada há dez minutos na mesa reservada, desconsiderando veementemente a sugestão da *hostess* de aguardar no bar.
Carmem chegou com quinze minutos de atraso.
Clara deslizou porta adentro quando já haviam passado mais de trinta minutos da hora marcada.
As outras três acompanharam Clara com o olhar. O de Carmem era de inveja.
O de Patrícia era de reprovação. O de Clarisse era de repreensão.
Todos os homens do restaurante olharam-na com admiração e desejo.
Clara parecia flutuar com uma pantalona de seda puríssima em vários tons de marrom, com transpasses e nós que lhe conferiam um ar exótico, e uma blusa branca da mais fina musselina, que usava para dentro da calça e fazia um estranho jogo de transparências. Era uma mulher de incrível beleza e personalidade. Nada tinha em comum com todas as outras que aderiram a moda jeans vinte e quatro horas por dia e às blusinhas cheias de cores e vestidinhos... Talvez por isso a conversa em muitas mesas cessou enquanto ela passava.

Cami e Bia

— Bia?
— Oi, Cami.
— Estou preocupada.
— Eu também.
— Acho que elas vão se matar. E vai ser em público.
— Talvez fosse bom...Talvez se elas colocassem cinquenta anos de mágoa na mesa, elas tivessem alguma chance individualmente e em conjunto. Mas, como duvido que elas aguentem, seria melhor que esse jantar acabasse rápido.
— Tenho medo pela minha mãe. Ela está no auge da crise.
— Concordo. Ela não tem força para enfrentar essas situações.
— Você não se preocupa pela sua mãe?
— Olha, prima, minha mãe bem que precisa levar uma boa chacoalhada para ver se acorda um pouquinho, mas ela saiu de casa com as garras para fora. Tenho pena das outras. Todas são presas em potencial.
— Mas por que ela é assim?
— Pelas constantes frustrações que a vida lhe impôs. Queria ter nascido homem. Nasceu mulher. Queria estudar. O pai não deixou. Queria ir para a faculdade. O pai arrumou-lhe um casamento. Queria um marido rico. Meu pai mal conseguia dinheiro para nos sustentar. Queria filhos perfeitos. Nascemos nós três. Nada do que quis aconteceu.
— Por que as irmãs conseguiram e ela, não?

— O que as irmãs conseguiram? Tia Clara é refém daquele psicopata que é o tio Gustavo, tia Clarisse é refém dela mesma e de sua necessidade de provar não sei o que para não sei quem, e sua mãe conformou-se com tudo, até que algum tratamento mágico que lidará com efeitos e não com causas crie a ilusão de que ela está bem.

— Do jeito que você fala parece que há apenas infelicidade nas vidas das pessoas desta família!

— Não, Cami, todos são felizes enquanto um choque não vier tirá-las deste estado adormecido. Mas os choques estão próximos, muito próximos.

Irmãs

— Então o senhor é o pai da Clara?
— Sim, senhor! Clara disse que o senhor queria me conhecer. Gostaria de dizer que é uma honra para nossa casa receber alguém tão fino como o senhor.
— Honra minha conhecer a família de uma moça tão maravilhosa!
— Sim, sim! Clara é a melhor das minhas filhas. Criei debaixo do chicote, se é que o senhor me entende.
— Mas é assim que as moças devem ser criadas. Fiquei até surpreso de ela ter estudado tanto e ter um negócio próprio!
— Contra a minha vontade, meu senhor. Contra a minha vontade. Mas, fiquei em cima, de olho. Ela sempre soube que não devia deixar nenhum homem chegar perto antes de conhecer o marido. Se deixasse eu prometi que ela morria. O senhor sabe, moça bonita se não se der o valor, cai na vida!
— Se o senhor concordar que ela se case comigo, prometo que continuarei cuidando dela da mesma forma.
— Era isso que eu queria pra todas as minhas filhas. Um homem duro, firme. Mulher só entende na porrada. Se não, vira vadia.
— Na minha mão não vira, não. Se tentar vai ter que se entender comigo.
— Minha mulher ficou no fogão a vida toda. É lá que as mulheres devem ficar.
— Isso não vai acontecer com a Clara. Como o senhor deve saber, minha família tem muito dinheiro. Ela terá uma vida de luxo e conforto.

— E eu, vou ficar neste buraco pra sempre? O senhor quer levar a melhor das minhas filhas e me largar aqui? Gostando ou não, Clara ajuda nas contas aqui de casa. Se ela casar com o senhor e parar de trabalhar como eu fico?

— Bem, podemos acertar para ela continuar dando o mesmo valor todos os meses...

— Não vou viver de caridade recebendo uns trocados. Prefiro ela aqui.

— Bem, como diz o ditado, o que é tratado não sai caro. O que o senhor quer então para que eu possa levar sua filha?

— Não sei, não, senhor. Preciso pensar... Primeiro acho que eu quero um lugar melhor pra morar. Não fica bem o pai da ricaça morando neste bueiro. Depois eu preciso de dinheiro para viver mais tranqüilo. Um valor para eu me aposentar.

— Pode ser acertado. Sim, pode ser acertado.

— Quanto mais rápido, melhor. Assim o senhor fica rápido com a moça.

Enrico e Roberto

— E então meu filho, o que você tem lido?
— Estou lendo sobre Carlos Martel. Fala-se muito sobre Carlos Magno, mas pouco ou nada de seu avô. Estou impressionado com a coragem desse homem que, sozinho à frente de seus exércitos, conseguiu conter as invasões muçulmanas na Europa.
— Ao mesmo tempo em que casava com um monte de mulheres e gerava montes de filhos! Isso é que é energia!
— E não é que é mesmo? Se não fosse por ele a história da humanidade seria diferente.
— Provavelmente seriamos todos seguidores de Maomé. O momento da intervenção de Martel foi fundamental para a manutenção da pluralidade religiosa.
— Você conhece bem a Idade Média?
— Conheço através da literatura, mas, como não restou muito daquela época, posso dizer que conheço pouco. Os mosteiros preservaram a história através das iluminuras. São maravilhosas. Sonho conhecer o interior da Europa para poder absorver um pouco da energia que sobrou daquela época.
— Poucos gostam da Idade Média.
— Mas os que gostam conseguem reconhecer a riqueza do que aconteceu com a expansão cultural. Das viagens dos monges de Cluny, um mosteiro de vanguarda da época, pelo interior da Espanha, veio a primeira tradução do Corão, o livro sagrado do Islã, além de muitos outros conhecimentos que os mulçumanos guardavam.

A peregrinação a Santiago de Compostela seria algo correspondente à peregrinação a Meca, mas sem o caráter de obrigatoriedade. As histórias trazidas pelos sufis andarilhos se misturou à cultura européia e foram difundidas pelo movimento trovadorista. A cabala judaica surgiu em seguida também na Espanha. Ou seja, foi uma época onde as três religiões abraâmicas conviviam pacificamente pelas bordas das questões de dominação e expansão territorial.

— Li algumas canções de amigo onde o amigo era uma mulher da classe popular, e procurava-se expressar o sentimento feminino através de tristes situações da vida amorosa das donzelas.

— Os trovadores praticavam o que é chamado de tradição oral. Como tudo o que tem a ver com a tradição perene. De mestre para discípulo, o conhecimento vem sendo transmitido através dos séculos. Muitos desses conhecimentos eram secretos e assim se mantêm. Continuam sendo transmitidos, mas dentro de pequenos grupos.

— Como na seita dos sufis?

— Os sufis não são uma seita, mas sim, os seguidores do misticismo islâmico. Rumi e Ibn Arabi difundiram e popularizaram através de seus poemas toda a filosofia da religião, sintetizando o quanto todo homem sufi ou não, mulçumano ou não, deseja o retorno ao Uno, ao Absoluto.

— Olha, pai, essa parte religiosa é muito difícil para mim. Você não sabe quanto eu tenho interesse em aprender, mas parece que eu tenho uma trava interna.

— Todos temos, especialmente os que se filiam fervorosamente a uma religião e se prendem aos seus dogmas. Os que fervorosamente não se prendem a nenhuma religião e rejeitam a idéia da existência de Deus têm travas tão ou mais fortes. O caminho parece estar no trabalho que sua irmã Beatriz vem desenvolvendo. Ela será uma interlocutora muitíssimo melhor do que eu para qualquer assunto ligado à espiritualidade.

– Sabe, pai, preciso te falar uma coisa. Em trinta anos não me lembro de ter conversado assim com você nenhuma vez. Moramos na mesma casa todos esses anos e não compartilhamos nossos gostos comuns. Estou sentindo que perdi trinta preciosos anos.

– Perdeu não, perdemos. Mas se tentarmos fazer um exercício de não pensar no passado de forma recriminadora, talvez tenhamos a possibilidade de viver os próximos trinta anos muito próximos, dividindo interesses, experiências, carinho, amor. O julgamento rouba energia boa para fazermos coisas boas. Mas, meu filho, vamos ao assunto que nos trouxe aqui. Vou perguntar de forma bem direta: quais mudanças você precisa fazer na sua vida para ser feliz?

– Pai, não estou entendendo. Estou casado com uma mulher maravilhosa, sou bom profissional, estou acumulando status e dinheiro, sou saudável e até bonitinho. Por que você acha que eu deveria mudar?

– Você é tudo isso e muito mais. É honesto, sério, respeitável, confiável e até bonitinho. Tudo isso eu sei. O que eu perguntei é o que você precisa fazer para ser feliz. Sim, porque você pode ser todas essas coisas, acumular mais dinheiro, mais status, mais conhecimento, mais destaque e ainda assim ser infeliz. E aos quarenta anos estar entupido de pílulas para diabetes, pressão alta, artrose, reumatismo. E aos cinqüenta anos já ter umas quatro safenas. E finalmente aos sessenta, quando sua conta bancária estiver daquelas que o diretor do banco fala pessoalmente com você, quando seu status for tão grande quanto seu ego, quando você tiver casa na praia, no campo, na montanha, na ilha, um custo fixo mirabolante e trabalho para uma dúzia de homens, quem sabe você desenvolva um belo câncer que vai corroer todo o seu interior da mesma forma que uma larva corrói matéria podre.

– Pai, isso é horrível. É claro que eu me recuso a pensar que isto é uma praga que você está jogando em mim.

– Vou fazer pela terceira vez a mesma pergunta e desta vez você vai responder: o que você precisa fazer para ser feliz?

Roberto respirou fundo. Apoiou os cotovelos na mesa e deixou sua cabeça pender.

– Fale para mim, meu filho.

– Para que, papai? Do que adianta eu falar? Você não pode fazer nada por mim.

– Não posso mesmo. Mas posso apoiar você, estar ao seu lado, acreditar em você, acompanhar seus passos caminhando ao seu lado. Pode parecer pouco, mas talvez não seja. Sei que você deve se sentir muito só. O que eu posso oferecer sou eu ao seu lado.

– Eu odeio a advocacia! Amo o direito como algo para estudar, entender, compreender o mundo dos homens. Mas odeio a advocacia. Ter que ir a audiências, encarar a pressão insuportável dos clientes, ficar amarrado a uma gravata e acorrentado ao pé de uma mesa, ter a responsabilidade pelas coisas que, às vezes, são as mais caras para as pessoas, viver na tensão dos prazos, prestar contas aos sócios seniores, atacar os advogados mais jovens do escritório e me proteger deles. Eu queria outra vida para mim. Uma vida que tivesse aventura, que eu pudesse gravar meu nome na história.

– E quanto ao seu casamento?

— Esta é a pior parte! Não amo a Luana, nunca amei. E ela também não me ama. A convivência está cada dia mais insuportável.
— Por que casaram?
— Foi um acerto que fizemos. Os dois estavam desesperados para sair das próprias casas.
— Por que você simplesmente não foi morar sozinho?
— Não parecia adequado.
— Escolher outra profissão também não?
— Exatamente. Não conseguia dizer que queria outra coisa.
— Para quem? Por que?
— Você sabe, não preciso dizer. Mamãe sempre conseguiu conduzir minha vida. E eu nunca tive força para me contrapor às vontades dela.
— Você teve culpa, mas a maior culpa foi minha, da minha omissão. Eu também achei mais confortável deixar sua mãe fazer e desfazer o que quisesse. Deixei que ela atirasse pedregulhos em vocês para que não jogasse pedras em mim.
— As coisas foram se acumulando, se avolumando e eu fui aceitando. Quando a Bia resolveu ir também para a faculdade de direito as coisas pioraram para mim. Mamãe criou uma espécie de disputa entre minha irmã e eu e eu tinha que sair vencedor.
— Olha, não quero justificar sua mãe, não é esse meu objetivo aqui, mas sua mãe é do jeito que é devido a uma carga de frustração que ela mesma não pode suportar. Seu grande sonho era estudar, ir para a faculdade, fazer carreira, ser independente, mas seu avô era um animal. Não, a comparação não é justa. Os animais não são maldosos. Seu avô fez com sua mãe o mesmo que ela fez com você,

mas com objetivos opostos. Por ser a filha mais velha, tinha que desovar rapidamente. Seu avô proibiu-a de estudar e praticamente empurrou-a para mim. Eu era um rapaz ingênuo, jovem demais. Achei que o jeito da sua mãe era estranho, nervoso, mas me apaixonei por ela. Não questionei a qualidade de nossa relação. Queria apenas estar com ela para sempre. Sua mãe fez de você um pedaço dela, o pedaço que ela julgava o melhor. Se você era um pedaço dela então você era dela. E aí ela projetou todas as próprias frustrações em você.

— Mas por que ela não fez isso com Bia?

— Bia nasceu solta e independente. Isso enfureceu sua mãe. Tudo o que ela mais ansiava e não conseguia, para Bia era natural obter. Resultado: Bia se tornou uma rival para a mãe, o espelho da rainha da Branca de Neve. Ironicamente, tudo o que Beatriz quis da vida foi a aprovação da mãe. Ela achou que se fizesse as coisas que eram exigidas de você, sua mãe gostaria dela tanto quanto do filho que ela julgava o predileto. O que ela obteve foi a repulsa da sua mãe que acreditava que Bia queria criar uma competição na família.

— Quanta infelicidade...

— Beatriz se libertou. Agora é a sua vez de conquistar a mesma coisa. Quero saber o que você pretende fazer para ser feliz.

— Luana e eu decidimos nos separar há meses, mas não tenho coragem de contar para mamãe. Por isso sou torturado por Luana diariamente. Acha que sou fraco e covarde.

— O que importa é que vocês já decidiram pela separação. E eu estarei com você quando for dar a notícia para sua mãe. Que tal neste domingo?

— Tenho medo de me comprometer e não conseguir.

– Você não está se comprometendo comigo, mas com você mesmo. Se ainda não for possível, outros domingos virão. E quanto ao seu trabalho?

– Isso é mais difícil ainda. Não sei qual profissão seguir. Sei que devo me preparar para um novo vestibular, mas não tenho certeza quanto à carreira e como achar tempo para tocar um cursinho, trabalhar e cuidar de mim mesmo.

– É difícil, mas não impossível. A que horas você sai do escritório?

– Sete, oito, nove, dez.

– Vá por partes. Se a vida com Luana é insuportável e se a separação está decidida, melhor começar por aí. Grandes mudanças são para contos de fadas. Melhor ir devagar, mas cumprir todas as etapas. Agora vamos pedir mais cerveja e imaginar Carlos Martel martelando a cabeça de todos os turcos daquele mundo!

No restaurante

Todas acomodadas, Clarisse foi a primeira a se manifestar:

— Não sei qual o seu problema, Clara, mas deve ser déficit de atenção ou alguma lesão na região frontal do seu cérebro. Já reparou que nunca chega na hora certa a lugar nenhum?

— Agradeço a consulta, mas antes de fechar o diagnóstico e o prognóstico lembre-se que tenho três filhos pequenos e que, portanto, não sou dona da minha vida.

— Mas que tamanha idiotice você está dizendo! Você está se confundindo com seus filhos. Você é uma pessoa e cada um deles é um ser individual — retrucou Clarisse.

— Você fala isso, Clarisse — intrometeu-se Patrícia — porque tem que lutar sozinha pela vida. Tem que ser o homem e a mulher da casa. Clara, não. Ela fisgou aquele homem maravilhoso, inteligente e rico. Arrancou dele três filhos e vive uma vida de princesa. O mínimo que ela pode fazer é beijar o chão onde o marido e os filhos pisam.

Clara ouvia a tudo com olhos baixos. Seus ombros curvaram-se quase imperceptivelmente para frente e foi apenas isso que demonstrou. Nenhuma palavra, nenhum gesto, nenhum olhar.

— Clara, por que você se mostra tão resignada? — revoltou-se Clarisse. — Não deixe que ninguém fale da sua vida e de você sem reagir.

Clara olhou para a irmã com olhos vazios e seus lábios curvaram-se ligeiramente em um esboço de sorriso. E foi só.

O garçom aproximou-se.

— Clara! — falou rispidamente Clarisse, como que para tirar a irmã de um estado catatônico. — O que você quer beber?

— Um *cosmopolitan*, por favor. Suco ou gelatina de *cramberry*?

— O próprio suco, feito aqui no restaurante.

— Então está bem. Vou mesmo querer o *cosmopolitan*.

Clarisse olhou para Clara com admiração pelo gosto sofisticado.

Patrícia olhou para Clara com reprovação pela arrogância.

Carmem olhou para Clara com inveja por não saber ser igual.

Na casa de Patrícia

Catarina acordou. Levantou-se, saiu do quarto e andou por toda a casa. Procurou sua mãe. Chamou por ela. Não foi atendida. Sentou-se em sua cama com os pés no chão e a cabeça caída para frente. Lá ficou.

No restaurante

— As três estão bebendo álcool e eu, suco de laranja. Não esperem repartir a conta em quatro partes iguais. Eu não vou pagar pela soberba de vocês — Grunhiu Patrícia.

— Hoje pago eu a conta de todas, inclusive o seu suco de laranja — decretou Clarisse, deixando bem clara sua superioridade financeira.

— Para mim você não precisa pagar nada, meu bem — retrucou Patrícia. Posso não ser tão rica, chique e famosa quanto você, mas não dependo de ninguém e jamais aceitaria alguma coisa de você.

Carmem e Clara se olharam com cumplicidade. Aquelas duas não podiam ficar juntas mais do que trinta segundos. Desde pequenas, as irmãs se dividiram em dois grupos: o das mais novas e o das mais velhas. As mais velhas viviam em uma barulhenta disputa entre si e em guerra contra o mundo. As mais novas calavam-se sempre, isolavam-se e apenas eventualmente criavam pactos de autoproteção.

O garçom aproximou-se e depositou o copo de Clara na frente dela.

— Chega de discussões — disse Carmem apaziguadora. — Vamos nos acalmar e tratar do assunto que nos trouxe aqui.

— Bonito comportamento, Carmem! Mais bonito ainda seria se esta fosse você e não um ser que tem de ser dopado todos os dias para esconder a própria loucura — disse Patrícia, destilando veneno.

– Cale a boca, Patrícia! Mais do que ela, você é que precisaria de muito remédio para chegar perto do que se poderia chamar de normalidade! – alfinetou Clarisse.

– Então você virou a defensora da irmã maluca? – rebateu Patrícia com um sorriso sardônico. – Sim, porque todas nós sabemos que ela é louca. Se todos fossem assim, você poderia torrar mais dinheiro nas suas esquisitices, não é?

– Olha, Patrícia, sorte sua estarmos em um lugar público porque, se não, eu meteria a mão em você!

– Como você fazia quando éramos pequenas? E se eu contasse apanhava mais ainda!

– Chega! – disse Clarisse firmemente. – Louca ou não, sábado é o almoço e temos que combinar tudo. Clara, comece você com as sugestões.

Mas Clara aparentava total letargia. Não ouviu e não respondeu.

– Esse programinha deve ser muito pobre para a dondoca! – disparou novamente Patrícia.

Clarisse, já com o mau humor espelhado nos olhos, impacientou-se:

– Pare de fazer essa cara de sonsa e fale qualquer bobagem!

– O que vocês combinarem estará bem para mim. Não sei o que sugerir.

– Oh, minha querida, aconteceu alguma coisa com você? – disse Carmem, estendendo a mão na direção da irmã mais nova.

Patrícia não se conteve:

– Pare de tentar dar uma de santa e de paparicar a princesinha da família!

O garçom aproximou-se para tomar os pedidos.

— Uma salada...
— Um risoto...
— Não vou comer. Não entendo este cardápio e já fiz um lanchinho em casa.
— E você, Clara?
— Como o mesmo que você, Carmem.
— Mas você sabe o que ela vai comer? — falou Clarisse, rangendo os dentes.
— Um risoto, não é?
— Não. Uma massa. — esclareceu Carmem.
— Então está bem. Um risoto para mim também.

Na casa de Clara

— Ela está aí?
— Sim, senhor. Chegou às 20:30 e foi direto para a mesa.
— Com quem ela está?
— Com três mulheres.
— E ela está se divertindo, se comportando de forma vulgar?
— Não, senhor. Ela está quieta. Quase não fala. Parece que as outras três estão discutindo.
— E bebida?
— Alguma coisa vermelha num copo que é fino e acaba largo, mas ela só provou a bebida. Não olha para os lados e dá a impressão de não reagir a nada.
— Estou achando estranho. Ela é muito competente em situações sociais. Por que o silêncio?
— Daqui não dá para ouvir nada.
— Tente chegar mais perto. Ligo mais tarde.
E o telefone emudeceu.

No restaurante

Durante o jantar, as quatro emudeceram. Era como se a comida viesse saciar a fome de anos. Mas, na realidade, nenhuma delas via o que comia. O sentimento comum era o grande desejo de fugir dali.

Demonstrando grande ânimo, Carmem convidou:

— Vamos fazer na minha casa. Vou ter o maior prazer em cozinhar para todos.

— Mas que besta você é! — disse Patrícia. — As duas moram em mansões. Você acha que alguém vai querer ir naquela casa estranha onde você mora?

— Vou com prazer — disse Clara, saindo temporariamente da letargia.

— Você quer é poupar trabalho!

— Por que tanto ódio de mim, Patrícia? Sempre tentei ficar bem longe de você — reagiu Clara.

— Está resolvido — disse Clarisse. — O almoço será na minha casa. E não é de você o ódio, Clara, é do mundo. Veja o que ela faz com o pobre do Enrico. Beatriz se salvou, mas em compensação, veja em que estado ela deixou os outros dois!

— O que você está falando? — Patrícia quase gritou. — Lave a boca com sabão antes de falar de mim. Todos sabem que você é uma vagabunda, que tem dois filhos que só servem para torrar dinheiro e aquele marido que parece um alienígena dentro da sua casa!

Clarisse, pensando em esganar Patrícia, falou:

— E você, com aquele filho mimado e idiota e aquela filha promíscua e drogada?

— Clarisse, você me paga! Falar assim daquelas jóias que são meus filhos!

— Belas jóias falsas que só existem porque foram lapidadas num porão! – continuou Clarisse com expressão de nojo.

— Marionete é você dos homens – acusou Patrícia. – É a latrina! Você faz aquele sexo nojento com qualquer sem vergonha. Isso se não pagar! É provável que você gaste boa parte do seu dinheiro comprando garotinhos.

— Patrícia, Clarisse, chega! Todos estão olhando. Será que vocês não conseguem fingir que têm alguma educação? – disse Carmem, envergonhada.

Clarisse, que jamais admitiria ser repreendida pela mais triste das irmãs, esqueceu-se da própria profissão:

— Olha aqui, Carmem. Antes de falar qualquer coisa para quem quer que seja, lembre que você é uma grande mal sucedida. Suas crises de depressão transformaram você numa sanfona: engorda, emagrece. Sua única filha teve que virar sua mãe...

— E não esqueça que é uma largada. O marido caiu fora e nem olhou para trás. E depois de tanto tempo sozinha, é claro que nenhum homem quer – ajudou Patrícia.

Sem uma palavra, Clara, que ouvira a tudo, levantou-se e foi-se. Partiu como chegou, flutuando como se estivesse sobre as nuvens.

As irmãs calaram-se e observaram a caçula. Não comentaram. Apenas pensaram.

Patrícia pensou que aquela golpista saíra sem pagar a conta.

Clarisse pensou que tinha de descobrir onde Clara comprava suas roupas.

Carmem pensou que sua vida seria bem mais fácil se fosse bonita como Clara.

Na casa de Clarisse

Melissa, no segundo ano da faculdade de publicidade, considerava seu dia a dia extremamente monótono. Acordava todos os dias na mesma hora, cumpria seu ritual matinal – alongamento, banho, cremes no rosto, cremes no corpo, escova no cabelo, maquiagem, escolha da roupa, escolha dos acessórios, interfonar para a copeira pedindo seu desjejum, chamar o motorista, ir para a faculdade assistir, ou melhor, permanecer nas aulas por quatro horas, almoçar um monte de verde no mesmo restaurante naturalista de sempre, ir para a academia, malhar duas horas, voltar para casa, dormir uma hora, tomar mais um banho cumprindo o mesmo ritual, sair para fazer compras ou passear no shopping ou ir para a casa de alguma amiga ou para algum jantar ou para algum barzinho, duas ou três vezes por semana sair com o namorado, duas outras vezes ir a um motel.

Tudo era perfeito na sua vida. Seus pais eram casados e moravam juntos, jamais brigavam, eram realizados nas próprias atividades.

O dinheiro corria solto. Suas roupas eram compradas aos montes no Shopping Iguatemi e na Oscar Freire.

Seus pais eram os mais presentes dos pais. Compareceram juntos a todas as festinhas idiotas das escolas onde ela e o irmão estudaram, marcavam ponto nas reuniões de finais de bimestre, eram voluntários nas festas que a Associação de Pais e Mestres promovia. Tudo funcionava. Sua mãe fazia com que tudo funcionasse. Seus dentes foram devidamente consertados, as escovas japonesas, progressivas, de chocolate sempre eram marcadas nas datas certas.

Tinha um grande grupo de amigas de infância, todas endinheiradas, que cursavam faculdades mais ou menos boas como a sua. Para os pais, inclusive os seus, o que importava era a formação, era ter estudado em um colégio tradicional, o que não faltava em São Paulo – a tradição às vezes advinha de alguns figurões terem estudado nele –, ter passado alguns meses fora do Brasil para aprender línguas e ter um bom grupo de amigas de famílias bem colocadas.

Melissa era uma garota alegre, bonita e comunicativa. Era, portanto, requisitada em muitas festas, nas quais acabava se sentindo a boba da corte. Mel, como era chamada, não podia faltar aos eventos importantes da cidade.

Aos sábados, ia para a balada. Era presença garantida nas mais caras. Às quatro ou cinco da manhã, com a cabeça zonza pelo barulho do som eletrônico pesado, acabava ajudando a carregar algum ou alguns amigos bêbados que, implorava a Deus que não acontecesse, acabaria inevitavelmente vomitando no seu pé.

Se mencionasse que gostaria de ir a um show de MPB, seria motivo de risos de todos os amigos. Tinha, então, que esconder sua paixão pela música brasileira. O segredo era apenas conhecido pelo seu laptop, que armazenava as centenas de músicas que baixava, de dezenas de excepcionais músicos e compositores brasileiros.

Portanto, chegara aos vinte anos com a horrível sensação de vida pouco significativa. Passeava pela superfície das coisas.

Tentara se aproximar da sua prima Beatriz para conhecer o mundo onde vivia. Sua mãe a proibira terminantemente. Dissera que essas bobagens não existem, que talvez nem Deus existisse. Mel se surpreendeu com a reação da mãe. Clarisse era a favor da total liberdade religiosa e se interpunha entre ela e a prima de forma veemente.

Mel planejava fazer alguma coisa nova por sua vida. Ainda não sabia o que, mas certamente sua mãe não aprovaria.

Carmem

Carmem estendeu a mão até sua bolsa que se encontrava pendurada na cadeira, e quase sem fazer movimentos, abriu-a. Da pequena bolsinha interna tirou um comprimido. Engoliu-o com a maior discrição que pôde, juntamente com um bom bocado da sua caipirinha.

No restaurante

— Pronto, Patrícia, você conseguiu. Clara vai acabar sumindo das nossas vidas, graças ao seu jeitinho doce de ser — disse Carmem.
— Não é por minha culpa que ela vai sumir. Eu vou ser a desculpa. Ela não precisa de nós, nunca precisou.
Carmem, exaltada, levantou a voz:
— Você é uma grande idiota! Não percebe que Clara é a mais frágil das quatro.
— Fraca é você que precisa de muletas para ficar viva, — disse Patrícia, tentando expor toda a maldade de que era capaz.
— Não falei fraca, falei frágil! Ela é suave e delicada. Corre o risco de ser quebrada a qualquer momento.
— Não se preocupe, meu bem. Aquele marido cheio dos milhões conserta num instantinho.
— Você acha que o dinheiro dele faz de Clara alguém mais feliz? A sensação que tenho é exatamente contrária. Os milhões a transformam em uma prisioneira.
— Você já viu dinheiro ser prisão? — inquiriu Patrícia.
— Prisão é morar numa casa de dois quartos, onde as pessoas se encontram o tempo todo querendo ou não ficar juntas. Prisão é não poder sonhar com nada, é ter a vida resolvida desde cedo e não achar saída para ela. Prisão é a corrente que amarra as mulheres todos os dias ao tanque e ao fogão.
— Tudo isso pode ser sinônimo de prisão — disse Carmem —, mas prisão de verdade é aquela onde se percebe

que as correntes estão bem firmes e não se sabe onde procurar a chave.

– Agora você vai querer virar filósofa? Já não chega a sua filha? Quero ver o que ela vai fazer com o diploma de filosofia.

– Espero que ele a ajude a continuar buscando uma qualidade de ser.

Clarisse, que apenas observava, não se conteve:

– Para, Carmem. Quando você olha para Clara, seus olhos saltam de inveja. Ela tem acreditado em você durante toda a vida. Você pensa que seus sentimentos são invisíveis, mas não são.

– Que absurdo, Clarisse. Eu sempre protegi a Clara.

– Com a intenção de fragilizá-la ainda mais, como está fazendo agora.

– Não, Clarisse, estou tentando apenas cuidar de quem precisa.

– Então cuide de você! Até agora, você com seus remédios, encapou o que está por fora. Comece a se curar de verdade. Procure os motivos.

Carmem, enfurecida, esbravejou:

– Quem é você para falar? Você que comete todos os minutos o pior dos pecados, o da soberba! Você que adora aparecer com suas conquistas, esfregando na cara de todos! Você que não sabe quem são seus filhos ou o seu marido! E nem quer saber.

– Mas o marido está na casa dela, como o meu está na minha. E o seu? – alfinetou Patrícia, que a tudo assistia com ar de satisfação. – Quando for falar da família das outras, lembre-se que Alberto largou você. Largou, esqueceu, abandonou. E o que você pensa da sua filha, que está jogando a vida fora para suportar a mãe louca?

— A diferença entre eu e você é que o Alberto foi sincero e a Camilla sempre me amou, enquanto, na sua casa, você é odiada.

— Odeiam mesmo — intrometeu-se Clarisse.

— Como assim? O Enrico não ficou um dia sequer longe de mim. Roberto é um filho de ouro, um sonho. Catarina andou tendo lá seus problemas, mas é a filha mais amorosa e próxima que se pode ter.

— Já Bia conseguiu fugir... — falou Carmem, com um meio sorriso irônico nos lábios.

— Até agora! Roberto já vai indo atrás... — Clarisse aproveitou a deixa e caiu na risada.

— O que você está falando de Roberto?

— Que ele me procurou! Várias vezes! Sabe por quê? Porque odeia a advocacia e aquela víbora que casou com ele. Vai jogar tudo para o ar. Só não sabe como falar para a mamãezinha.

— Isso é um absurdo, pura invenção sua. Como você pode ser tão maldosa, Clarisse?

— É verdade. Bia disse tudo isso para mim, também. — emendou Carmem.

— Vocês estão querendo descontar em mim as frustrações que vocês têm. Você, com uma filha única que fica a cada dia mais esquisita. E você, Clarisse, com aqueles mimados filhos da mamãe escondidos debaixo de sua saia. Ou melhor, da saia do pai, que mais parece a mulherzinha da casa.

Clarisse fez que ia avançar em Patrícia.

— Patrícia, eu vou quebrar sua cara!

— Isso vai ficar para outra vez porque eu já estou indo embora.

Pôs duas notas de dez reais na mesa.

— Acho que isto é suficiente para pagar meu suco.

Foi com um suspiro de alívio que os ocupantes das mesas próximas viram a saída de Patrícia. Se é para brigar, para que gastar tanto dinheiro num restaurante como aquele? Melhor sentar na calçada e comer um cachorro-quente.

O restante da noite de Clara

... "Clara fisgou aquele homem maravilhoso, inteligente e rico. Arrancou dele três filhos e vive uma vida de princesa. O mínimo que ela pode fazer é beijar o chão onde o marido e os filhos pisam."...

Soava como um bumbo. Aquelas palavras soavam como um bumbo dentro da cabeça de Clara. Se a noite prometia alguma coisa boa, foi aí mesmo que a graça acabou.

Não podia continuar fingindo que era feliz. Não era. Nunca fora. Gustavo era um sádico. Não descansaria até escravizar Clara. Faltava pouco, muito pouco.

Muitas pessoas pensavam como Patrícia. Clara dera um grande golpe ao agarrar um marido tão rico e tão poderoso. Mas o golpe quem levara fora Clara, ao se deixar dominar por um maníaco como o marido.

Podia entregar sua vida a Fábio. Ele cuidaria de Clara e afastaria Gustavo. Clara viveria uma grande história de amor. A vida de pesadelo passaria a sonho e ela poderia, finalmente, ser feliz.

❖

— Por que chegou tão cedo? — perguntou Gustavo.
— São dez horas. Não é tão cedo.
— Suas irmãs continuam no restaurante.
— Como você sabe?
— Eu sei de tudo a seu respeito.

— Você colocou alguém para me seguir?

Gustavo respondeu com um sorriso irônico:

— Não um alguém. Vários alguéns. Vale a pena até mesmo pagar a conta de um restaurante tão caro para um fulano qualquer, só para saber o que minha mulherzinha faz.

— Isso soa até engraçado.

— Olha como fala comigo...

— Desculpe, Gustavo. Não quis parecer insolente.

— Assim está melhor. Por que você saiu antes das outras?

— Porque elas começaram a discutir como sempre e eu não estava interessada em ouvir mais um monte de asneiras.

— Mas quanta rebeldia! Você jamais teve tanta coragem.

— Não foi difícil. Apenas levantei e saí.

Com o semblante fechado, Gustavo falou de modo ameaçador:

— Não estou gostando do seu jeito. Tem algo estranho acontecendo com você.

— Não, meu bem, é impressão sua.

— Clara, me diga. O que está acontecendo? O que fez você ficar impertinente ao ponto de enfrentar suas irmãs?

— Eu apenas não queria estar com elas.

— Eu vou descobrir, por bem ou por mal. Melhor que seja por bem. Ande, fale logo.

— Quer saber? Eu queria era vir para casa. Pensei que estava aturando aquelas frustradas enquanto você estava aqui e talvez me desejasse...

— Você está se oferecendo para mim?

— Apenas se você me desejar. Se quiser que eu realize seus desejos, alguma coisa especial...

— Tenho um desejo delicioso. Pegue baldes, água e panos. Tire toda a roupa e limpe este quarto. Todinho. Quero ver você esfregando o chão.

A madrugada de Patrícia

Patrícia chegou à sua casa e não encontrou Enrico. Furiosa como estava pelo fracasso do jantar, achou que a ausência do marido era uma bênção.

Foi diretamente para seu quarto e vestiu uma confortável camisola rosa de um tecido sintético. Tirou a pouca maquiagem que usava. Besuntou-se com um creme gorduroso que tinha comprado bem barato, por um catálogo que sua amiga Rosa carregava para baixo e para cima.

Alguma coisa além das irmãs a estava incomodando. Não conseguia identificar o que era. Escovou os dentes e lembrou-se que precisava tratar de uma vez por todas do implante do dente que tivera de arrancar. Mas seu querido dentista Wladimir estava muito velhinho e indicara outro, que pedira uma fortuna para fazer o serviço. Mas que diferença fazia um dente a menos se tinha tantos ainda bons? Beatriz já a alertara de que, quando sorria, aquela falha ficava bem à mostra. Mas a opinião daquela metida da sua filha não fazia qualquer diferença.

Ela que cuidasse melhor de si própria. Magra, esquelética daquele jeito, ia acabar perdendo o namorado. E se perdesse aquele ia ser difícil arranjar outro que tolerasse aquele seu terrível temperamento.

Tirou o chinelinho de quarto e enfiou-se debaixo do lençol e do velho cobertor. Pensou em apagar a luz, mas aquele incômodo permanecia.

Olhou para o lado para cutucar Enrico e dizer que algo a preocupava.

Foi aí que se deu conta que o que a incomodava era a ausência do marido. Enrico jamais sairia de casa à noite sozinho. Alguma desgraça devia ter acontecido. Mas ele telefonaria para o celular de Patrícia. Mas se a desgraça fosse com os filhos talvez não ligasse.

Patrícia levantou-se de um pulo e correu até o quarto das filhas. Catarina dormia sentada na cama. Ou pelo menos parecia que dormia. Patrícia a fez deitar e a filha não reagiu. Telefonou para Roberto. Luana disse que tudo estava bem. Ligou então para Beatriz. A filha atendeu com uma voz rouca e apressada e garantiu que estava bem e desligou. Sem vergonha, pensou. Devia estar com algum homem.

Patrícia não fazia idéia do que podia ter acontecido a Enrico. Já eram quase onze horas.

– Ah, mas ele vai pagar caro!

Esperar a mulher sair para fugir como um malandro. Não podia ter ido atrás de alguma mulher. Com aquela barriga, nenhuma se interessaria por ele. A menos que pagasse, mas com que dinheiro?

Pelas ruas podia achar alguma prostituta que cobrasse até dez reais. Mas com que carro, se o deles estava quebrado há meses? Os minutos passavam. Depois as horas.

Patrícia sentia uma mistura de pânico, raiva e mais alguma outra coisa que não conseguia saber o que era.

❖

Patrícia ouviu Beatriz chegando. Saltou imediatamente da cama.

– Bia, você sabe me dizer o que aconteceu com seu pai?

— Por quê? Ele ainda não chegou?
— Ah, então você sabe que ele saiu?
— Claro! Eu estava aqui quando ele e o Roberto saíram juntos.
— Seu pai e o Roberto? O Roberto, seu irmão?

❖

À uma da manhã, Enrico chegou. Devia ter bebido um pouco, mas nada que alterasse sua aparência ou seus modos.
Quando Patrícia esboçou a primeira palavra de reprovação, Enrico olhou-a nos olhos.
— Nem uma palavra, não pergunte, não comente. Ignore como sempre a minha existência.
— Ah, você não vai se safar assim.
— Eu disse nenhuma palavra.
— E quem é você para mandar em mim, seu inútil?
— Eu avisei! Não quis ouvir, então vou embora dormir em paz em outro canto. Amanhã eu volto.
— Não se atreva! Nem pense em fazer isso.
Mas Enrico já se fora.

❖

— Roberto, quero falar neste momento com você! Venha até aqui.
— Mas, mãe, são quase duas horas da manhã. Amanhã tenho que ir cedo para o escritório.
— Se você estava em condições de ficar vagabundeando pela rua com seu pai até esta hora também pode muito bem vir falar com sua mãe.

— Agora não, mãe. Amanhã.
— Como você se atreve a me desobedecer? Isso é forma de falar com sua mãe?
— Não sou mais criança para correr quando a mamãe manda.

Camilla e Bia

— Minha mãe chegou arrasada! Não quis dizer o que aconteceu.
— A minha estava enfurecida. Sei disso, porque ela me ligou na maior agitação. Quando se deu conta que meu pai não estava e que pior, saíra com Roberto, ficou paranóica.
— Não sei o que vai ser desta família. Aliás, não sei por que vamos ter esse maldito almoço. Minha mãe queria fazer aqui. Faltam apenas dois dias! Não temos estrutura para receber mais de cinquenta pessoas. Isto iria virar um pandemônio.
— Por que você acha que ela quis assumir?
— Minha mãe precisa provar que é boa em alguma coisa. E na cozinha é imbatível. Ela não vê desta forma. Diz que na casa de tia Clarisse tudo ficaria impessoal, com bufês contratados e montes de copeiras, e na casa da tia Clara o clima seria tenso com tio Gustavo desdenhando do tipo de família que a mulher tem.
— E não seria assim mesmo? — disse Bia, concordando com a tia.
— Tanto faz onde seja feito, ninguém tolera ninguém. Com satisfação ou sem, a farsa vai rolar solta.
— Posso garantir que mamãe vai se esmerar em parecer a menos divertida, a menos suave...
— A minha vai se deprimir um dia depois. Quando o momento acabar, e ela parar para pensar, a depressão será inevitável.
— Deve ser muito difícil passar a vida preocupada com o que os outros pensam.

Quinta-feira

QUINTA-FEIRA

Manhã

Clara

Às oito horas em ponto daquela quinta-feira, Clara estava na sala de reuniões da escola aguardando a chegada da psicóloga e da professora de Marcelo.

Apesar de apreensiva com o resultado da reunião, exultava por dentro. Algo espetacular acontecera naquela noite. Pensou em dar pulos de alegria quando a virilidade de Gustavo falhou uma, duas, três vezes seguidas. Aquele bruto fora humilhado por si mesmo e isso modificava toda a história. Clara não dissera uma palavra sequer. Apenas o olhara com pena calculada, vestira-se e fora dormir com Marcelo. Gustavo não ousara importuná-la. E antes de o sol nascer, já desaparecera deixando no ar um sabor de liberdade.

❖

— Dona Clara, acreditamos que seu filho tem sérios problemas emocionais e recomendamos que faça terapia. Por algum motivo, seu inconsciente está dando mostras de um profundo desagrado pela vida.
— Vocês poderiam explicar melhor?
— Para isso seria necessária uma avaliação profunda, o que não é possível aqui na escola. Mas, adiantando, o

cavalo pode ser visto como uma representação do inconsciente e da relação desse inconsciente com a realidade, um impulso instintivo incontrolável. Marcelo tem representado várias vezes um cavalo que ele diz selvagem, de forma que o animal pareça horroroso e desperte o ódio do próprio Marcelo. Além disso, Marcelo cria situações de isolamento e se disponibiliza para o ataque dos outros garotos. Hoje ele apanhou pelo terceiro dia consecutivo sem qualquer reação, como se merecesse ser castigado.

Clara, contorcendo o rosto em desespero, quase implorou:

– Você pode indicar uma psicóloga para a avaliação?

– Duas psicólogas costumam atender crianças indicadas por nós. Eu posso fornecer os telefones.

– Agradeço, mas gostaria de marcar entrevistas com elas imediatamente.

– Então vamos telefonar.

❖

– Dona Clara, gostaríamos de aproveitar sua vinda à escola para tratar de algumas questões referentes à sua filha Maria. A orientadora está à sua espera.

❖

– Como assim? – Clara estava estarrecida.

– Estou tentando dizer que Maria poderá ser convidada a sair da escola a qualquer momento. Isto ainda não aconteceu porque ela é uma garota inteligente e deixa que outros levem a culpa no seu lugar. Maria lidera um grupo extremamente perverso que age como uma metralhadora giratória. De tempos em tempos, escolhem um adolescente, ou pior, uma criança, e aplicam todas as violências emocionais que conseguem imaginar. O escolhido é sempre alguém não muito bonito, não muito inteligente, não muito popular. Agem de forma a destruí-lo. Quando a vítima está em frangalhos, escolhem outra e assim tem sido nos últimos meses. Demoramos todo este tempo para identificar sua filha como a líder. Como eu lhe disse, ela é muito esperta. Dois garotos já foram expulsos e alguns dos atacados voluntariamente deixaram a escola. E tem mais: Maria tem se comportado de forma insolente com os professores. Tenho reclamações de todos. Todos, menos um, para quem ela se insinua e se oferece abertamente. Suas notas, pela primeira vez em todos estes anos, caíram vertiginosamente. A senhora receberá o boletim e se espantará. Gostamos muito da senhora e dos seus filhos. Por isso, antes de tomarmos uma atitude mais drástica, peço que a senhora tome as providências que julgar cabíveis.

❖

Quando Clara saiu da escola sentia por dentro uma agitação incomum. Saber dos terríveis problemas emocionais do seu filho caçula e da péssima qualidade da personalidade da filha não a abateram como seria de esperar. Ao contrário. A vida ganhava um sentido que não tivera até então. Muitas batalhas estavam por vir.

Carmem

Carmem obrigara-se a ir trabalhar. Concentrada em seus alunos, mesmo que sujeita aos problemas diários, poderia extirpar temporariamente da mente o jantar com as irmãs. Acordara com a mesma sensação de todas as vezes que as encontrava. Sentia-se inadequada, um triste ser que não fazia parte daquele grupo. Não sabia ao certo a qual grupo pertencia. Achava que a nenhum.

Sua tristeza era tão grande que as classes calaram-se. O estado emocional da professora mobilizou o que de melhor havia nos alunos. Classe após classe, todos procuravam manter alguma ordem e, se algum adolescente comportava-se de modo desrespeitoso, os outros logo o controlavam.

As diretoras das escolas entraram nas salas várias vezes, sempre se surpreendendo com a ordem. Parabenizaram Carmem pela própria recuperação, mas perceberam que algo naquele dia estava pior do que nos outros. Quiseram sugerir que procurasse ajuda, mas temeram entristecer Carmem ainda mais.

Carmem esmerou-se em colocar a matéria em dia, auxiliou alunos com alguma dificuldade, corrigiu os textos que se acumulavam. Olhava para todos e seu olhar espelhava a mais infinita dor.

Enrico

Enrico mal sentiu a manhã passar. As obras na casa já estavam em andamento e ele fazia questão de supervisionar pessoalmente cada gesto dos trabalhadores.

Lauro se ocupava tentando criar um banco de dados em seu computador já há muito ultrapassado e a imaginar o funcionamento que seu empreendimento iria ter.

Os reparos que pareciam muitos, na verdade não eram. Uma boa reforma nos banheiros e na cozinha, um reforço na parte elétrica e uma pintura, era o que a casa precisava. Em poucas semanas tudo estaria pronto.

❖

— Bia.
— Oi papai, que surpresa.
— Você tem um tempinho para seu pai?
— Para o meu pai, tenho toda a vida.
— Você é um docinho cheio de recheio, sabia? O que você acha de almoçarmos juntos?
— Acho ótimo! Vou deixar avisado que talvez demore a voltar.

Patrícia

Patrícia sentia-se perdida. Não conseguia colocar as coisas em ordem na sua casa e na vida do marido e dos filhos.

Tentara conversar com Bia, mas ela dissera coisas incompreensíveis. Falava sempre que não se pode ter controle sobre os eventos e sobre as pessoas, de que temos poder apenas sobre as nossas sensações. Citou filósofos e filosofias, falou de uma época logo após o nascimento de Cristo.

Patrícia não entendia como aquele falatório podia estar relacionado com a confusão em sua vida. Talvez Bia não estivesse em seu juízo normal.

A conclusão era simples: Patrícia era uma mulher casada, com três filhos, três irmãs e não tinha com quem conversar.

Uma grande tristeza se abateu sobre ela. Continuava absolutamente convicta que suas posições eram as corretas. Então por que tudo estava dando errado?

Precisava começar a colocar as coisas nos devidos lugares. Roberto a destratara durante a madrugada, mas agora não conseguiria fugir.

Telefonou para o escritório do filho. A secretária atendeu – ele até já tinha secretária. O que mais alguém poderia querer? – transferiu a ligação e Roberto imediatamente atendeu.

– Venha almoçar comigo para conversarmos.

– Não dá. Tenho uma reunião depois da outra até tarde da noite.

– Está bem, o trabalho em primeiro lugar. Que tal amanhã?

– Amanhã à tarde passo por aí.

Gustavo

Gustavo perdera a paz. A paz que tão arduamente conquistara.

Depois de muitos anos e, graças ao seu casamento bem sucedido com Clara, seus pais deram-lhe trégua. Cumpria suas obrigações diariamente na sede das empresas, onde seu escritório era o maior e mais luxuoso do prédio. Seu pró-labore era quase tão polpudo quanto o do pai.

Seu horário de trabalho era bastante flexível. Na verdade, nem existia. Apresentava-se logo cedo todas as manhãs e permanecia até o final da tarde para não ter que pensar para onde ir. Sem a presença de Clara não havia motivos para ficar em casa. Conhecia muita gente, mas não tinha amigos. Neste aspecto, ter muito dinheiro às vezes podia ser um grande problema. Não dá para saber a real intenção de quem está por perto.

Não tinha tarefas pré-definidas de administração. Vários diretores encabeçavam um complicado organograma que afunilava no Conselho de Administradores, do qual seu pai era o presidente. As reuniões do Conselho eram semanais e, para elas, tinha que ler montanhas de relatórios, a maior parte totalmente indecifrável.

Raramente visitava as plantas das empresas. Era pó, óleo, fumaça e graxa. Demais para ele. Quando ia, voltava com crises de rinite e sinusite que persistiam por semanas. O cheiro de suor dos funcionários acabava com ele tanto quanto almoçar nos refeitórios comunitários existentes em todas as unidades. Gostava da bajulação, mas era só. Horas enfadonhas em carros, aviões, helicópteros e, às vezes, até barcos, não eram seu programa predileto.

Mas tudo ia bem. As empresas prosperavam e o dinheiro corria solto.

Sua participação acionária era mínima, quase invisível. Seu pai era o acionista majoritário e outra porção grande era de capital aberto. O valor das ações na Bolsa estava há meses em alta, o que lhe confiava uma credibilidade ímpar. Como único herdeiro, em breve seria dono de tudo aquilo, mas não era um homem ganancioso. Com as ações viriam as responsabilidades e os problemas. Preferia os pais vivos.

Era, no entanto, realista. Temia que a qualquer momento seu pai abrisse mais ainda o capital, o que acabaria com sua herança.

Todo o patrimônio do pai, inclusive as casas onde moravam, pertencia à *holding* que administrava as empresas. Gustavo não entendia porque e seu pai também não lhe dava explicações.

Como precaução, Gustavo montara um esquema com um diretor, onde uma porcentagem de tudo era dividida entre eles *fifty fifty*. Seu pai nem desconfiava. O dinheiro era todo aplicado em Nova York através de um sólido banco de investimentos. Aquela era sua poupança para a velhice.

Clara fora a peça chave que faltava em sua vida. Linda, gentil e submissa, vivia para ele. Estava à sua disposição as vinte e quatro horas do dia. Ou melhor, dezoito horas.

Se não fosse seu estúpido pai seriam vinte e quatro, mas ele ouviu os lamentos da nora e exigiu que Gustavo permitisse a ela trabalhar.

Gustavo cedera mediante o cumprimento de inúmeras condições. Uma delas, a não expressa, é que Clara se tornaria uma assalariada, mas sem vínculo de emprego. O que ganhava todos os meses mal dava para Clara pagar o aluguel de uma quitinete. Sem direito a fundo de garantia, férias ou qualquer outra verba, inclusive as rescisórias, não teria como fazer qualquer poupança.

Por outro lado, dinheiro não faltava a Clara. Gustavo mantinha uma conta no melhor salão de beleza da cidade. Quantas vezes ela desejasse poderia fazer o tratamento de beleza que quisesse. Da mesma forma, mantinha contas nas melhores lojas de roupas, de jóias e de tudo o mais que imaginava que a mulher pudesse precisar.

Clara era portadora de vários cartões de crédito, adicionais dos seus, sem limites de gastos. Gustavo tomava a precaução dos saques possíveis serem de valores muito pequenos. Assim ficava fácil glosar os gastos da esposa. Evitava de todas as formas que ela tivesse dinheiro vivo nas mãos.

Tinha dois filhos maravilhosos. Aquele pirralho fracote do caçula não contava. Um bebê chorão como aquele não podia ser chamado de seu filho. Pagava suas contas, dava-lhe tudo de melhor, mas era só. Evitava até olhá-lo. Sentia, na realidade, repulsa pelo garoto.

Mas agora tudo estava despregando-se como tinta velha de uma parede. Ainda não acreditava que Clara tivesse ido para casa na noite anterior para ficar com ele. Alguma coisa estava acontecendo e, tinha certeza, não seria algo de que iria gostar.

E aquelas demonstrações de impotência? O que o fizera comportar-se daquela forma? Isto jamais acontecera com ele. Orgulhava-se da sua virilidade. Recusava-se a pensar que era um compulsivo sexual, mas o desejo fazia parte de todos os momentos da sua vida. Clara o olhara com uma expressão indecifrável. Um misto de pena e vitória. Gustavo se esforçava para não atribuir um valor exagerado ao evento, mas sabia que o fato podia ser uma ruptura no bom andamento da vida com Clara. Precisava remediar o mais rapidamente possível. Mas e se falhasse novamente?

E essa história de bolha nos Estados Unidos? A única bolha americana que conhecia era a dos filmes de ficção. Seu parceiro de aplicações em Nova York estava desesperado. Entrava e saía da sua sala falando num linguajar incompreensível. Gustavo entendia apenas que o banco quebrara. Mas que raio de banco? Não tinha o hábito de ler jornais ou assistir televisão. As notícias chegavam a ele através de fragmentos de conversas nos corredores das empresas.

Tinha apenas Clara com quem conversar. Mas era ele sempre que introduzia esse tipo de assunto. Clara não se importava se estourassem uma bomba a um quarteirão da sua casa.

Quando recebiam convidados era a serviço das empresas. Na verdade, os que ainda frequentavam sua casa eram interesseiros tentando aproveitar-se de qualquer lasquinha que Gustavo tivesse a oferecer.

Mas aquele homem devia estar doido! Falar que perderam todo o dinheiro que aplicavam há anos porque um monte de pobres inúteis – americanos, mas pobres e se eram pobres, eram inúteis – não conseguiam pagar suas casas? Isso era demais. Não podia ser verdade.

Melhor pensar em como recuperar sua virilidade e manter sua posição de homem da casa.

Enrico e Bia

— Acho que temos muito a conversar. Não quero que esta conversa soe para você como mais um peso. Sei que sua mãe já se encarrega de sobrecarregar você.

Bia, relaxando o corpo, respondeu com tranquilidade:

— Já estou acostumada com a mamãe. Ela tem agido assim durante toda a minha vida.

— Eu sei, meu bem, eu sei. Você precisa me perdoar, se é que isto é possível. Você é a filha com quem eu tenho maior afinidade, por quem eu nutro a mais sincera admiração. E mesmo assim não fui capaz de protegê-la.

— Eu não recrimino você — disse Beatriz afagando o rosto do pai. — Sei como tem sido difícil tentar se manter equilibrado dentro da nossa casa. E isso já foi mais do que suficiente. Se você tivesse desistido ou se entregado, abrindo mão dos seus gostos e prazeres, as coisas seriam bem mais difíceis.

— Não entendo por que você, uma jovem brilhante, se submete...

— Olha, pai, a primeira vez que pensei em ir embora de casa foi no dia que comecei a andar. De lá até hoje faço planos de me mudar e trancar estes primeiros vinte e cinco anos de vida. Mas aí penso que se eu não estiver por lá para equilibrar um pouco as coisas meus irmãos vão sofrer em dobro. Então fico.

— Você acha que tanta abnegação faz bem?

— Na verdade, hoje não faz diferença. Construí uma vida para mim que independe do que acontece em casa. E de qualquer forma, Rodrigo e eu estamos pensando em viver juntos. Quando isso acontecer eu vou para bem longe.

– Mas antes disso preciso que você me ajude mais uma vez. Não sei como salvar Catarina. Com Roberto eu conversei ontem e parece que ele vai modificar as coisas na própria vida. Mas a Cati! Ela é uma incógnita para mim. Não sei quem ela é, o que ela é.

– Quando penso na minha irmã é como se pensasse em nada. Catarina dá a impressão de não ser nada nem ninguém. O pior é que lembro dela assim desde muito pequena.

– Você acha que ela tem algum problema neurológico ou psiquiátrico?

– Não sei... Mas vocês não a levaram para todas as avaliações possíveis?

– Sim, mas sempre procurando sequelas do episódio da meningite. Não houve a tentativa de buscar outros conteúdos mais profundos.

– Não consegui ainda entender o que acontece nessas ocasiões que mamãe parece doida cuidando dela. Senti que nesta semana algo assim aconteceu.

– Você acredita que eu não sei! Não sei se Catarina se droga ou participa de orgias. Ou as duas coisas. Sua mãe me impede até de olhar para a menina. E eu me acovardo e obedeço.

– Tentei inúmeras vezes conversar sobre isso com mamãe e com Catarina, mas nada funcionou. – Bia mostrava amargura no olhar. – Cati demonstra que não sabe de nada. Mamãe já chegou a dizer que eu quero pegar algum podre da minha irmã porque tenho inveja dela. Mamãe é uma pessoa cristalizada. Não um belo cristal lapidado, mas um ser que endureceu ao ponto de não conseguir nem ao menos quebrar. O mundo e a vida se esgotam nela e nas opiniões dela. Destila vinte e quatro horas por dia suas emoções negativas, mantém-se ausente dela mesma e de tudo, vive em um estado adormecido.

— Tenho dificuldade em entender o que você fala.

— Parece difícil, mas não é. Vai ficar mais fácil através do seu amado Fernando Pessoa:

> *Entre o sono e sonho,*
> *Entre mim e o que em mim*
> *É o quem eu me suponho*
> *Corre um rio sem fim.*
> *Passou por outras margens,*
> *Diversas mais além,*
> *Naquelas várias viagens*
> *Que todo o rio tem. (...)*

— Aquele homem — prosseguiu Bia com emoção na voz, — teve o poder de entrar na alma do cosmo, soube sintetizar em palavras a essência que permeia o homem e o Divino. Ah, se todos lessem e tentassem entender Fernando Pessoa, fossem além dos seus bonitos versos, das suas rimas perfeitas... Quem sabe o ser humano pudesse se tornar um pouco mais humano, estar um pouco mais no caminho do retorno a Deus?

— Ah, mas essa eu vou estudar! Espere e verá! Não sabia que minha filhinha gostava de poesia! Mais uma alegria que você me dá! Sabe, Bia, esta semana está sendo muito importante para mim. Estou envolvido em um empreendimento ligado à literatura e às artes. No momento que essa história começou, senti que tenho todo o tempo do mundo para amarrar as pontas da minha vida. Você e seus irmãos são prioridades para mim.

— Pai, que ótimo! Assim você vai ganhar décadas a mais de vida. Você pode me contar do que se trata?
— Ainda não, meu bem, ainda não. Mas saiba que seu velho pai está realizando sonhos.
— E a mamãe, o que acha?
— Ela nem imagina! Logo, logo, vai começar a desconfiar. E aí, ai de mim! Vou viver o inferno na terra pelo resto dos meus dias. Mas vamos ao que importa. Em primeiro lugar, você. Existe alguma coisa que eu possa fazer para amenizar seus conflitos com sua mãe?
— Sim, existe. Posicione-se. A meu favor, a favor dela, tanto faz. Mas posicione-se. O aparente desinteresse que você demonstra enfraquece cada vez mais sua posição e dá como natural o nosso modo de vida. Quanto a Catarina, penso que o melhor a fazer é nos reunirmos e deixar claro para mamãe que sabemos que algo está tremendamente errado. E que assumiremos o controle da situação. Você acha que podemos contar com Roberto?
— Minha filha eu vou ficar feliz se Roberto conseguir falar para sua mãe que não quer a mesma macarronada todos os domingos.

❖

Bia não pôde evitar uma risada. A mãe era uma raridade. Será que era realmente uma raridade? Bia encontrava todos os dias várias Patrícias. Nem todas destilavam a mesma crueldade, mas eram tão refratárias quanto a mãe a tudo que não partisse de seu sedentário cérebro.

Sua tolerância com ela esgotava-se e revigorava-se de tempos em tempos. Estava numa fase de esforço supremo para revigorá-la. O tempo já estava surtindo seus efeitos em Bia, que ficava mais seletiva a cada dia. Os critérios de seleção eram muito próprios, não tinham qualquer formato. Procurava apenas conviver com quem tivesse uma alma que se entendesse com a dela. Essas pessoas podiam ser encontráveis em qualquer local, vestidas de qualquer forma, falando qualquer língua. Não era necessária apresentação. A identidade podia ser sentida, flutuava pelo ar.

Fora assim com Rodrigo. Vinham de mundos diferentes, comportavam-se de maneira diversa, mas sentiam de forma igual. Não havia solidão, não havia prisão, não havia aquela tortura emocional e intelectual que cria rugas e determina as grandes doenças. Eram livres para expor suas ideias e seus sentimentos mais íntimos. Corações e mentes se abriam quando estavam juntos.

Por uma decisão comum, conviviam com diversos grupos, procuravam estar sempre integrados a vários meios. Não se deixariam abater como animais que se extinguem por inadaptabilidade a outros habitats.

Tarde

Clarisse

Clarisse chegou ao consultório às 13:00 como todos os dias. Várias consultas, retornos e telefonemas a aguardavam. Encontrara Douglas no hospital, mas ele tinha se comportado da mesma maneira que nos outros dias: absolutamente formal.

Pediu à secretária que o chamasse, pois tinham casos a discutir. Foi informada que Douglas ligara avisando que não iria ao consultório e que Clarisse encontraria a justificativa em um e-mail que lhe enviara.

Clarisse não esperou por mais nenhum comentário. Ligando seu computador, impacientou-se com a demora no *log on* e na conexão com a internet. Sua caixa de entrada estava lotada como sempre. Minutos passaram antes que todos os e-mails fossem baixados. Tinha que demitir o rapaz que cuidava dos computadores da clínica. Como lidar com urgências nessa morosidade?

Finalmente, localizou o e-mail de Douglas. Com o coração apertado passou a lê-lo.

Clarisse,

Estou me demitindo do consultório e da posição de seu assistente na faculdade já a partir de hoje. Mantenho meu

cargo no hospital devido ao fato de ter me custado muitos anos obtê-lo.
Os motivos, como você sabe, são absolutamente pessoais.
Tenho que buscar caminhos onde minhas aflições emocionais não interfiram no meu desempenho enquanto médico.
Sei que pode parecer covardia comunicar minha decisão por e-mail, mas temi um embate que apenas criaria mais desgaste.
Compreenderei qualquer atitude que venha a tomar, inclusive as de represália. Estou pronto para qualquer consequência que advier desta minha decisão.
De qualquer forma, tenho muito a agradecer a você.
Aceite todo o meu respeito.
Com o sincero desejo de seu constante sucesso,

Douglas

❖

O interfone anunciou a última consulta do dia. Tratava-se de uma mulher de 55 anos em grau adiantado de depressão. O marido abandonara-a por um clássico romance extraconjugal há seis meses e seu estado de tristeza e amargura caminhava a passos largos para uma depressão profunda.

Clarisse ouviu aquela estranha relatar seu amor pelo marido que não arrefecera em tantos anos de casamento. Era uma mulher cheia de doçura e delicadeza que confundia seu amor pela vida ao amor pelo marido. Dedicava todo o seu tempo à casa e à família e era tudo o que queria ter. Não se achava em condições de continuar vivendo. Desesperava-se ao imaginar um recomeço, os ajustes que teria de fazer, o pânico da solidão.

Clarisse ouvia. Quase não perguntava. Ouvia. Lá para o meio da consulta, sentiu que não mais podia conter as lágrimas que passaram a rolar soltas. Sua paciente emudeceu. Jamais ouvira falar de uma psiquiatra que chorava durante a consulta. Achava até um comportamento pouco ético e pouco profissional.

— Doutora, será que o meu é o primeiro caso de separação que a senhora cuida? — indagou a mulher, insegura.

— Não estou chorando por você e, sim, por mim — pegou-se Clarisse confessando. — Olha, se você quiser remarcar a consulta para qualquer outro dia e horário eu garanto que terei um comportamento melhor. Esta consulta, é claro, não lhe será cobrada, mas agora tenho que ir. Não posso prosseguir. Devo ir embora. Com sua licença.

Clarisse parou por um momento na mesa da secretária. Disse que se sentia muito mal, iria para casa e que ela telefonasse para a faculdade pedindo um professor substituto. Explicou sobre sua última paciente, não quis ler os recados que sempre se acumulavam ao final do dia e, sem aguardar qualquer comentário, virou-se e caminhou para a porta.

Enrico

— Enrico, estava torcendo para que você regressasse.

Um Lauro em êxtase jogou-se para cima do amigo abanando uma folha de papel tão logo Enrico passou pela porta.

— O que foi, Lauro? A sua cara dá a impressão que uma fada resolveu pousar no seu ombro para sempre!

— Não sei se foi uma fada... Pode até ter sido! Consegui chegar a um projeto para o clube!

— Mas isso foi feito no computador!? Como você conseguiu? Pensei que uns trastes velhos como nós não fossem capazes de entender como essas modernidades funcionam!

— Isso é o que os jovens falam para parecerem mais importantes do que nós! É só não ter medo e saber que, dominando meia dúzia de conceitos básicos, o bichinho vai olhar para você e entender que ele é apenas uma máquina. E, por enquanto, nós humanos ainda mandamos nas máquinas. Mas isso não importa. O que importa é o conteúdo. Veja o que você acha.

Enrico, acomodando-se de forma desajeitada em um sofá coberto por um lençol velho e remendado cheio de poeira, passou a ler o projeto.

Clube do livro, do filme, do conto, da crônica, da poesia, da peça de teatro...	
O que é	Reunião de pessoas interessadas em um momento especial para falar, ouvir, assistir, discutir, expressar. Encontros mensais para discussão de livros, filmes, etc. e uma sessão pipoca bimestral (Calendário no Grupo de Discussão)
Para quem é	Qualquer pessoa com idade superior a 18 anos
(Setores)	Livros, poesias, peças de teatro, filmes, contos, crônicas.E também os contextos históricos e artísticos, a teoria da literatura e do cinema...
Como é	Serão elencados cinquenta dos melhores livros, cinquenta dos melhores filmes da história. Destes, serão sorteados cinco filmes e cinco livros. Dentre estes será escolhido um livro e um filme por mês para debates Outros seis filmes serão sorteados para assistirmos juntos. Uma entre as vinte das melhores peças de teatro de todos os tempos será sorteada para estudo e leitura durante o ano.
Atividades extras	Os participantes, mediante inscrição prévia, poderão apresentar-se nas reuniões declamando, contando, representando...
Fontes	(Sites para download)
Grupo de discussão	Através de um grupo eletrônico de discussão

– Mas isso está muito bom, meu velho! Você extrapola o âmbito de alcance dos clubes de leitura e monta uma verdadeira arena de expressão!

– Arena de expressão, arena de expressão! Vai ser o nome! Arena da Expressão! Como o teatro grego! Podemos usar o sótão. O espaço não vai ser muito grande, mas dá para colocar cadeiras em círculos e o tablado no centro.

– E lá, todos os que quiserem apresentar-se, poderão. Você pode imaginar, meu caro Lauro, quantas pessoas têm vontade de expor alguma habilidade ou alguma criação e não encontram espaço? Pois aqui será a sua casa! Vamos pensar nos filmes.

Clara

Clara trabalhou arduamente no projeto de Fábio. Não o veria naquele dia, mas além do prazer que exalava de tudo o que se referia a ele, o dinheiro que ele combinara lhe pagar passara a ser fundamental.

❖

Já em sua biblioteca, montou os dois quadros que havia escaneado, de forma a que quase se sobrepusessem. Prometeu a si mesma que conseguiria ver o mesmo que Fábio via e que julgava ser o ideal para a decoração do apartamento da sobrinha.

Matisse e Cézanne. Cézanne e Matisse.

Sim, alguma coisa ela conseguia ver.

Matisse não se preocupava com a perspectiva, enquanto Cézanne utilizava vários pontos de vista para criar a perspectiva.

Cézanne preocupava-se com a incidência da luz. Já Matisse usava a cor para criar os efeitos.

Clara não sabia por que, mas por algum motivo, sua visão parecia um pouco menos rígida nesta quinta-feira.

❖

O movimento na casa intensificou-se. A chegada das crianças era sempre acompanhada de gritos, barulhos, batidas de portas, ordens aos empregados.

Lucas mal a cumprimentou. Maria ignorou-a. Marcelo correu em sua direção chorando.

— O que foi, meu bem?

— O Pedro me bateu! E no carro, o Lucas me bateu também!

— Lucas! Lucas, venha aqui. Por que você bateu no seu irmãozinho?

— Pra ver se esse bebê chorão para de se comportar como um veadinho.

— Não fale assim. Marcelo é um menino pequeno! — disse Clara com o filho menor enrolado em suas pernas.

— Um menino pequeno e mimado, que vive agarrado na mamãezinha. Apanha na escola e não revida. Apenas chora querendo a mamãe.

— Ele ainda não aprendeu a se defender.

— É por isso que papai não gosta dele — interviu Maria. — É um fracote. Sempre vai ser um fracote. E a culpa é sua. Tudo de errado nesta casa é culpa sua. Se eu pudesse, criava esse moleque sozinha e fazia dele um homem, por bem ou por mal.

— Você está se tornando uma grande arrogante, Maria. Cuidado, minha filha. A vida dá voltas. Depois é duro descer do pedestal.

— Você está me rogando praga? — esbravejou Maria — Que bela droga de mãe! Mas papai vai cuidar de mim para sempre. E tudo vai ficar bem no dia que você desaparecer.

— Não exagere, Maria — revoltou-se Lucas. — Quero a mamãe conosco. Posso até discordar dela em muitas coisas, mas ela é nossa mãe e faz tudo por nós.

— Mais um defensor da sonsa!

Lucas partiu para cima da irmã.

— Se você não calar a boca já, te encho de pancada.
— Chega vocês dois. — Clara gritou tão alto e com tamanha convicção, que os filhos se assustaram. A mãe não era dada a essas exibições de força. Lucas imediatamente obedeceu e calou-se. Maria tentou reagir, mas a expressão enfurecida de Clara a fez calar-se. Sem entender como, a filha começou a chorar.
— Vou contar pro papai!
— Se você abrir a boca, quebro você, entendeu? — gritou Lucas.
Clara, tentando mostrar indiferença, falou com voz firme:
— Pode contar. Pensa que eu tenho medo de você? Ou do seu pai? E se você não sair neste minuto da minha frente, quem vai quebrar você sou eu. Fora. Fora daqui! Apareça para o jantar e depois desapareça.
Maria correu. Ouviram a porta do seu quarto batendo. Clara não se satisfez. Foi atrás da filha e, escancarando a porta do quarto, mandou que a menina levantasse da cama onde se jogara e tratasse de colocar todas as suas lições em dia. Maria fez que não ouviu. Clara pegou-a pelo braço, apertando-o até deixar uma grande marca roxa.
— Olha aqui, sua pirralha. Eu não estou pedindo. Estou mandando. Tive uma conversinha sobre você na sua escola. Algumas coisas vão mudar na sua vida. E essas mudanças vão começar agora. Já! Para a escrivaninha fazer lição! Mesmo que você fique acordada a noite inteira, quero tudo feito até amanhã de manhã. E isso não servirá de desculpa para não ir à escola. E tente me desobedecer. Apenas tente!

Enrico

— Guerra?
— *A ponte do rio Kwai*. De uma época em que o conteúdo era mais importante que o sangue.
— Não seja injusto. *Platoon, Apocalipse now, O Resgate do soldado Ryan* são filmes maravilhosos!
— Inclua-os todos.
— Uns pesados, densos.
— *Perdidos na Noite, Taxi driver, Quem tem medo de Virginia Woolf?, Um estranho no ninho, À espera de um milagre*.
— Épicos?
— *Bem Hur, Lawrence das Arábias, Guerra e paz, Spartacus*.
— Romances?
— *Amor, sublime amor*.
— Políticos?
— *Missing, As vinhas da ira, A garota do tambor*.
— Suspense?
— *Vertigo, Janela indiscreta, O iluminado*.
— Perto do que se faz hoje...
— Podemos colocar uma porção deles contanto que não sejam daqueles que as lentes dos nossos óculos ficam sujas de sangue.
— Vamos precisar de telão e projetor.
— Será que é caro?
— Amanhã vou descobrir.
— E os livros?
— Por autor?
— Vamos lá.

Noite

Clara

Gustavo surpreendentemente não apareceu para o jantar. Às vinte e três horas, quando Clara foi dormir, ele ainda não havia chegado. Eram quase três da manhã quando percebeu o marido espremido em um pequeno canto da cama.

Clarisse

Clarisse despencou em sua bergère. Seu corpo normalmente tão ereto e bem postado mais parecia o corpo de uma boneca de pano.
 Passados alguns minutos, levantou-se em busca de um bloco e caneta. Há décadas não escrevia nada além de artigos ou livros técnicos. Quando era jovem, secretamente escrevia diários, poesias e tudo o mais que pudesse expressar o mundo interior que jamais mostraria. O tempo passou e seus escritos se perderam. Seu tempo acabara quando ainda era adolescente. A partir de lá o tempo do mundo era o que determinava o ritmo de sua vida.
 Começou a escrever. No princípio timidamente, aos poucos a escrita passou a fluir. Músicas ajudariam. Por horas escreveu, mesmo quando as lágrimas formavam um véu nos seus olhos, escreveu.

❖

 ... Meu grande amor se foi. Acho que para sempre. Fez bem. Não dá para viver com alguém como eu. Ele não merecia. Na escuridão, na obscuridade. Talvez ele nunca venha a saber que foi meu grande amor. Totalmente inexplicável. Foram as melhores horas da minha vida. A paixão, a extrema paixão, a docilidade, o carinho. A justeza dos corpos. A elegância. O desejo maior do que a vida. A loucura de estar perto todo o tempo, as diferenças tornando-se a força...

...Por pura arrogância joguei fora meu grande amor...

...Mas meu amor não merecia. Nunca na minha vida tinha sabido o que era o carinho. Nunca ninguém me fez carinho. E ele é puro carinho, afeto, doçura...

...Quero morrer por ele, pela sua falta absolutamente insuportável. Se estou longe dele, sinto-me menor...

...Sinto ainda arder em mim o fogo das suas mãos. Sinto em minha boca o delírio dos beijos mais profundos, sinto em cada milímetro da minha pele a força enlouquecida dos seus abraços. Como posso continuar sem ele? Como posso existir sem ar, sem água, sem sol, sem ele? Quem sabe se eu tivesse me ajoelhado pedindo perdão, implorando para que não se fosse...

...Dói demais. E pensar que cheguei a sonhar que ficaríamos juntos para sempre... que andaríamos na beira do mar quando fugíssemos, que daqui a trinta anos ainda sentiríamos o mesmo desejo...

...Ele ouviu minhas palavras e não meu pensamento. E foi-se. E eu fiquei. E não quero mais ficar. Quero ir embora. Quero morrer...

...A única coisa que me alivia é que, mesmo que ele não saiba, teve o melhor de mim. Todo o carinho que jamais dei, ele teve de mim. Noites insones esperando amanhecer para vê-lo...

...Choro, desesperadamente choro. Deixei uma mensagem na sua caixa postal. Choro. Não consigo parar. Vou lembrar de você para sempre...

Enrico

— Literatura brasileira?
— Tem muita coisa boa. Podemos começar com uns clássicos.
— Machado de Assis. Memórias póstumas de Brás Cubas e Dom Casmurro.
— Érico Veríssimo, Mário de Andrade, Clarice Lispector, Jorge Amado.
— Vamos de Sartre?
— E como viver sem Sartre?
— Russos?
— Gogol, Tolstoi, Dostoievsky!
— Gabriel Garcia Marquez, Jorge Luiz Borges!
— Hemingway, Kafka, Virginia Wolf!
— Goethe, Proust, Baudelaire, Zola!
— Mas que bela mistura!
— Atende a muitos gostos!
— Continuamos?
— Acho que mais um pouquinho...

❖

— Estou morto!
— Eu também!
— Espero que me deixem dormir em paz...

Clarisse

Mais ou menos às duas da manhã, o telefone tocou. Não quis atender. Felipe que atendesse. Poucos instantes depois a porta se abriu e Felipe, com cara de caveira, precipitou-se em direção a Clarisse.
— É o Dado. O Dado está preso, ligaram da delegacia. Foi preso bêbado fugindo da polícia. Bateu o carro em uma moto. As duas pessoas da moto morreram.
— Você está é doido, homem. O Dado está dormindo!
— Como dormindo, se ele nem voltou para casa depois da faculdade?
— Tenho certeza que ele está dormindo.
— Você o viu em casa, Clarisse?
— Estou meio confusa, ele sempre está por aqui a esta hora.
— Nunca, ele nunca está.
— Então está onde?
— Neste momento, na delegacia! Vamos correndo!
— Eu preciso me arrumar. Não posso sair de casa deste jeito! Se ele está na delegacia é porque está bem. Se tivesse se ferido estaria no hospital. Espera que já fico pronta. — Clarisse abandonou sua *bergère*, amassou as folhas que escrevera e jogou-as no lixo.
Felipe calou-se. Foi para o living, sentou e esperou.

Dado

— Vamos, rapazes, agora chega.
— Sai fora, cara. A gente tá na boa!
— Tá na boa, mas incomodando os outros fregueses.
— Manda todos pra fora daqui.
— Menino, você está bêbado! Hoje é quinta-feira. Amanhã todos têm que estudar e trabalhar. Vai pra casa dormir!
— Cê pensa que é meu pai, velhote? Ou minha mamãe? Se eles não se metem comigo você também não vai se meter.
— Eu apenas estou pedindo para vocês falarem mais baixo, pararem de fazer bagunça ou então saírem daqui.
— Tá vendo isto aqui? É minha carteira. Tá vendo quanto cartão de crédito tem? Dá pra eu comprar esta espelunca e te botar de escravo. Então não enche o saco e desaparece.
— Menino, assim eu vou ter que chamar a polícia.
— Chama! Chama! Eu vou falar quem eu sou e eles vão te dar uma dura. Eu sou figurão, cara. Não se mete comigo que cê tá na pior.

O senhor da mesa ao lado não pôde mais se conter e interferiu na conversa.

— Como é seu nome, rapaz?
— E quem quer saber?
— Alguém que é bem mais velho que você...
— Ih! Lá vem mais caretice... Sai que senão te dou umas porradas.
— Vai dar porrada em quem?

— E vocês, quem são?

— Quem vai te encher de tabefe se você não for embora agora.

Dado, levantando, pareceu render-se.

— Tudo bem, cara, tudo bem. Tô saindo...

Ao levantar-se, Dado segurou a mesa pela borda, virou-a e espalhou por metros ao redor cacos de garrafas e de copos.

O dono do bar, não se contendo mais, virou-se e caminhou para sua sala anunciando que iria chamar a polícia.

Dado, mais que depressa, saiu do bar escondendo-se dentro do seu carro. Os rapazes que o abordaram saíram logo em seguida, subiram em uma moto e tomaram seu rumo. Dado disparou com o carro no seu encalço. Os frequentadores do bar acompanharam a cena.

A polícia chegou e foi informada do que acontecia. Saiu em perseguição a Dado.

Dado, com seu carro esporte, tentava a todo o custo alcançar a moto. Subiu em calçadas, atravessou faróis vermelhos até que conseguiu. Quando chegou a alguns metros dos rapazes, acelerou violentamente. Os dois voaram pelo ar e caíram já desfalecidos. Viaturas fecharam o caminho de Dado.

Clarisse

Trinta minutos depois, Clarisse reapareceu vestindo um terninho preto e uma regata de seda rosa, já despida de qualquer emoção e sentimento. Douglas transformara-se em passado. Saltos altos, bolsa combinando, algumas jóias, cabelo lavado e arrumado, maquiagem, perfume.

— Você vai para alguma festa?

— Não, vou para a delegacia, mas lá precisam saber com quem estão falando.

— Clarisse, você enlouqueceu? Parece que você quer que tudo saia nos noticiários. Você pensou que isso pode destruir o Dado para sempre?

— Não seja exagerado! Não existe "para sempre" neste país. Em poucos dias tudo estará esquecido.

— Como alguém pode ser tão fria! Não há qualquer emoção em você.

❖

Quinze minutos depois, chegaram à delegacia. O delegado de plantão era um rapaz que, aos olhos de Clarisse, não parecia ter ainda saído da faculdade.

Ele olhou para o casal e soube que a noite ia ser difícil. Uma perua arrastando um homem de moletom velho e chinelos. Ela criaria problemas. Isso era tão certo quanto saber que estava preso ao seu plantão e os marginais presos na carceragem.

243

— O seu filho foi indiciado por duplo homicídio doloso com as qualificadoras de motivo fútil e impossibilidade de defesa das vítimas.
— Mas o que quer dizer isso?
— Que seu filho vai ser julgado e muito provavelmente condenado.
— Isso nós vamos ver. Quero que ele seja solto imediatamente.

O delegado quase desabou da cadeira de tanto rir.
— E quem a senhora pensa que é?
— O senhor vai saber já, já quem eu sou.

Sexta-feira

Manhã

Clarisse

— A pior madrugada da minha vida. Não acredito que isso possa estar acontecendo comigo.
— Não é com você, Clarisse. É com o nosso filho.
— É disso que eu estou falando. Como ele pôde fazer isso comigo?
— Sua louca! Ele vai ser julgado por homicídio doloso. Tem grandes chances de acabar preso e você pensa em você?
— Você é que é um desvairado. Ele é jovem. Esse advogado que o Dr. Roger indicou é o melhor. Vai custar uma fortuna, mas tudo bem. Ele vai superar. E eu? Eu, que dependo da minha imagem?
— Nosso filho se comportou como um delinquente. Além disso, atribuiu toda culpa a mim e especialmente a você. E pior, acho que ele tem toda razão.
— Você também está me culpando?
— Claro que estou! A culpa é minha e sua! Onde nós estávamos quando nosso filho passou a ter uma vida tão desregrada?
— Não ouse me culpar! Se não fosse por mim onde todos nós estaríamos? Naquele apartamentinho mal cheiroso que você insistia em considerar nosso lar? E as crianças? Teriam estudado nas melhores escolas de São Paulo

ou acabariam em uma escola pública misturados com todo tipo de gente?

– Será que você não entende que, neste momento, nosso filho se assemelha ao pior tipo de gente? Não me refiro a pobres ou muito pobres. Eu me refiro a marginais. Ele, pelos próprios atos, está engaiolado numa horrenda carceragem de uma horrenda delegacia junto com os piores tipos de bandidos. E não há qualquer dúvida: ele mesmo é um bandido!

– Se é, é porque quer. Durante toda a vida conviveu com o mais requintado grupo da sociedade paulista. Frequentou as praias mais bem frequentadas, os melhores clubes, foi convidado para as festas mais badaladas. E você sabe quantas famílias bem posicionadas insinuaram seu desejo de que ele se casasse com as filhas. O que mais alguém pode querer?

– Uma família. Moramos na mesma casa e não nos vemos! Melhor se estivéssemos separados, mas nos dedicando aos meninos. Você acha que seu filho está em casa, mas ele nunca está, assim como a mãe e a irmã. Sua ambição jogou cada um para um lado!

– Ah, você poderia até ter razão se não tivesse se aproveitado feliz da vida da minha ambição por todos estes anos. Foi bom usufruir dos carros importados, dos empregados, das roupas feitas na Europa. Foi bom sentar na frente da TV de plasma de 42 polegadas para rir sozinho de todos aqueles programas idiotas. Não me lembro de ouvir suas reclamações quando eu gastava pequenas fortunas preparando recepções para amigos seus.

– Você está me cobrando? É isso? Cuidado, porque eu talvez possa pagar.

– Pode mesmo? Então está na hora de fazermos as contas. Vamos colocar no papel.
O telefone tocou interrompendo a briga.
– São seis da manhã. Quem pode ser?
– Atenda e saberá.
Felipe trocou duas palavras com o interlocutor.
– É para você.
– Quem é?
– Não entendi o nome, mas é alguém do *Jornal de São Paulo*.

Carmem

Carmem recusava-se a sair de casa. Não iria para a escola. Preferia morrer. Aliás, não sabia o que fazer para morrer. Pela milésima noite consecutiva se encolhera em sua cama, juntara as mãos em forma de prece e implorara a Deus que não a deixasse acordar. Não entendia por que Deus se mostrava tão refratário às suas súplicas. Por que, se existia, se mostrava indiferente à sua criação?

O que Carmem podia esperar do futuro? Um dia Camilla se cansaria e também iria embora. Todos sempre iam embora. Ela acabava sempre sozinha.

Seu pai a abandonara no instante em que tinha nascido. Sua mãe abandonava-a diariamente durante toda a sua vida. As irmãs estavam bem, realizadas. As três casadas, com filhos e prontas para continuarem vivendo o futuro. Carmem, não. Carmem fora abandonada pelo marido. Ficou só para trabalhar e ganhar dinheiro. Ficou só para criar a filha. Ficou só para construir um lar para si e para Camilla.

As poucas amigas que teve seguiram seus caminhos e esqueceram-se de Carmem.

Queria ter tido outro filho, mas o marido recusou-se terminantemente. Disse que se ela não tinha estabilidade emocional para criar um o que dizer de dois?

Clara

— Não estou entendendo bem. Quer dizer que Lucas precisa que você vá à escola e você diz que não pode?
— Eu assumi um compromisso para hoje de manhã. Disse que vou na segunda-feira na primeira hora e Lucas concordou.
— Que compromisso pode ser mais importante do que seu filho?
— Gustavo, é coisa de trabalho. Não posso simplesmente não comparecer a uma reunião.
— Claro que pode. Pode e vai. Melhor, não vai, nem hoje nem nunca mais. Acabou. Chega. Seu lugar é em casa e é aqui que você vai ficar. Para sempre.
— Não, Gustavo, não adianta. Nem presa e amarrada você vai me manter aqui.

Virou as costas para Gustavo e já ia saindo pelas enormes portas envidraçadas para a pequena alameda que conduzia à garagem, onde o motorista e o segurança a aguardavam com as portas do carro abertas.

Gustavo, vermelho de raiva, segurou Clara pelo braço e puxou-a com força. Clara bateu de costas na quina do batente da porta sentindo uma dor terrível.

Os seguranças contiveram-se para não acudir a patroa.
— Clara! — berrou Gustavo. — Vá já para o quarto e fique lá até eu voltar. Você está proibida de colocar um pé fora de lá!
— Você está pensando que sou criança? Você nunca mais mandará em mim.

Gustavo desferiu uma violenta bofetada no rosto de Clara. O segurança, não mais se contendo, foi em direção à mulher e colocou-se a seu lado encarando Gustavo, numa atitude de agressiva proteção.

— Eu vou sair neste momento. E você não vai nem tentar me impedir porque, se tentar, vou daqui até a delegacia mais próxima mostrar as belas marcas que você me faz.

Virou-se e saiu. O segurança aguardou Clara entrar no carro. Só então assumiu sua posição no banco da frente.

— Obrigada, Vicente. Não tenho como agradecer.

— Olha, dona Clara, minha vontade era arrebentar aquele filho da... Desculpe-me, mas nós aqui do serviço não aguentamos mais ver a senhora ser tão maltratada.

— Amigo, ainda bem que eu tenho vocês! Tantas mulheres sofrem nas mãos dos maridos e não têm quem as apóie.

— Mas é tão simples, dona Clara. Homem que bate em mulher é covarde. Se tiver que encarar outro homem ou pegar cana, para de bater de medo.

❖

Às nove horas, Fábio chegou. Clara não precisou dizer nenhuma palavra. Foi até ela e afastou o cabelo de seu rosto. Virou-se e saiu.

Patrícia

Muitas coisas ainda estavam confusas na vida de Patrícia. Desde segunda, Enrico passara a ser outra pessoa. Mal aparecia em casa, desconsiderava a existência da esposa e não dava qualquer justificativa para suas frequentes ausências. E pior, não esboçara a menor expressão de desagrado por ter sido espoliado do seu quartinho de leitura.

Catarina se mantinha trancada no quarto com aquelas crises de medo. Quando não estava dormindo, gritava e se debatia de forma incontrolável.

Beatriz continuava a mesma, vivendo em outro planeta.

Mas o pior era Roberto. Seu filhinho que tinha alcançado a perfeição estava prestes a jogar tudo no lixo e virar um ninguém. E com o apoio de Enrico. Em qual momento teriam se tornado aliados? Em qual momento tramaram destruir Patrícia? Como um filho tão adorável e dócil podia ter chegado àquele ponto?

A culpa só podia ser de Enrico. Ela tinha certeza de que tudo aquilo era ideia do marido.

Já se arrependia das mudanças de quarto. Talvez Roberto quisesse voltar a morar com a mãe. Patrícia tinha certeza que ele se restabeleceria a seu lado, sem estar naquele casamento infeliz. Todas as ideias de abandonar a advocacia iriam embora. E, afinal, um homem separado não era tão problemático quanto uma mulher. Ele não poderia ser comparado à maluca da Carmem, que fora abandonada e talvez já tivesse se transformado em uma perdida.

Mas e se Enrico estivesse envolvido com outra mulher? Ah, ela preferia ser viúva a separada. Melhor se o marido morresse. Mas qual mulher poderia se interessar por aquele barrigudo sem dinheiro? Mas Enrico tinha algum dinheiro na caderneta de poupança que mantinha em conjunto com Patrícia. E se ele estivesse usando aquele dinheiro?

Pegou sua bolsa e disparou em direção ao banco, que ficava a poucos quarteirões dali.

Passou na frente de duas pessoas que pacientemente aguardavam para falar com o gerente e, sem dar ouvidos às queixas, quis saber o saldo da conta e se o marido realizara saques.

Quase desmaiou ao saber que Enrico sacara aproximadamente vinte mil reais em quatro dias.

Mel

— Você tem de ter certeza que é isto o que você quer, Melissa. Não será uma vida fácil. Você é uma moça bonita e, pelo que dá a impressão, de uma família com boa situação econômica. Nós procuramos criar as melhores condições possíveis, mas, às vezes, as comunidades são tão pobres que fica impossível garantir qualquer coisa que não seja o básico.

Ouvir aquela estranha chamá-la de Melissa soava como canto de pássaros. Odiava ser chamada de Mel. Nem ao menos gostava de mel. Aquele era como um codinome que precisava ser esquecido.

— Pode ficar tranquila. Tudo já está bem pensado e decidido. Vou para onde vocês me mandarem para viver da forma que for possível. Gostaria de conhecer melhor o projeto que sua associação desenvolve.

— Vou explicá-lo: partimos da premissa que a informação deve chegar a todos de forma indiscriminada. Jovens ou velhos, pobre ou ricos, letrados ou analfabetos. De forma bem básica, acreditamos que o conhecimento gera autoestima, consciência, cidadania e ética. Você pode imaginar quantos milhões de pessoas neste país não são capazes de localizar o Brasil em um mapa mundi? Todas estas pessoas têm direito a se localizar no espaço geográfico macro e com ele se relacionar.

— Como assim?

— O que propomos é que cada indivíduo tome conhecimento de si mesmo, de quem é, de onde está e, a seguir, do que sabe e do que não sabe. Com isso pretendemos valorizar a autoestima do cidadão. A autoavaliação, quando positiva, gera a concentração da energia naquilo que o indivíduo almeja e o faz reconhecer os objetivos mais importantes da vida. Aos poucos, essa pessoa constrói valores éticos que lhe possibilitam explicar, compreender, justificar e criticar a moral ou as morais de uma sociedade. Mas, se apenas a escola formal atuando dentro dos Parâmetros Curriculares Nacionais é considerada como pertencente ao sistema de ensino, então uma porcentagem bem significativa da nossa população está condenada a manter-se à margem, inclusive dos processos decisórios. – Dá um exemplo! Quantas pessoas que você conhece sabem quais são as atribuições do Senado, da Câmara dos deputados e da própria Presidência da República? Quantas sabem quais são os Três Poderes e para que servem? Mas todos votam a cada quatro anos, não votam? Aí vem a lei e diz que ninguém pode alegar desconhecimento da lei. Mas quantos têm acesso à lei? E os que têm, conseguem compreender os textos em linguagem e formato jurídicos?

– É, nem sempre...

– Nosso objetivo é disseminar o conhecimento até que ele se incorpore aos nossos concidadãos e crie condições para que se vejam como agentes da sua própria vida e do meio que os cerca. Poucos governos têm interesse neste tipo de conhecimento. O que primeiro desaparece são as massas de manobra, usando o jargão dos bastidores políticos.

– Tem uma coisa que eu não estou entendendo. Como transmitir todo esse conhecimento para analfabetos?

– Entendemos por analfabeto todo aquele que, mesmo tendo tido contato com a língua durante anos e anos, está impossibilitado de interpretar um texto simples e, se consegue minimamente entendê-lo, não é capaz de criticá-lo. Essa pessoa pode ser encontrada nos locais mais distantes das grandes metrópoles, mas também habitam muitas faculdades do país. Não pretendemos alfabetizá-las. Isso é função do Estado e com ele não nos confundimos. Aqui mesmo, na Associação, desenvolvemos centenas de apresentações de slides onde tudo o que é possível é transmitido através de imagens. São belíssimas apresentações, muitas delas utilizando obras de arte, que passeiam pela história da humanidade em todos os seus aspectos: artístico, econômico, geográfico, político, entre muitos outros. As apresentações sempre vêm acompanhadas de músicas de época e a elas relacionadas. Um instrutor explica os slides na linguagem que os alunos, vamos chamá-los assim, compreendem, principalmente porque esses instrutores são como agentes multiplicadores de dentro das comunidades. Estão sempre acompanhados de um monitor da Associação. Com base na apresentação, todos os envolvidos recriam, com os recursos existentes nos locais, o que viram e vivenciam aquela experiência.

— Gostaria de ter tido uma aula assim na faculdade.

— Nosso material é um laptop e um projetor. Parece caro, mas não é, se considerar que não precisamos erguer prédios, equipá-los, comprar materiais...

— Tenho medo de não atender às expectativas. Quando paro para pensar percebo que pouco ou nada assimilei dos meus anos de escola.

— Não se preocupe com isso. No Brasil, poucos aprenderam alguma coisa. Você receberá treinamento e instrução. Essa é uma fase extremamente importante, pois você comprovará por si mesma a qualidade do método.

TARDE

Clarisse

— Como assim, não entendi!
— Quatro pacientes desmarcaram as consultas. Hoje a senhora deve atender apenas a dois pacientes no final da tarde e os retornos agendados.
— Continuo não entendendo! Como quatro pacientes desmarcaram?
— Olha, doutora, deve ser por causa do que aconteceu com o seu filho. A imprensa toda está divulgando. Aliás, muitos jornalistas estão ligando para ouvir sua declaração.
— Mas o que eu tenho a ver com o meu filho? Se ele faz besteira isso é problema dele. Ainda por cima, isso é coisa de adolescente que bebe e acaba fazendo bobagem.
— As pessoas estão tendo outra visão...
— Quem é você para avaliar meu filho, suas atitudes ou qualquer outra coisa? Restrinja-se ao seu insignificante lugar de subalterna inculta.
— A senhora pode ficar com o meu lugar. É mais adequado à senhora do que a mim.

Gustavo

Foi muito fácil para Fábio colocar em prática o plano que arquitetou para chegar a Gustavo. As empresas de Gustavo eram tão conhecidas quanto o luxuosíssimo edifício onde ocupavam os cinco últimos andares, bem no coração da Faria Lima. Determinou à sua secretária que localizasse algum escritório de advocacia instalado no mesmo edifício e que marcasse um horário naquele mesmo dia para consultar um advogado.

Duas horas depois, ele passava pela catraca portando um crachá totalmente legítimo. Durante trinta minutos conversou com o advogado e tratou um parecer sobre um assunto de sua empresa que o incomodava. Terminado o encontro subiu para a cobertura.

Passou pela recepção sem se identificar. O andar inteiro acomodava os escritórios de Gustavo e de seu pai e uma imensa sala onde se encontravam dispostas as mesas planejadas dos assessores. Não gastou um minuto para se localizar. Passou pela secretária particular sem lhe dirigir um olhar. A moça, assustada, levantou-se e correu na direção de Fábio, que já escancarava a grande porta de vidro e aço escovado.

Gustavo estava sozinho em pé na frente da janela olhando a bela vista. Ao perceber a entrada do intruso virou-se bruscamente e, ao ver a expressão irada do homem à sua frente, não conseguiu pronunciar qualquer palavra. A secretária vinha atrás com expressão de de-

sespero anunciando que o pessoal da segurança já estava a caminho.
 Fábio parou a menos de um metro de Gustavo.
 – Estou pronto e bem aqui na sua frente. Bata em mim. Vamos, pode bater! Você não gosta de espancar mulheres, ou melhor, a sua própria mulher? Agora você pode treinar em mim.
 Gustavo, perplexo, olhava para aquele estranho pelo menos dez centímetros mais alto do que ele.
 – Bata, vamos! Quero ver se você é homem de verdade ou se você gosta de se divertir com quem não pode reagir.
 Dois seguranças uniformizados precipitaram-se para dentro da sala.
 – Mande saírem, senão, além de apanhar como cachorro, sua história vai estar amanhã nos jornais. Mande, agora!
 – Saiam já daqui – grunhiu uma voz estranha e autoritária. – Gustavo, seu cretino, será que você vai ser lixo todos os dias da sua vida? O que mais ainda vou ter que ver você fazer?
 – Papai, não acredite neste homem. Ele deve ser amante de Clara...
 – Duvido! Clara é íntegra. Íntegra demais para você. Ela não teria outro homem antes de se ver livre do traste com quem ela se casou. E olhe que ela merecia não um amante, mas um monte deles! Como é seu nome, rapaz? Seu rosto me é familiar. E como você conhece minha nora?
 – O senhor está certo – disse Fábio ao se apresentar, esforçando-se por aparentar maior controle. – Clara e eu não temos qualquer relacionamento porque ela não quer. Se dependesse apenas de mim já teria abandonado o ma-

rido. Sua nora trabalha perto da minha empresa e está fazendo um projeto de arquitetura para minha família. Acompanho há muito tempo o sofrimento dela, mas, hoje, vendo a terrível marca no rosto dela que seu filho deixou, não pude mais me controlar.

— Isso não é da sua conta — gritou Gustavo com voz trêmula. — Ela é minha mulher. E mereceu. O senhor vê, pai, eu sabia que ela não podia trabalhar, que ia acabar se envolvendo com outros homens...

O velho pai, com o rosto congestionado, falou com voz imperiosa:

— Cale a boca! Você é um inútil, um traste, uma vergonha! Não se preocupe, senhor. Isto nunca mais vai acontecer. Dou minha palavra. E se Clara um dia resolver acompanhá-lo, saiba que ela irá com as bênçãos da minha mulher e as minhas.

— Pai, como o senhor pode...

— Eu já mandei você calar a boca!

Carmem

Agora estou em pânico. Este é leve, suave.
Sei pouco sobre diferenciar pânico de angústia.
Acho que quando é pânico a sensação tem relação com alguma coisa.
A angústia vem do nada. É visceral, vem das entranhas.
O pânico vem de algum ponto no fundo do cérebro.
Veio da lembrança de que faltei às escolas duas vezes nesta semana. Se eu perder meus empregos vou morrer de fome.
Todos me odeiam.
Vou acabar em um asilo para indigentes.
Não sei se serei demitida. Não é certo.
Não importa. Serei, sim. Não tenho qualquer chance!
Estou velha e acabada. Não entendo os adolescentes. Eles todos me odeiam.
Sinto enjoo. Meu estômago está apertado. O gosto que sobe para minha garganta é ácido e horrível.
As formigas estão dentro da minha cabeça. Elas fazem barulho, muito barulho. O movimento delas é rápido e barulhento.
O telefone está tocando. Para, para de tocar!
Ahhhhhhhhhhhhhhhhhh!
Paraaaaaaaaaaaaaa!
Paraaaaaaaaaaaaaa!
Paraaaaaaaaaaaaaa!
Deve ser a diretora da escola me demitindo!
Pobre, miserável, pobre, sem comida
Paraaaaaaaaaaaaaa!
Paraaaaaaaaaaaaaa!
Deus, faz esse telefone parar.

Me leva daqui, não quero viver! Não quero ficar pobre!
Não quero ir para a escola! Não quero trabalhar!
Pobre, miserável, pobre, sem comida
Pobre, miserável, pobre, sem comida
Pobre, miserável, pobre, sem comida
Ahhhhhhhhhhhhhhhhhh! Paraaaaaaaaaaaaaa!
Ahhhhhhhhhhhhhhhhhh! Paraaaaaaaaaaaaaa!
Vou quebrar o telefone! Vou esmigalhar o telefone!
Ahhhhhhhhhhhhhhhhhh! Paraaaaaaaaaaaaaa!
Pobre, miserável, pobre, sem comida
Ahhhhhhhhhhhhhhhhhh! Paraaaaaaaaaaaaaa!
Pobre, miserável, pobre, sem comida
Não consigo me mexer. Não consigo.
Não consigo. Não consigo.
Ahhhhhhhhhhhhhhhhhh! Ahhhhhhhhhhhhhhhhhh!
Ahhhhhhhhhhhhhhhhhh! Ahhhhhhhhhhhhhhhhhh!
Ahhhhhhhhhhhhhhhhhh! Ahhhhhhhhhhhhhhhhhh!
Não consigo.
Estou travada. Estou tremendo.
Vou vomitar. Vou vomitar em mim.
Estou paralítica. Parei.
Ahhhhhhhhhhhhhhhhhh! Ahhhhhhhhhhhhhhhhhh! Ahhhhhhhh-
hhhhhhhhhh!
Meu grito não tem som! Não tem barulho!
Pobre. Trapos no asilo. Cheiro de urina.
Paralítica. Fome. Fome.
Ahhhhhhhhhhhhhhhhhh! Ahhhhhhhhhhhhhhhhhh!

❖

Sentada na sua cama, Carmem tomou mais dois comprimidos de ansiolítico. Já eram quatro nesta tarde. As sensações estavam quase passando. Alguns minutos a mais e estaria se sentindo ótima, pronta para enfrentar o almoço do dia seguinte.

Tomaria mais um antes de dormir. Ficaria bem.

"Vou tentar demonstrar que tudo vai bem. Sim, eu vou.."

Patrícia e Roberto

— Eu não aguento mais mãe, não aguento.
— O que está acontecendo, meu filho?
— Tudo vai mal. Não foi esta existência que eu sonhei para mim.
— Conte tudo para sua mãe. Eu vou tentar te ajudar.
— Eu odeio a Luana e não quero viver nem mais um dia com ela.
Patrícia exultou.
— O que ela te fez?
— Nasceu. Foi isso que ela fez. Nasceu para me atormentar.
— Sim, mas e depois de nascer?
— Ela fica me acusando de fraco, de medroso, de filhinho da mamãe! Fica me pressionando a lembrar meus sonhos de adolescente e tentar realizá-los.
— Sempre desconfiei que ela não seria a esposa mais adequada para você – disse Patrícia, desejando decepar aquela inútil que era a sua nora.
— Tem outra coisa, mãe. Eu não gosto de advogar. Quero ser oficial de polícia, fazer algo mais heroico do que sentar atrás da mesa do escritório.
Cuidado, Patrícia, muito cuidado!
— Ser policial é tão nobre quanto ser advogado porque tanto um quanto outro defendem a lei e as pessoas. São profissões até muito parecidas! Mas, vamos deixar isso para depois. Uma coisa por vez. Você se separa da Luana e vem morar aqui em casa.

— Mas eu não quero voltar para casa!
— É apenas temporário! Até vocês venderem o apartamento e você ter condições de montar o seu.
— Mas eu já tenho um bom dinheiro guardado!
— Tudo ao seu tempo, meu filho. Esse dinheiro é para seu futuro. A partir de agora, você começa a cuidar do seu presente. Você não pode morar sozinho sem uma retaguarda. Algum dinheiro guardado é muito importante! Por outro lado, para juntar você não pode estar pagando aluguel.
— É, você pode ter razão! — consolou-se Roberto.
Patrícia sabia que estava no caminho certo.
— É claro que eu tenho razão! Uma coisa por vez, não esqueça. Primeiro: separar-se; segundo: mudar-se; terceiro: legalizar a separação; quarto: acertar os bens que vocês têm juntos; quinto: começar a juntar dinheiro; sexto: comprar um bom apartamento.
— Mas isso vai demorar uma eternidade com o salário de policial.
— Seria bom você aguentar mais um tempinho no escritório até conseguir seu apartamento.
— Tempinho? Isso levaria anos.
— Nem tanto assim. Nem tanto assim.

Clara

— Você fez o quê?
— Conversei com seu marido e com seu sogro, que me garantiu que Gustavo jamais vai encostar uma mão em você novamente.
— Mas eu não acredito. Por que você fez isso? Agora ele vai me matar!
— Não vai, não. Ele é um fraco e um covarde. Precisa de um bom tratamento psiquiátrico, mas, enquanto não vai tratar disso, tem que se sentir acuado e sob controle.
— E quando as coisas acalmarem, me mata.
— Isso não vai acontecer porque você vai viajar comigo. E quando voltarmos você vai se mudar para a minha casa e ter um pouco de paz.
— Eu não posso fazer isso. E meus filhos? Como vou abandoná-los com um pai como aquele?
— Eles vêm com você. Meu advogado poderá indicar um especialista em direito de família que garantirá a legalidade de tudo. Vamos fazer assim: vou tratar da sua passagem para Londres e falar com meu advogado.
— Fábio, espere! Não vá tão rápido! Preciso pensar, organizar meus pensamentos e sentimentos.
— Você mesma disse que não ama Gustavo e que não tolera essa vida.
— Me dê algum tempo para pensar.
— Embarco na terça. Antes disso você deve tomar sua decisão.

NOITE

Clara e Gustavo

— Então quer dizer que você tem um amante!
— Não tenho amante nenhum!
— E quem era aquele louco que quase me espancou?
— Um cliente e amigo, que não admite que um homem bata em uma mulher.
— Não existe homem amigo de mulher. Só existe homem amante de mulher.
— Pense o que quiser. Não me interessa o que você acha.
— Eu dei tudo para você, Clara. Tirei você daquela casa miserável, daqueles pais asquerosos, transformei você em uma princesa invejada por todas as mulheres da cidade.
— Eu não quero ser princesa e muito menos invejada. Não quero dinheiro, não quero luxo, não quero nada, apenas a sensação de paz dentro da minha alma. Passei muitos anos enganada acreditando que esta era uma boa vida. Estava errada. Tinha medo de ver a droga de vida que levamos juntos.
— Tudo porque posso ter me excedido uma ou duas vezes? Tudo o que eu fiz foi por amor, para que você conseguisse entender os erros que cometia e te impedir de cometer outros piores.
— Você é um hipócrita doente! Não vou mais apoiar a evolução da sua doença.

– E os nossos filhos?
– Estão sendo estragados por essa horrível história que vivemos.
– Você é uma mal-agradecida. Ao invés de reconhecer o meu esforço e o quanto trabalho para cuidar de todos nós.
– Até isso é uma grande mentira. Quem trabalha é seu pai. Sempre foi. Se não fosse por ele, você hoje não teria nada. Ele joga montes de dinheiro em você para te manter inerte.
– Sabe, Clara, você vai se arrepender de tudo isto e vai acabar tendo que engolir suas palavras.

❖

– Não esqueça, Gustavo. Amanhã será o almoço de família na casa da Clarisse.
– Não se preocupe. Não vou esquecer.
– Vamos tentar demonstrar que tudo vai bem.
– Sim, Clara, vamos.

Clarisse

— Dona Clarisse, o pessoal do bufê chegou para adiantar as coisas.
— Que coisas?
— As coisas do almoço de amanhã.
— É claro, o almoço de amanhã.

❖

— Alô. Fala, Clarisse!
— Felipe. Não esqueça que amanhã será o almoço de família aqui em casa.
— Cancela esse raio de almoço!
— Claro que não. E ter que contar o que está acontecendo?
— Mas o Dado está preso e meu dia está sendo infernal!
— O Dado deve sair daqui a pouco. O juiz já analisou e concedeu o *habeas corpus*.
— Mas que clima vamos ter? Todos já sabem. Alguém da sua família ligou para prestar solidariedade?
— Graças a Deus, ninguém.
— E você acha que vale a pena estar como uma família como a sua?
— O almoço vai acontecer e fim de conversa! Vamos tentar demonstrar que tudo vai bem.
— Sim, Clarisse, vamos.

Patrícia e Enrico

Ele que se prepare, pensou Patrícia, andando de um lado para o outro. Ele não imagina com quem está lidando. Vou pôr ordem em toda essa história. As coisas vão tomar um rumo certo nesta casa. Eu penso o que é certo. Não existe ninguém que possa criticar minhas atitudes porque elas são corretas. Não vai ser um gordo fraco que vai fazer o que quer. Ele não vai transformar esta casa numa taberna cheia de prostitutas. E o dinheiro? Tanto sofrimento e ele sai gastando o que nem é dele! Isso é roubo. Se ele não devolver o dinheiro vou direto à polícia.

❖

Nove horas e aquele sem vergonha não chega. Nem para telefonar para dar uma satisfação. Mas, também, um traste velho como ele nem tem um celular. Roberto deu um só pra mim. Nem pensou no pai. Deve tentar esquecer que tem pai. Para que serve um pai como aquele? Um pai que quase matou a própria filha e por causa dele ela é doente até hoje?

❖

Eu odeio aquele homem. Me deixar aqui sem uma explicação! Tem cabimento um homem casado estar na rua às onze da noite de uma sexta-feira? Sem vergonha!

❖

Há muitos anos Patrícia achou que talvez fosse hora de se reaproximar de Enrico.
Combinaram com outro casal de passarem o réveillon *em um grande restaurante, onde aconteceria uma festa com bandas e escola de samba.*
Patrícia vestiu uma calça branca pescador muito justa no corpo, blusa com muito brilho em dourado, sandálias douradas de saltos altíssimos. Foi ao cabeleireiro, clareou os cabelos, fez uma maquiagem.
Vestiu um sutiã que fazia seus seios parecerem duas vezes maiores.
Quando saiu pronta do quarto, Enrico a esperava todo vestido de branco em frente à TV. Mal a olhou ao comentar que estavam atrasados.
Logo que chegaram à festa, Patrícia pôs-se a dançar na frente de Enrico usando tudo o que pensava ser um bonito gingado mas, na verdade, não passava de um balançar de peitos.
Enrico, conversando com o outro homem da mesa não lhe dirigiu um olhar sequer. Patrícia ia e vinha com sua tentativa de samba no pé.
Enrico olhava para todos os outros lados.
Patrícia passava a mão nas costas de Enrico.
Enrico bebia mais um gole de cerveja.
Patrícia transpirava de tanto dançar.
Enrico bebia mais uma cerveja.
Patrícia pediu que Enrico tirasse fotos.
Enrico tirou da festa toda.
Patrícia disse que as fotos deviam ser dela.
Enrico mirou na mulher e clicou uma vez.
Na mesa ao lado acabara de chegar uma mulher com dois filhos e um casal que pareciam ser seus pais. Sem um homem e sem aliança revelava que era separada.
Vestia uma esvoaçante blusa rosa, tinha cabelos entre os casta-

nhos e o dourado com ondas suaves até o meio das costas, lindos olhos grandes e negros, pele clara e um jeito muito malicioso de ser. Enrico, ao vê-la, ficou obcecado. Olhava-a sem parar.
Patrícia dançava e suava.
Enrico disfarçava e olhava para a moça.
Patrícia buscou a passista da escola de samba.
Enrico tirou uma foto focando, mais do que na esposa, nas pernas da bela mulata seminua.
Patrícia buscou o rapaz da cuíca.
Enrico acenou de longe.
Patrícia trouxe a porta bandeira.
Enrico olhou para a moça de rosa que sorriu para a festa languidamente.
Patrícia fez amizade com muita gente.
Enrico segurava a cabeça, entediado.
A moça de rosa passou perto.
Ele passou a mão no seu braço.
Ela olhou nos seus olhos e sorriu.
Enrico quase desmaiou. Se tivesse alguma coragem carregaria aquela mulher.
Patrícia bebia água no gargalo da garrafinha.
Enrico já acabara com toda a cerveja e já esfregava os olhos com sono.
Patrícia, entrando em desespero, ia rebolando de costas para Enrico até quase cair no seu colo.
Enrico olhava para a moça que parecia muito entretida com as bandas que se revezavam.
Patrícia não vira a moça.
Patrícia não entendia o que estava acontecendo. Pensou que o marido não tivesse mais hormônios. Ela tinha e os estava transpirando junto a litros e litros de suor.

❖

Fora a primeira e última tentativa. Patrícia não sabia como lidar com essas coisas.

❖

Ele deve ter morrido ou está em um hospital. Será que levou documentos e o número daqui de casa?

❖

— Cale a boca, Catarina, cale a boca!
— Mãe, mamãe, eles estão aqui! Disseram que eu tenho que morrer! Me salva, por favor!
— Medo você tem que ter de mim se não ficar quieta. Eu vou ajudar todos eles a te matar se você não calar essa maldita boca.
— Nãooooooooooooooo!
— Sua louca estúpida que só me dá problema! Toma o chá, toma!
— Tem veneno.
— Não tem, não. Eu mando eles embora se você tomar tudinho. Se não tomar eu saio daqui e mando eles te pegarem.
— Não faz isso, mamãe. Eu tomo tudo.

❖

Meu Pai do Céu, o que pode ter acontecido? Deve ter sido assassinado! Assaltado e assassinado! Deve estar jogado em um beco ou no necrotério sem identificação. Se ele não chegar até às quatro horas vou sair e começar a procurar.

❖

O líquido escuro derramado na taça era o final do segundo Merlot que Enrico trouxera. O sacador de rolhas já se aproximava da rolha do terceiro. Lauro e ele subiam nas mesas e sofás cobertos, as taças nas mãos, os livros nas outras mãos. A idade de um, a barriga do outro, o efeito do álcool faziam-nos cambalearem, gotas da bebida voavam para os ares.

❖

Está faltando uma mala aqui! Ele foi embora. Ele me abandonou. Meu Deus, pelo amor de Deus, não! Ele pegou o dinheiro e foi embora. Fugiu. O que vou fazer? Não. Não!

❖

— Enrico, é você?
— Sou eu – gritou um Enrico bêbado.
— Enrico, não esqueça. Amanhã será o almoço de família na casa da Clarisse.
— Não vou esquecer.
— Vamos tentar demonstrar que tudo vai bem.
— Sim, Patrícia, vamos.

Sábado

14:00

– Mas para que, Enrico? Você já está com a vida feita! Tudo bem que não é rico, mas o que você tem dá para viver sem preocupações. Para que entrar nessa fria, gastar dinheiro, ter horários, prestar contas? E ainda pior, lidar com o público?
– Felipe, acho inacreditável o que você está falando. Estou ouvindo algo assim: por que você não veste seu terno preto e deita na cama? Assim você já vai estar pronto para ir pro caixão. Eu tenho cinquenta e quatro anos. Sou absolutamente saudável. Tenho uma cabeça funcionando perfeitamente bem. Ela pode até ser limitada, mas funciona bem. Vou ficar dentro de casa esperando morrer? Sempre que eu me pego pensando que já não tenho tanto tempo para realizar coisas, penso que meu pai morreu aos oitenta e cinco anos e minha mãe aos oitenta e quatro. Portanto, se considerar o fator genético tenho, talvez, mais uns trinta anos de vida. Não é muito tempo para esperar a morte? Além disso, não se ouve o tempo todo que a inatividade do cérebro leva à sua degeneração?
– Você está de parabéns, mas eu não queria nada nem próximo de toda essa atividade. Prefiro ir nadar e jogar tênis no clube, encontrar amigos, jogar um poquerzinho de vez em quando...
– Aí está a beleza da vida! Cada um pensa de um jeito e sonha com coisas diferentes.

14:30

A fúria de Clarisse crescia a cada instante. Dado resolvera criar problemas. Clarisse não conseguia entender porque bem naquele dia. Todos já haviam chegado e encontravam-se devidamente servidos de bebidas. Uísque para os homens, *prosecco* para as mulheres, refrigerantes para as crianças. As copeiras transitavam com bandejas de prata servindo minúsculos e variados canapés feitos de combinações perfeitas à base de queijos, cogumelos, salmão e frutas secas.

Patrícia se aproximava pela quarta vez:

– Onde está seu filho? Deve estar acontecendo algo muito sério para ele não querer encontrar sua família!

– Ele já vem, Patrícia. Não se preocupe com o Dado. Tudo está perfeitamente bem.

Patrícia, com seu mais irônico sorriso, afastou-se, indo comentar algo próximo ao ouvido de Roberto, que imediatamente interrompeu sua conversa irritada com Luana para atender a mãe. Catarina idiotamente seguia Patrícia de um lado para o outro da sala.

Bia e Cami, sentadas no confortável sofá, trocavam idéias como se estivessem prestes a proferir seus discursos na Ágora.

Maria não desgrudava de Mel, fazendo as poses mais próximas às que as modelos poderiam fazer, em vários cenários do apartamento, enquanto Gustavo clicava sua moderníssima câmera digital incansavelmente. Sites de relacionamento aguardavam para expor sua família ao mundo. Lucas, em um canto do terraço, permanecia desde sua chegada entretido com mais uma das suas geringonças eletrônicas.

Clara e Carmem, alheias a tudo, olhavam com olhares perdidos para o nada, enquanto Marcelo tentava se enroscar nas pernas da mãe.

Tios e tias, primos e primas espalhavam-se por todos os cantos das salas tentando demonstrar familiaridade com um ambiente e um mundo que não lhes pertenciam.

Apenas Dado mantinha-se ausente.

Clarisse, puxando Felipe pelo braço, ordenou que fosse procurar o filho.

— Sim, senhora! Ou melhor, *Yes, sir*!

Se Clarisse fosse dada a violência física seria aquele o melhor momento para praticá-la. Aquele gordo estúpido do Enrico caiu na risada. Virando as costas, caminhou com passos duros em direção à copa. Melhor dar ordens às cozinheiras e copeiras do que perambular pela própria casa sentindo-se uma idiota.

14:45

— Mel, me dá umas dicas de umas baladas legais! Falei com meu pai e ele disse que arruma um jeito de eu entrar.

Mel, enjoada da perseguição da prima mais nova, disparou furiosamente:

— Olha aqui, Maria, eu vou te dar as dicas: a primeira é, vá para a escola e estude. Estude muito. Interesse-se por muitos temas e procure preencher seu minúsculo cérebro até ele ser obrigado a aumentar de tamanho. Segundo: aproveite sua juventude para acordar cedo e praticar esportes. Todos eles, sem restrição. Até os radicais. Aproveite o sol e o vento. Aprenda a se esforçar e a competir. Dance, toque um instrumento. Faça pintura e teatro. Vá a cinemas e a shows. Envolva-se com alguma entidade de proteção aos animais e à natureza.

— Mas que caretice! Não esperava isso de você.

— Pois é, por trás da prima dondoca tem uma pessoa que apenas deseja se conectar com o que há de melhor no planeta. Na sua idade, eu já possuía documento falsificado para entrar nas baladas. Fui a tantas, mas a tantas, que hoje, aos vinte anos, não vejo mais nenhuma graça. Tudo o que um adulto pode fazer eu já fazia aos quatorze anos. Tinha dinheiro à vontade para torrar fortunas nos shoppings da cidade. Viajava para o exterior como se estivesse indo para a praia. Virava as noites em festas, muitas vezes bebendo e incentivando todos a beberem também. Aos quinze anos, transei com um namoradinho que eu mal sabia o nome. No terceiro namoradinho engravidei e abortei. Sem qualquer culpa. Meus pais me apoiaram se é que aquilo é apoio. Aborto, sim, ajudar a criar o neto, jamais.

— Eu não sabia disso...

— Ninguém sabia. O pior é que não sinto culpa nem remorso. Depois do aborto, minha mãe me levou a uma ginecologista, que receitou anticoncepcionais e me liberou outra vez para a vida. Comecei a namorar um menino inadequado para os padrões familiares e caiu do céu uma passagem para um longo curso de inglês na Inglaterra. Por eu ser popular, os pais das minhas amigas faziam de conta que não viam que era uma péssima influência para as filhas. Aos dezessete anos, deprimi, aos dezoito anos, cansei de tudo. Aos dezenove, coloquei um sorriso na cara e continuei como se aquela vida fosse meu destino. E hoje, aos vinte anos, vou largar tudo, tudo o que me vincula àquele ridículo mundo, tão inexistente quanto os sonhos dos ridículos adolescentes que são encontrados em todas as esquinas.

— Nossa, Mel, que drama. Acho a vida que você leva tudo o que eu gostaria de ter!
— Está vendo como a garotada de hoje é ridícula?!

15:00

— Eu vou pra casa. Não vou ficar por aqui. Você viu? Sua mãe nem me cumprimentou!
— Não ligue para a mamãe. Ela está chocada com o rumo que as coisas estão tomando.
— O seu jeito de falar mamãe é de veado. Vê se vira homem, Roberto.
— Luana, se você ainda não percebeu, eu sou homem.
— Não é, não! Você pertence àquele gênero indefinido que se encontra aos montes. Não é homossexual, mas também não é hetero. É da classe dos que parecem umas fuinhas. São amarelos de ficar dentro dos escritórios, usam pastinha no cabelo, terninho todo engomadinho. Não transam com homens, mas também transam pouco com mulheres. Têm os gestos delicados, rescendem a perfumes caros, vivem passando creme nos corpinhos. São peritos em falar juridiquês, economiquês, financiariquês. Metade dos termos que usam é incompreensível, já que pertencem ao universo dos negócios americanos. Não olham de frente. A cabeça está sempre um pouco baixa. E, quando tocam em algo, parece a mão de uma mulher: suave, molenga. E ainda fria e ligeiramente umedecida.
— Pare com isso, Luana. Eu não sou assim!
— É, sim. Crescem grudados na mamãe, sentem como as mulheres, são suaves quanto às suas emoções.
— Homens não podem se emocionar?

— Claro que sim, desde que sejam homens e não uns seres hermafroditas como você.

15:15

— Bia, posso conversar com você?
— Mas é claro, tia!
— Vamos sentar ali no terraço?
— Bia, preciso da sua ajuda. Como advogada e amiga — disse Clara, puxando o cabelo para o lado e mostrando o horrível hematoma.
— Meu Deus, tia! Foi o tio Gustavo?
— Foi.
— É a primeira vez?
— Não, minha querida, não é. Isto já aconteceu dezenas de vezes.
— Mas por quê?
— Gustavo tem uma obsessão doentia por mim. Esta é a forma de ele demonstrar que sou sua propriedade.
— Mas por que você não se separou dele logo na primeira vez?
— Bia, minha querida, a vida não é tão simples assim! Tudo acaba prendendo. Os filhos, a insegurança, o medo. Mesmo nessas condições eu sempre me senti protegida.
— Mas sempre ouvi dizer que você é uma profissional brilhante. Você poderia dar conta sozinha da sua vida. Não, não! Me perdoe, tia. Estou simplificando uma coisa que deve estar sendo muito difícil para você. Além do mais, não tenho condições de julgar.
— Tenho pensado muito sobre por que aguentei. Em primeiro lugar, fiz uma tentativa de análise da trajetória

das mulheres frente à dor. Cheguei à triste conclusão que, se o desenvolvimento da mulher desde menina não for acompanhado de grande doçura, ela poderá acabar vinculando a feminilidade, o sexo e a reprodução à dor. Pense! Por quantos episódios de dor a mulher passa durante sua vida? O crescimento das mamas é dolorido. As cólicas menstruais são terrivelmente dolorosas e acontecem todos os meses, ano após ano. A primeira relação sexual pode equivaler a uma facada. Durante a gravidez, as costas doem, as pernas doem. Lá pelo oitavo mês, até a alma dói. A dor do parto natural é inexplicável. Os bicos dos peitos racham ao amamentar. Alimentar o filho torna-se um suplício. Enquanto isso, os pontos do parto estão lá, repuxando, ardendo, doendo. E se você pensar nas relações sexuais, a maior parte delas é acompanhada de alguma dor. Às vezes insignificante, às vezes bem significativa! O peso do corpo do homem pode ser demais para a mulher. Dependendo do grau de excitação ou de grosseria do homem, as mãos apertam locais delicados, eles raspam a barba por nosso rosto, forçam a esta ou aquela posição, às vezes totalmente incômoda ou dolorosa, querem variações e variações, sem pensar que não é sempre que estamos em condições de realizá-las. Até a desculpa da dor de cabeça vincula sexo a dor.

— Mas você acha que é assim para todas as mulheres?

— Claro que não! Existe uma casta de privilegiadas. Para começar, todo o processo de crescimento pode ser acompanhado de gentileza. Se todas aquelas fases complicadas da adolescência forem permeadas pelo conhecimento da maravilha do feminino, elas podem ser aceitas de outra forma, como uma manifestação da natureza que incumbiu a mulher da mais sagrada das missões. O conhecimento altera a condição. Deve ser algo cerebral, algum hormônio que vem em socorro, alterando a sensação do evento. A gentileza e paciência do homem na defloração, o amor ao ser que vai nascer como uma manifestação de Deus, a proximidade e o carinho do pai da criança e do marido podem transformar o parto em uma alegre comemoração da vida e não em um culto à dor.

– Mas se essas e outras condições não acontecerem – continuou Clara –, pode parecer natural o primeiro puxão de cabelo, o primeiro tapinha nas nádegas. E olhe que eu nem rejeito este tipo de prática e outras como instrumentos de prazer. Mas elas devem ser consentidas, combinadas. Se o que há é apenas resignação, vai parecer normal o homem dar uma reprimenda por qualquer coisa durante o sexo e depois a qualquer hora e a qualquer momento. Aos poucos, o homem pode ver na mulher a oportunidade de descarregar suas raivas e frustrações. E aí estou eu! Prisioneira e saco de pancadas! Por outro lado, eu acho que me acostumei a apanhar. – Clara falava como que para si mesma. – Fui espancada pelo meu pai desde que nasci. No momento que ele percebeu que eu me tornaria uma bela mulher negociável com algum homem rico, tomou muitos cuidados para não me deixar marcas. Batia, batia muito, mas sempre de forma que eu ficasse vermelha, roxa, mas sem machucados. Das quatro filhas, fui a que mais apanhou. Quando eu nasci, meu pai teve um colapso. Ele queria um filho homem e apareci eu, a quarta mulher. Ele me odiou desde o minuto que nasci.

– Tia, há algo que eu possa fazer?

– Sim, muito. Em primeiro lugar, preciso de um advogado. Não sei se esta é a sua área.

— Não, não é. Mas no escritório temos uma área especializada em direito de família. Os advogados são conscienciosos e experientes. Mas também podem ser duros e ágeis. Vou ter o maior prazer em apresentá-los a você e acompanhá-la nas decisões.

— Bia, eu não tenho dinheiro. O regime de casamento foi de separação total de bens e não consegui fazer qualquer poupança. — Clara torcia as mãos, angustiada. — Gustavo manipulou as coisas de forma a eu não ganhar e não ter reservas.

— Não se preocupe. Esta é uma condição conhecida para advogados especializados. Eles vão estipular uma porcentagem sobre o que você receber na separação.

— Mas se eu sou casada em separação de bens...

— As coisas não são bem assim. Na teoria você não tem direito a nada. Mas você abdicou da sua carreira e do seu negócio. Um especialista deve analisar a situação como um todo.

— Quando você acha que poderíamos iniciar os procedimentos?

Bia pensou por um momento.

— Na segunda-feira. Logo pela manhã converso com o pessoal do escritório e te ligo marcando hora. Daí eles assumem.

— Graças a Deus. Graças a Deus.

— Mas, tia, você disse que precisava de mais algo de mim...

— Sim, meu bem, preciso. De toda esta família você me parece a pessoa mais equilibrada. Gostaria de entender porque me sujeitei a tudo isso.

Bia receou magoar a tia, mas foi direta.

— Não sei se tenho condições para responder. Como você sabe, minha formação acadêmica foi no sentido oposto.

— Mas sei que você frequenta grupos de autoajuda que lhe transmitiram essa paz que você exala. Lembro que não foi sempre assim. Você foi uma criança e uma adolescente triste, acuada. E hoje você é uma mulher madura, linda e em paz.

— Na verdade, não são grupos de autoajuda. O grupo que Camilla e eu frequentamos tem como norte a espiritualidade. Cada um faz um poderoso trabalho sobre si.

— Você pode dizer algo que me auxilie a me entender?

— Olha, tia, o que eu posso te dizer é que quando uma criança nasce, ela está mergulhada num oceano paradisíaco. Ela mesma faz parte desse oceano. Logo em seguida, o bebê passa a sentir de forma instintiva, animal, que existe algo fora dele e que esse algo o alimenta e protege. Daí, além dos fatores genéticos, ele começa a receber carimbos da vida que o fazem iniciar seu caminho para fora do oceano – explicou Bia. — A sensação oceânica permanece no indivíduo por toda a vida, mas, a cada novo carimbo, vai ficando mais e mais esquecida, e os conteúdos nela carimbados vão ganhando espaço porque garantem a sobrevivência na sociedade na qual vivemos. Nossa vida faz exatamente isso... mata aos poucos nossa sensação essencial... Os momentos de alegria cristalizam nossa personalidade nestes pontos e bloqueiam a possibilidade da essência de compartilhá-los. Os de tristeza matam a essência tentando achar um meio de fugir da tristeza... Mas os elementos essenciais não morrem. Somos nós que morremos para eles. Se você recebeu carimbos de maus tratos isso impregnou sua personalidade e a faz repetir um padrão de submissão por toda a vida – Bia concluiu.

— Mas como se tiram esses carimbos? – indagou Clara.

15:32

— Você acha que tem cabimento estarmos aqui com nossos filhos convivendo com um marginal? – grunhiu Gustavo no ouvido de Clara.
Clara, aparentando segurança, retrucou:
— Para ser marginal ele tem que ser julgado e condenado. E não por nós. E, marginal ou não, esta é nossa família.
— Sua família. Na minha não tem nenhum assassino!

15:34

— Mãe, ele está nojento! Parece que não toma banho há um tempão. – foi a primeira fala de Catarina do dia.
— Não chegue perto dele. Deve estar com o cheiro dos outros presos.

15:36

— Pai, o que eu vou falar para as minhas amigas? Como vou dizer que meu primo matou duas pessoas?
— Maria, não se preocupe. Na segunda, eu vou levar você e seu irmão para a escola. E avisar a diretora que qualquer um que faça qualquer comentário vai se ver comigo. E que eu vou responsabilizar a escola criminalmente e por danos morais se vocês se sentirem atingidos.

– Os primeiros são tão primordiais que não podem ser retirados ou reprogramados. Uma atitude bem legal é dialogar com a sua essência e mostrar para ela as coisas que você for percebendo. Desta forma, vocês compartilharão experiências e sensações e estarão abrindo um caminho de amizade muito profundo. Converse com ela, ensine-a, e ela irá ensinar você.

– Não sei se poderei fazer isso sozinha. Tudo que você falou é absolutamente coerente, mas dificilmente digerível.

– Não se preocupe, minha tia. Vamos fazer assim. Primeiro vamos colocar as coisas do seu casamento em um caminho que lhe seja conveniente. Daí pode contar comigo para acompanhá-la em uma profunda busca interior.

15:30

– Lá vem o garotão!

– Dado, meu filho, venha se juntar aos seus primos! Todos estavam ansiosos para vê-lo!

– Nossa, José Eduardo, você está pálido! Ou melhor, cinza! – foi o comentário de Patrícia ao ver o sobrinho.

– Ele está muito cansado – atalhou Felipe.

– Por quê? Não tinha cama na cadeia?

Roberto não conseguiu conter-se.

– Não seja irônica, mãe!

– Não estou sendo irônica. Estou apenas perguntando se a cela dele era boa ou se jogaram ele no meio dos outros bandidos.

Clarisse procurou demonstrar dignidade.

– Ele foi muito bem tratado, com toda deferência, como um menino do nível dele deve ser tratado.

15:38

Dado desabou em um sofá na mira dos olhares de toda a família. Marcelo foi o único a se enroscar no primo.
— Você está triste?
— Saia já daí. Vem, moleque.
Lucas pegou Marcelo pelo braço e o arrastou para longe do primo.

15:40

— Pessoal, o almoço está servido. Vamos todos à mesa.

16:00

— Mamãe, você está bem? — uma Camilla preocupada aproximou-se de Carmem.
— Minha filha, eu que pergunto, dá para ficar bem neste ambiente?
— Na verdade, acho que não dá! Admiro muito você por ter sobrevivido por toda a sua vida a isto.
— O que minha prima predileta e minha tia querida estão mexericando? — intrometeu-se Bia.
— Estamos comentando sobre a salubridade do local!
— Dá pra ter morte instantânea por infecção, só de respirar este ar!
— Minhas queridas meninas, ouçam. Procurem outro caminho para vocês. Não se deixem arrebatar pela ilusão de que isto é uma família e vocês precisam dela para viver.

— Não se preocupe tia, sabemos que não são os laços sanguíneos que unem as pessoas. Por outro lado, a existência desta família nos deu a oportunidade de estarmos tão próximas, e isto será mantido independentemente dos rumos que os outros tomarem. Somos irmãs de alma e esse laço não se desfará jamais.

— Mãe, nós duas conversamos muito e queremos você conosco.

— Meu amor, a mamãe não tem condições de empreender nenhuma nova caminhada. Basta a jornada diária.

— Não aceito esta resignação. — Camilla mostrava-se determinada. — Você ainda tem tudo a fazer. Quarenta e poucos anos é apenas a metade de uma vida.

— Será? Será?

— Claro que sim. Você é livre para dar o destino que quiser aos seus próprios quarenta ou cinquenta anos. O que você precisa, urgentemente, é de trato, é de cuidados. E você tem a mim que amo você!

— E a mim! — bradou Bia.

— E a culinária! Você é uma *chef* sem nunca ter se preocupado em ser. Está em você, nasceu com você, é sua forma de ser essencial.

— Tia, se você nos deixar participar um pouquinho da sua vida tenho certeza de que tudo ficará melhor, muito melhor.

— Vamos ver, vamos ver.

16:10

— Seu filho da mãe miserável, o que você fez com o meu dinheiro?

— Para começar, não é seu dinheiro. É nosso dinheiro.

— Você arrumou uma amante, não foi? E só pagando muito caro ela concorda em aguentar você.

— Que prazer mórbido você sente em me humilhar, Patrícia!

— Eu não estou humilhando! Eu estou dizendo a verdade!

— Como sua verdade é mórbida!

— Pare com esse jogo e fale logo da sua amante!

— Por que você sempre pensa no que seria o pior? Por que você não pensa que eu posso estar doente, fazendo um tratamento caríssimo?

— Pela sua cara de bobo alegre.

— Ah, sim, agora compreendi. A sua infelicidade não tolera a minha felicidade. Deve ser difícil viver com alguém que, com você ou sem você, mantém os mesmos interesses e paixões. Deve ser difícil não conseguir dominar meu pensamento e minha emoção. Mas isso, Patrícia, você não conseguirá jamais.

— Todo este falatório é para esconder sua amante!

— Como diria Sartre: *"odeio vítimas que respeitam seu carrasco"*. Pense o que quiser. Morda-se de raiva. Estrebuche até o último suspiro. Vou gostar de ver você enlouquecer sem saber o que fiz ou estou fazendo com o nosso precioso dinheiro.

16:20

— Clarisse! Clarisse! — gritou um Felipe alcoolizado.

— Tenho cara de cachorro para você ficar me chamando assim?

Já às gargalhadas, Felipe rebateu:

— É para falar a verdade ou você prefere uma mentirinha básica?

— Você está bêbado!

— Claro que estou! É um tributo a você, que fez a gentileza de colocar uísque 18 anos em um almoço informal de família.

— Felipe, se você está reclamando, simplesmente pare de beber. Deve ter alguma pinguinha escondida nas suas coisas antigas, daquele tempo que uma boa pinga era tudo o que você podia ter.

— Boa idéia, Clarisse! Combina mais com este ambiente do que este ridículo uísque que você colocou para se mostrar.

— Então, vá! Vá para o buraco existencial de onde você veio.

— Buraco existencial é este aqui. O buraco de onde vim cheirava lavanda. Este tem cheiro de esgoto.

— Seu maldito aproveitador! Pelo menos fale baixo, não faça escândalo!

16:30

— Por quê? — Felipe pôs-se a gritar, descarregando uma raiva que parecia represada há décadas. — Por que, se a nossa não passa de uma casa de tolerância onde todos nós, inclusive você, estamos prostituídos. Você ganha e gasta rios de dinheiro e compra meu silêncio e a aliança no seu dedo. Eu sei dos seus casos, mas fico quieto: onde iria arrumar uma vida tão boa? Eu não quero lutar por nada. Então deixo que você lute.

— Eu sabia que era tudo uma grande farsa... — Patrícia sorria com ironia.

— E sua vida é o quê, sua ridícula invejosa? — A fúria de Clarisse voltou-se imediatamente contra a irmã mais velha.

— Bem diferente, disto estou certa. Não tenho nenhum filho assassino.

— Hoje eu quebro você, Patrícia.

— Vem, Clarisse, vem tentar. Bem feito que seu mundo está desmoronando. Você teve de tudo: estudou, foi para a faculdade, trabalhou, conseguiu seu dinheiro, escolheu seu marido. Não quis saber o que acontecia comigo. Estou adorando ver você despencar.

— Eu jamais vou despencar, Patrícia, porque mesmo que tudo despenque ao meu redor, tudo o que conquistei é meu, só meu! Meu diploma, meus títulos, meus cargos, meu dinheiro.

Felipe aproveitou a deixa.

— Aí está todo o seu problema, Clarisse. Para você existe apenas o "eu", não existe o nós.

Gustavo, meio embriagado e querendo ver a destruição daquela família, revelou:

— E tem a amante também! Aliás, não uma amante, mas sim uma família, aquela que eu conheci.

— O que você está falando? — uma Clarisse descontrolada gritou.

— Pois é — completou Gustavo, orgulhoso da própria posição —, seu submisso maridinho tem outra mulher e dois filhos pequenos e se desmilingue de amores por eles!

— Felipe, isto é verdade?

— Quer saber? É, é verdade, sim, Clarisse. Meus filhos têm oito e cinco anos e são crianças maravilhosas. Um dia herdarão parte de tudo que você trabalha tanto para ter.

— Seu canalha aproveitador.
— É por isso que vivemos bem, meu amor. Somos iguais.

Melissa, achando que pior não ficaria, anunciou:

— Já que estamos neste pé, quero aproveitar para informar que acabei de largar a faculdade. O tipo de vida que levo não me interessa mais.

Clarisse exasperou-se.

— Mas que hora inoportuna para falar disso!

— Não é tão inoportuna assim. Na segunda-feira estou saindo de casa porque vou trabalhar como voluntária em um programa de educação para comunidades carentes em outros estados do país.

— O quê? Você está louca? Largar a vida que você tem...

— Eu não tenho vida, mãe. Eu sou um estereótipo de tudo o que eu não pretendo continuar sendo.

— Mais uma filha que desgarra. — Patrícia estava em delírio.

— Ei, pessoal calma aí! — Falou um Enrico conciliador. Hoje é dia de festa. Vamos tentar ficar em paz!

— É só o que você pensa! Ficar em paz. Ao invés de tentar se transformar em alguma coisa útil.

Bia não pôde se conter.

— Chega mãe, chega de falar assim com o papai!

— Clara, vamos para casa. Isto não é ambiente para crianças!

— Ah, Gustavo, seu ridículo prepotente! — vingou-se Felipe. — E onde é ambiente para as suas preciosas crianças? No meio daqueles arrogantes mimados? Devem estar hoje contando os tostões que sobraram de sua volúpia financeira, todos pensando em suicídio.

— Melhor do que neste meio grosseiro e mal educado.

Patrícia, tentando insinuar-se para Gustavo, assentiu.

— Gustavo, você tem razão. Este não é um bom ambiente para educar crianças.

Gustavo não encarava a cunhada com os mesmos bons olhos.

— E quem é você para julgar o que eu falo? Você não passa de uma morta em vida decrépita!

— Oh, bonitão, respeite a minha mulher.

— Isso não é mulher. — destilou Gustavo. — É uma serpente. E você, um idiota que se deixa mandar por ela.

— Cale a sua boca, Gustavo! Antes de se dirigir aos outros olhe para você mesmo, que não passa de um resto de lixo.

Fez-se total silêncio. Clara, com os olhos muito arregalados, o rosto branco, levantou-se de um pulo e dirigiu-se a Gustavo com o corpo rígido, as mãos fechadas, os braços esticados ao longo do corpo.

— Quem é você para falar de qualquer um nesta sala quando você não passa de um louco, um psicopata mimado e arrogante? Quem é você para formar juízos de valor se é o mais imprestável dos seres humanos?

— Cale a boca, senão...

— Senão o quê? Você vai me espancar, me bater, como faz escondido no nosso quarto? Quero ver você ser homem de fazer tudo isso com tantas testemunhas. Quero ver você se expor e se sujeitar a ir parar numa delegacia! E olhe aqui, ainda tenho as últimas marcas! — disse puxando o cabelo para trás. — Se você não calar a boca vou por minha conta dar parte de você!

— Mamãe, mamãe! — berrava Marcelo em desespero.

— Ficou valente no meio desta corja? Só aqui, não é? Queria ver você se comportar desta forma se estivéssemos sozinhos... — a expressão de Gustavo era ameaçado-

ra. – E mande esta ridícula criança que você diz ser meu filho calar a boca.
– Ele é só meu filho. A partir de hoje ele é apenas meu filho, não tem pai. Tenho certeza de que vai ser muito mais feliz assim!

16:40

– Mãe, mamãezinha! É ele que me persegue. É este homem que me persegue! Não deixa ele perto de mim! Pelo amor de Deus, pelo amor de Deus.
– Cale a boca, Catarina.
– Não! Ele vai me matar!

16:45

– Mas que cena mais bizarra! E eu que sou chamada de louca!

16:47

– Se não ficar quieta eu mesma te mato!
– Patrícia, a menina está doente. – Enrico enlaçou a filha. – Deixe-a em paz!
– Doente? Doente estou eu, que tenho que ficar limpando a sujeira que ela faz. E tudo por sua culpa, por sua exclusiva culpa! Queria que uma vez você recolhesse este ser que temos em casa do meio do lixo como eu tenho que fazer sempre.

— Não, Patrícia, eu não tenho culpa nenhuma. Aliás, tenho sim. Minha culpa é a omissão. Omissão de não querer ver que ela sempre teve algum distúrbio e que este distúrbio nada tinha a ver com o problema do nascimento. E que você, para não assumir que tinha uma filha doente, preferiu jogar toda a culpa em mim, e o trabalho com ela, nas suas costas. Assim não mostrava para o mundo que tinha uma filha defeituosa.

— Você sempre foi um inútil, Enrico, nunca passou de um inútil. Minha filha tem problemas por sua culpa, não por qualquer outro motivo.

— Fui um inútil, sim, mas este tempo acabou. O tempo da sua ditadura acabou!

Roberto, com a voz trêmula, conseguiu balbuciar algumas palavras.

— Pai, não precisa ser assim tão duro com a mamãe... Ela pensa sempre no melhor para nós...

— Mas não é você que precisa da minha ajuda para limpar a barra com sua mãe? Que quer largar a advocacia e o casamento?

— O casamento ele não precisa largar porque eu estou saindo fora. — Luana pegou a bolsa e dirigiu-se para a porta. — Chega, chega de tolerar esse fiasco...

— Ainda bem, sua piranha. Meu filho merece mulher bem melhor que você! E ele não vai largar a advocacia. Não vai, não!

— Não vai? — falou um Enrico um tanto incrédulo.

Roberto calou-se.

— Patrícia, vou fazer o que pode existir de pior para você: vou continuar em casa. — A voz de Enrico era firme. — Vou estar por lá para colocar você e esta família em um caminho de alguma consistência. O que tem faltado na nossa vida é justamente isso: consistência. Minha, sua e dos nossos filhos. Daí pode resultar uma família.

17:00

— Tem algum jeito de cancelar o *habeas corpus*?

Final de tarde

Durante o curto percurso de retorno, Clara, Gustavo e as crianças mantiveram-se em absoluto silêncio. Quando chegaram, as crianças foram juntas para a sala de jogos nos fundos do jardim e Clara, para seu quarto. Apenas Gustavo circulou pela casa.

Noite

Algumas horas depois, um Gustavo bêbado entrou em seu quarto e olhou para Clara, que lia em sua cama.
— Agora, queridinha, vamos ver quem é resto de lixo.

DOMINGO

Dominion

Pela manhã, Gustavo sentia-se saciado e revigorado. Clara dormia profundamente. Durante o desjejum divertiu-se com as crianças. Até Marcelo teve sua atenção. Fez brincadeiras, contou histórias. Ao final da refeição, disse aos filhos que estava feliz porque mamãe tinha desistido da separação. Ela queria ficar livre da família para poder dedicar-se ao trabalho, viajar e passear.

Os filhos se assustaram. Papai explicou que tudo estava resolvido e esperava que a mamãe nunca mais tivesse aquelas idéias e, para provar o quanto estava feliz, iriam sair os quatro juntos e comprar um monte de coisas novas.

❖

Enrico moveu-se com imensa dificuldade. Por vezes, a grande barriga representava um problema de dimensões elefantinas. Se Patrícia quisera castigá-lo havia sido muito bem sucedida. Acomodar-se no sofá era um suplício digno das piores torturas. O sofá era curto demais para que conseguisse se esticar. Era estreito demais para comportar a sua barriga sem que um pedaço ficasse para fora. Ficar de barriga para cima com os pés por sobre o braço do sofá equivalia a suportar o peso que sentiria uma mulher grávida aos vinte e quatro meses de gestação: o diafragma era pressionado, faltava ar, a bexiga ficava amassada. A vontade de urinar era tão torturante quanto a dificuldade de levantar para ir ao banheiro.

Quase despencou para sair do sofá. Com a bexiga vazia foi à cozinha e escolheu a maior das maçãs. Sua boca tinha um gosto amargo, resultado do álcool que ingerira no dia anterior. Aliás, bebera várias vezes durante a semana o que era totalmente incomum, já que seu único vicio era a comida.

Sentou-se novamente no sofá e mordeu uma, duas, três vezes a maçã com gosto.

Foi quando ouviu o pedido de socorro. Não parecia um grito humano, mas um uivo desesperado de um animal mortalmente ferido.

Não percebeu que o grito viera de sua própria casa até que ele se repetiu.

Enrico largou a maçã e com uma agilidade incomum correu na direção do som.

Esbarrou em Patrícia na entrada do quarto da filha. O casal mal se olhou. Escancaram a porta e deram com Beatriz tentando segurar a irmã que se debatia, chorando como se estivesse possuída por um demônio. Apesar de Bia ser maior e mais forte que Catarina não estava sendo capaz de segurá-la.

Patrícia gritou o nome de Cati várias vezes também tentando segurá-la, mas a cena de terror não se modificava.

Enrico sentou-se perto da filha e chamou com doçura.

– Catarina, minha filha, papai está aqui, não tenha medo. Vou proteger você.

Cati, com os olhos nublados, mirou o pai e agarrou-se a ele.

– Todos me acharam. Eles vão me matar. Eles vão me torturar.

– Para que isso aconteça eles terão que matar a mim

primeiro. Enquanto seu pai estiver aqui ninguém vai colocar um dedinho em você.
— Você promete?
— Eu prometo. Por tudo o que há de mais sagrado eu prometo. Você quer comer alguma coisa? O mingauzinho que a mamãe prepara?
Como uma criança pequena Catarina, fez que sim com um gesto de cabeça. Enrico sinalizou e Patrícia foi sem demora para a cozinha.
Enrico e Bia ficaram sentados ao lado da cama de Cati. A respiração da garota acalmava-se e acelerava-se de tempos em tempos. O pai dizia palavras protetoras que a faziam relaxar.
Cati comeu apenas algumas colheradas do mingau. Semideitada, segurava as mãos do pai e da mãe.
Não muito depois Roberto chegou. Em silêncio, entrou no quarto da irmã e sentou-se ao lado de Bia.
Combinaram de revezarem-se para comer e tomar banho. Enrico foi o primeiro e em menos de dez minutos estava de volta banhado e com um grande sanduíche de presunto e queijo nas mãos. Muito tempo se passou com a família dessa forma reunida. Por fim Catarina adormeceu.

❖

Por volta das onze horas, o telefone tocou. Bia correu para atendê-lo.
— Bia, Bia?
— Quem é?
Uma meia voz do outro lado da linha respondeu:
— Clara. Sou eu, Clara.
E o telefone emudeceu.

Bia disse aos pais que acreditava que algo terrível acontecera com a tia e iria pessoalmente socorrê-la. No caminho telefonou seguidamente para a casa de Clara até que uma mulher atendeu.

— Quem é?

— Beatriz, a sobrinha de Clara. Quero saber da minha tia. Estou a caminho daí.

— Moça, vem logo. Acho que ela vai morrer!

Beatriz ligou imediatamente para o Resgate do Corpo de Bombeiros. Sabia que sua tia estaria em ótimas mãos.

❖

Camilla insistiu, mas Carmem não se animou em sair para um passeio. Concordava que o dia estava lindo, mas preferia ficar descansando e assistindo televisão. Precisava trabalhar no dia seguinte e, para sentir-se bem, nada melhor do que um bom dia de repouso.

Deitou-se atravessada em sua cama já há dias desarrumada, enrolou-se no edredom, ligou a televisão e por lá ficou.

❖

— Acho que você está certa. Deve ir para longe o mais rápido que puder.

— Você consegue entender o que aconteceu com a gente?

— Não, Mel, não consigo. Apenas estávamos vivendo como sempre vivemos e, de repente, bum! Virou essa zoeira. Você acha que o papai e a mamãe vão se separar?

— Seria o certo. Mas ouço sempre na casa das minhas

amigas que gente como eles não se separa. Dá muito prejuízo.

– Você está falando de dinheiro?

– É, Dado, dinheiro. Mamãe teria que dividir as coisas que ela comprou com o papai e talvez até pagar pensão. Por causa da grana preferem se tolerar pelo resto da vida.

– Você não acha isso horrível?

– Pois é, quem não tem muito a dividir separa mais fácil. Mas muita gente não separa pensando nos filhos, no medo da solidão. Aí os filhos crescem e vão embora e fica o casal, um olhando pra cara do outro, esperando que os netos apareçam para visitar. Um dia, o casal descobre que preferiu o comodismo, não batalhar por outra chance na vida.

– Tem pais de amigos meus que vivem assim. Um monte. As casas não têm barulho, os velhos dormem em quartos separados, a sala de televisão fica vazia, cada um assiste no seu quarto. Não se odeiam, não se amam. Não sentem nada, não falam nada. Aparecem juntos em festas, em jantares, mas é como ir com um conhecido.

– Deus me livre viver sem emoção...

– Acho que não vai rolar comida nesta casa.

– Vou pegar alguma coisa pra gente comer.

Melissa saltou da cama de Dado e, sem fazer barulho, foi assaltar a geladeira.

❖

No Shopping, Gustavo soltou os filhos mais velhos sugerindo que não poupassem gastos: queria vê-los tão felizes quanto se sentia. Acompanhou Marcelo a uma grande loja e adquiriu todos os brinquedos próprios para a idade do filho sem considerar os comentários do menino que tentava apontar os que já possuía.

Além do motorista, foram necessários dois carregadores para lotar o carro que fez uma viagem até a casa da família apenas para transportar as compras.

Empanturraram-se de sanduíches, refrigerantes, doces e sorvetes.

Em seguida, para provar o quanto papai amava mamãe, vasculharam várias lojas onde compraram vestidos, calças, blusas, camisolas, bijuterias, bolsas e sapatos para Clara. E, para finalizar, na mais cara joalheria, Gustavo comprou um lindo anel de esmeraldas cravejado de diamantes explicando que seria como uma nova aliança de casamento.

❖

— Entorse na articulação do ombro esquerdo, hematomas por todo o corpo, lacerações no abdômen e nas costas, escoriações por todo lado, tímpano perfurado... Nem sei relacionar tudo o que os médicos me disseram. Ai, Cami, é terrível! Ele a estuprou um monte de vezes!

— Bia, isso é pavoroso!

— Olha, Cami, temos que ser gratas por fraturas mais graves e hemorragias internas terem sido descartadas, apesar de ela ter que ficar em observação por mais vinte e quatro horas.

— Não entendo. Se ela corria este risco, por que voltou para casa com o tio Gustavo?

— Parece que essa é uma tendência das mulheres. Você não ouve falar de episódios repetidos e que as mulheres pedem ajuda apenas quando estão no limite? E que ficam justificando marcas no corpo para não revelarem a realidade do que se passa nas próprias casas? Isso acontece em todas as classes sociais. É geral, no Brasil e no resto do mundo.

— Ela está muito deformada?

— Não. Tio Gustavo preservou o rosto da tia Clara. Não sei se para tentar esconder ou por amor à beleza da mulher.

— Bia, não vou poder estar com você. Minha mãe está muito mal.

— Fique com ela! Fique de olho, tome conta dela. Ela precisa de tanta atenção quanto tia Clara. Não conte nada para sua mãe. Também não conte para a minha e para a tia Clarisse. Tia Clara implorou para ficar entre nós.

— O que vai acontecer com tio Gustavo?

— As coisas funcionam interligadas. A polícia está atrás dele. Vai ser preso em flagrante.

❖

Pela décima vez naquele dia, Camilla entrou no quarto da mãe. Pensou em arrumar um pouco o quarto, mas achou que não era ocasião para muito movimento. Carmem dormia toda enrolada no edredom. Pela décima vez, chorou ao ver o triste estado da mãe.

❖

— Meu sogro, tenho medo pelas crianças, mas acho que Gustavo seria incapaz de lhes fazer qualquer mal.

— Clara, não se preocupe com as crianças — disse seu sogro com voz bondosa. — Glória está a caminho da sua casa para buscá-las. Ficarão conosco até que você esteja recuperada. E para não corrermos riscos, falamos com

Gustavo e com elas, e temos dois homens monitorando a todos. Seus filhos estão protegidos.

— Eu preciso sair daqui! Amanhã tenho entrevista com uma psicóloga para avaliar Marcelo!

— As coisas não vão ficar piores se a entrevista for adiada por dois ou três dias. Você precisa se recuperar e isto vai exigir repouso.

— Mas o que vai acontecer com Gustavo?

— Tão logo ele retorne à sua casa será preso. A polícia está à espera dele.

— Ele é doente. Não pode ser preso. Precisa de cuidados.

— Veremos isso depois. No momento, precisamos preservar sua segurança e a dos seus filhos.

❖

Catarina acordou no final da tarde.

Não parecia a mesma pessoa que tivera aquela terrível crise pela manhã. Estava calma, mas parecia muito fraca.

Enrico sugeriu a Patrícia que acompanhasse Catarina enquanto tomava um banho.

Pediu pizza para todos. Queijo para as mulheres, calabresa para os homens.

Ele e Roberto arrumaram a mesa enquanto Patrícia ajeitava o quarto da filha.

❖

— Tudo minha culpa. Tudo minha culpa.

— Não foi sua culpa, Fábio. Isto aconteceria de qualquer forma. Você foi decisivo porque, graças a você, tive

coragem de iniciar minha rebelião. E por isso vou ser eternamente grata. Como você soube?
— Sua sobrinha avisou as proprietárias do seu escritório, que ligaram imediatamente para mim.
— Alcoviteiras! Todas elas. Alcoviteiras. — E sorriu, sentindo todos os milímetros do corpo doerem.
— Quero conversar com você sobre o nosso futuro.
— Ficará para mais tarde, Fábio, ficará para mais tarde.
— Mais tarde quando?
— Quando eu for alguém.
— Mas você é alguém. Você é a Clara que eu amo.
— Eu preciso ser a Clara que eu amo. Não posso continuar sendo a Clara das outras pessoas.
— Você me considera apenas uma outra pessoa?
— Entenda, meu amor. Antes de eu saber quem sou, eu não sei se você ama a Clara real. Criei dia após dia durante toda a minha vida um número infinito de Claras. Cada uma reagia ao evento do momento. Todas essas Claras foram moldando uma personalidade que pouco ou nada tem a ver com a Clara real. Não posso ficar sem a proteção desta personalidade, mas também não posso continuar inteiramente afastada do meu ser essencial.
— O que você fala faz sentido, mas parece algo muito distante. No que a proximidade comigo poderia atrapalhar sua busca?
— Você não atrapalharia. Eu não me permitiria. Você estaria com alguém que simplesmente está dando uma triste continuidade à própria história. A coisa soaria mais ou menos assim: graças ao Fábio, consegui me libertar do Gustavo. Quase não sei nada de filosofia, mas se Clara pertence a Gustavo e se Fábio rouba Clara de Gustavo, então Clara pertence a Fábio.

— Você coloca as coisas de uma forma muito difícil. Eu não quero ser seu dono, nem de ninguém.
— Exatamente por isso seremos felizes juntos. Isso se você ainda me amar depois do que está por vir.
— Pode ter certeza que sim.
— Também acredito, mas eu mereço ter o direito de lutar minha própria guerra sozinha.
— Por outro lado, a boa estratégia de guerra é ter bons aliados.
— Isso eu sei que tenho. Sei também que se eu precisar de reforços, eles estarão de prontidão, mas, antes de eu chamar os reforços, tenho que ter perdido muitas batalhas.
— Então o que você vai fazer a partir de agora?
— A primeira coisa é procurar um bom advogado que garanta que eu possa ficar fora de casa sem ser acusada de abandono de lar. Isso me parece mais fácil e rápido do que tentar tirar o Gustavo de lá. Preciso de um valor qualquer, rapidamente, a título de pensão alimentícia, para tirar meus filhos de lá também, ou uma ordem judicial para que o Gustavo saia e eu retorne. Em nenhuma hipótese vou concordar que ele fique com as crianças.
— Posso ajudar você financeiramente... como um empréstimo.
— Não, meu amor, obrigada. Caso tudo demore, pedirei ao meu sogro o dinheiro. É ele o proprietário de tudo. Tenho certeza que ele ficará ao meu lado e adiantará o que for necessário. Quando tudo estiver legalizado devolverei cada centavo a ele. Modificarei imediatamente todo meu sistema de trabalho. Trabalharei horário integral, assumindo todas as minhas atribuições. Com o valor que estou recebendo pelo acompanhamento da obra de sua sobrinha negociarei a parte da sociedade que era mi-

nha. Não será possível voltar ao que era antes, mas já terei uma posição bem melhor. E, se com meu trabalho fiz um empreendimento que deu tão certo, com meu trabalho posso fazer eu mesma dar certo.

— Pretendo mudar o mais breve possível para uma casa menor e menos pretensiosa. Com menos empregados e requintes. Ter uma vida mais normal e mais prática. Meus filhos vão saber que as coisas mudaram, que devem respeitar o pai, mas entender que ele é doente e precisa de cuidados e que construiremos uma vida nova e diferente.

— Eu ficaria tranquilo e esperaria em paz se você não tivesse que enfrentar tantas coisas sozinha. Se você tivesse pais, se seus filhos fossem crescidos, se pudesse contar com suas irmãs.

— Não existe *se*. A vida seria muito mais simples se as pessoas entendessem que não existe *se*. Ou é ou não é. Ou você faz ou não faz, ou consegue ou não consegue, ou concorda ou não concorda. Finalmente tenho a minha oportunidade de agir assim. E vou conseguir porque quero conseguir.

— Clara, eu gostaria de tentar adiar minha viagem. Não sei se conseguiria porque os meus compromissos estão marcados há tempos e executivos de várias partes do mundo estão neste momento a caminho de Londres para as reuniões. Mas preferia estar aqui ao seu lado para apoiá-la. Você concordaria com isso?

— Não, meu amor. Prefiro que você vá. Eu prometo que você ficará agradavelmente surpreso quando voltar.

❖

Sentados no final da tarde com mais uma generosa rodada de sorvetes, Gustavo sugeriu aos filhos que conversassem com a mamãe dizendo que deveriam ficar juntos para sempre e que se ela assim não quisesse, que prefeririam ficar com o papai, mesmo porque Clara não teria muito tempo para cuidar deles já que a nova vida que tanto desejava a tiraria de casa todo o tempo.

❖

Tão logo sentiu que tudo estava bem com Clara, Bia foi direto para casa.

Respirou fundo ao desligar a ignição do seu carro. Dentro de casa poderia encontrar brigas, acusações ou indiferença. Poderia encontrar uma mãe excitada ou uma que reclamava de qualquer coisa. Existiam tantas possibilidades, sua mãe era tantas Patrícias que seria impossível imaginar o que aconteceria nos próximos trinta minutos. O primeiro contato era sempre o mais crítico.

Bia apagou todas as luzes do seu carro, fechou os olhos, respirou fundo algumas vezes, concentrou-se em continuar respirando conscientemente. Dez minutos se passaram antes que entrasse em casa e visse uma cena inusitada.

Seu pai, sentado no sofá da sala de estar, ouvia Francis Hime em um volume atordoante. Catarina estava deitada com a cabeça apoiada nas pernas do pai, enquanto ele lhe afagava os cabelos. Patrícia, sentada na grande poltrona cor de terra, com as pernas dobradas de lado embaixo do corpo, estudava atentamente instruções para modelagem de *biscuit*. Roberto não se desconcentrava um instante do laptop apoiado na mesa redonda do canto.

E o mais inusitado: dava para sentir que estavam em paz.

– Bia, minha filha, que bom que você chegou. Seja um delicioso *petit gateau*. Telefone para sua tia Clarisse e peça que marque consultas para Catarina e para Roberto. Diga que eles vão na frente e nós vamos em seguida. Pra botar as coisas em ordem por aqui, precisamos de uma boa junta médica. Ah, e diga a ela que temos pressa!

❖

– Papai, fale comigo! Não fique aí me olhando dessa forma. Fale comigo.

Gustavo e o pai estavam sentados um de frente para o outro. Uma mesa quadrada de madeira estava entre eles. O delegado concedera o especial favor de deixá-los conversar a sós.

– Não aguento este silêncio. O senhor tem que falar comigo ao menos uma vez. Espero para falarmos desde o meu nascimento.

O pai, sentado com as mãos cruzadas por sobre a mesa, manteve o silêncio.

– Pai, entenda, eu não fiz nada. É tudo mentira da Clara. Eu não a espanquei. Ela deve ter sido machucada por aquele namorado grandalhão. Ele tem jeito de ser violento. Viu o que ele quase fez comigo? Seria eu a estar no hospital. O senhor sabe o quanto gosto de Clara. O senhor acha que eu seria capaz de qualquer gesto contra ela, contra a mãe dos meus filhos? Pai, por favor me responda! O senhor acha que eu seria capaz?

O pai, imóvel, observava.

– O senhor não acredita em mim, não é? O senhor jamais gostou de mim. O senhor sempre me achou um fraco, um incapaz. Tenho certeza que gostaria que eu tivesse morrido ao nascer. Minha mãe sempre me tratou mal, muito mal. Sempre me bateu, sempre me viu como um produto triste. E o senhor não fez nada. Apenas se unia a ela para em uníssono me criticarem. Por que o senhor não se interpôs entre mamãe e eu e não me ajudou? O senhor pensa que eu desconto na Clara? Não, não faria isso. Hoje eu sou um homem e homens não ficam remoendo as mágoas da infância. Clara não tem nada a ver com os problemas da nossa família. E como poderia ter? Nós temos berço e ela, não. Ela não seria nada se não fosse por mim. O pai a vendeu para mim e eu a comprei. Ela é minha, só minha. Paguei pela propriedade. O preço foi barato: uma casa. Era o que ela valia antes de eu transformá-la.

O pai continuava em silêncio.

– Estou vendo na sua expressão ironia. O senhor não acredita em mim, papai? Deveria confiar no seu filho. Prefere a nora? Saiba que eu a recolhi da rua. Ela ficava se exibindo no meio daquele monte de homens que trabalham em obras. Ela não prestava. Eu a coloquei em casa e a salvei. O senhor entende? Salvei. Se não fosse por mim, ela estaria até hoje se mostrando para qualquer um. E ela continua a ser aquela vadia! Por mais que eu cuide, ela consegue me escapar. Não é que arrumou um amante? E que tipo, hein? O senhor viu, pai, ele invadiu o nosso escritório. Ele é perigoso. Deve estar atrás dos meus filhos. Quase matou a Clara e agora deve querer acabar com as crianças!

O pai permanecia mudo.

– Papai, sua nora não presta. Você não devia estar preocupado com ela. Se o senhor parar para pensar, ela

bem que merecia o que aconteceu. Sabe que ela me chamou de lixo na frente daquela família horrorosa? Tem até marginal. O garoto da irmã matou dois. Vai ser preso. Não é gente do nosso nível. E ela foi me desafiar na frente deles! Ah, eu não podia suportar. O senhor não sabe o que senti. Meus filhos estavam lá, todos olhavam. Ela gritou comigo, papai. O senhor acha que uma mulher pode gritar com o marido? Não pode, não. Mulher tem que saber qual é o seu lugar. Vadia, sem vergonha. Tudo porque tinha arrumado um homem novo. Se não fosse por ele, ela não teria coragem. Ah, não teria. Eu garanto que não teria. Papai, eu imploro, chame um advogado. O senhor não pode ficar aí sem dizer palavra e não tomar uma atitude. O senhor tem tanto dinheiro. Peça para o pessoal daqui da delegacia para me soltar. Tenho certeza que eles gostarão de colaborar. Diga alguma coisa, papai! Diga!
(Nada.)
— Papai, pelo amor de Deus. Os outros presos vão me bater. Posso até ser estuprado. O senhor não quer que uma coisa dessas aconteça com seu filho!
— Pai, o senhor tem que me tirar daqui. A imprensa está começando a chegar. Daqui a pouco vou aparecer em todos os noticiários. Isto vai ser muito prejudicial para as empresas.
(Nada.)
— Papai, não vá embora. Não me deixe aqui. Pai, volte. Fica comigo. Eu tenho medo. Não me abandone. Por favor, pelo amor de Deus. Pai, volte! Volta, papai, volta!

Patrícia

Patrícia reclinou-se no sofá de sua sala de estar com a satisfação típica de quem cumpriu uma doce missão. Tudo estava perfeitamente arranjado em sua vida: aos cinquenta anos, podia orgulhar-se de ter construído uma bela família.

Olhou ao seu redor e viu-os todos exatamente onde deviam estar.

Clarisse

Clarisse recostou-se em sua cadeira na mesa da copa com lágrimas escorrendo de seus olhos de tanto rir. Aqueles jantares de domingo eram o ponto alto da semana.

Felipe, seu marido, Dado e Mel, seus filhos, e ela reuniam-se para contar tudo o que ocorrera durante a semana.

Neste domingo, Felipe se superava. Imitava Patrícia e Enrico, transformou-se em uma caricatura de Gustavo, gritava como a sobrinha Catarina. Clarisse ria a valer.

Dado e Mel também sorriam. Dos pais, da situação, do todo. A vida seria diferente no dia seguinte. Acharam melhor não antecipar os fatos.

Carmem

Angústia.
Aquela necessidade de ar, aquela necessidade absurda de ar,
aquela vontade desesperada por ar.
Precisar respirar e o ar não entrar.

Carmem deitou-se em sua cama implorando a Deus que a livrasse daquela sensação. Todos os finais de tarde vinham acompanhados do imenso sofrimento. Mas as tardes e noites de domingo eram as piores. Na manhã seguinte, tudo recomeçaria e, apesar de os fins de semana serem solitários, sua convivência consigo mesma era um pouco mais saudável do que sua relação com o mundo.

Crio um buraco dentro de mim onde vivo
Será talvez minha cova.

Seu estômago deu sinais de que precisava de alimento. Não poderia dormir com fome. Na cozinha, avaliou suas possibilidades. Escolheu fazer uma boa refeição noturna. Repetiu para si a receita de ovos da semana passada, já que a alimentara adequadamente.

Levou a refeição para o seu quarto. Mal começou a comer e pedaços de ovo e migalhas de pão espalharam-se por sua cama. De sua boca respingavam bocados do alimento mal mastigado e semiliquefeito. Esquecera de pegar um guardanapo e uma bandeja. Seu pijama limpo já mostrava as marcas da voracidade com a qual Carmem atacara a comida. As bordas do copo de coca estavam engorduradas. No líquido dançavam alguns pedacinhos de bacon mal mastigado.

– Perdido por um, perdido por mil – pensou Carmem, dedicando-se integralmente a esvaziar seu prato.

❖

Aquela necessidade de ar, aquela necessidade absurda de ar,
aquela vontade desesperada por ar.
Precisar respirar e o ar não entrar.

Agora estou em pânico. Este é leve, suave.
Sei pouco sobre diferenciar pânico de angústia.
Acho que quando é pânico a sensação tem relação com alguma coisa.
A angústia vem do nada. É visceral, vem das entranhas.
Pobre, miserável, pobre, sem comida
Pobre, miserável, pobre, sem comida
Pobre, miserável, pobre, sem comida

Aquela necessidade de ar, aquela necessidade absurda de ar,
aquela vontade desesperada por ar.
Precisar respirar e o ar não entrar.

Pobre, miserável, pobre, sem comida
Não consigo me mexer. Não consigo.
Não consigo. Não consigo.

Aquela necessidade de ar, aquela necessidade absurda de ar,
aquela vontade desesperada por ar.
Precisar respirar e o ar não entrar.

Não consigo.
Estou travada. Estou tremendo.
Vou vomitar. Vou vomitar em mim.
Estou paralítica. Parei.

Meu grito não tem som! Não tem barulho!
Pobre. Trapos no asilo. Cheiro de urina.
Paralítica. Fome. Fome.

Aquela necessidade de ar, aquela necessidade absurda de ar,
aquela vontade desesperada por ar.
Precisar respirar e o ar não entrar.

Pobre, miserável, pobre, sem comida
Não consigo me mexer. Não consigo.
Não consigo. Não consigo.

❖

Carmem, de pijama, descalça, agarrando-se ao corrimão, desceu as escadas que levavam ao living.

Neste exato momento, sua doce e amada Camilla saltou do sofá.

Olhou-a nos olhos.

— Me ajude! — suplicou, — me ajude!

Camilla olhou para a mãe. Como aquela mulher que lhe dera tanta dedicação, carinho e amor, tão inteligente e sensível, podia ter chegado a isso?

Camilla, abrindo os braços, foi até a mãe e enlaçou-a como se fosse uma criancinha. Beijou seus cabelos, sua face, seus olhos.

Segurando as mãos engorduradas da mãe passou-as

pelo próprio rosto, beijou-as, olhando-as com o amor de quem podia sentir seus afagos durante as noites de medo e os momentos de tristeza.

Foi muito fácil dizer:

– Mamãe, vou cuidar de você. – Segurando a cabeça da mãe, fez com que a olhasse dentro dos seus olhos:

– Você vai ficar bem. Eu juro por tudo que há de mais sagrado. Você vai ficar bem.

Clara

Clara recostou-se em sua cama no hospital. Fechou os olhos e imaginou.

Matisse. Cézanne. Lá estavam os quadros. Outra vez. Eles.

— Ficará para mais tarde — pensou —, ficará para mais tarde.

Esta obra foi composta por Eveline Albuquerque
em Garamond e impressa em papel off-set 75g/m²
pela Bartira Gráfica para a Sá Editora em outubro de 2009.